Renate Welsh

Liebe Schwester

Roman

Deutscher Taschenbuch Verlag

Originalausgabe
November 2003
3. Auflage März 2004
© 2003 Deutscher Taschenbuch Verlag GmbH & Co. KG,
München
www.dtv.de
Vermittelt durch Literaturagentur Andreas Brunner, Wien
Umschlagkonzept: Balk & Brumshagen
Umschlaggestaltung: Stephanie Weischer unter Verwendung
einer Fotografie von © Getty Images Hulton/Fox Photos
Satz: Greiner & Reichel, Köln
Gesetzt aus der Sabon 11/13·
Druck und Bindung: Kösel, Kempten
Gedruckt auf säurefreiem, chlorfrei gebleichtem Papier
Printed in Germany · ISBN 3-423-24376-7

Der Zettel mußte in ihrer Manteltasche sein. Ganz bestimmt in der Manteltasche. Im Vorzimmer hatte Karla ihr den Zettel gegeben, sie hatte ihn gefaltet und in die Tasche gesteckt, ohne ihn zu lesen. Zwei Straßenbahnfahrscheine, ein halb zerbröseltes Papiertaschentuch, drei Gummiringe, zwei davon zerrissen, eine Büroklammer, Sesamkörner. Wieso Sesamkörner?

Vor der Kasse warteten sechs Frauen und drei Männer mit hochgetürmten Wagen. Als drohe demnächst eine Hungersnot. Die Kassierin hielt die Hand auf, das taten sie alle, offenbar wurde ihnen das so beigebracht, egal, für welche Kette sie arbeiteten, es machte einen unangenehm fordernden und zugleich bettelnden Eindruck. Wollte man den Kassierinnen auf diese Weise klarmachen, daß der Bettel an Lohn, den sie bekamen, eine milde Gabe war, oder den Käuferinnen und Käufern ein schlechtes Gewissen machen? Die weißhaarige Dame vor Sefa suchte in ihrer Börse nach Kleingeld. Sefa hatte schon oft festgestellt, daß ihr selbst die Münzen angesichts dieser Geste immer wieder entglitten. Ihre Nase juckte. Sie knöpfte den Mantel auf, holte das Taschentuch aus der Jackentasche, spürte Papier. Wie war die Einkaufsliste hierhergeraten? Sefa setzte die Brille auf.

»Weil Mode bunt – tanze. Mondzeit – Weltenbau«, stand da. Langsam begann sich Sefa Sorgen um Karla zu machen. Die Schwester wurde immer seltsamer in letzter Zeit. Bei nächster Gelegenheit würde sie mit Dr. Staller sprechen. Man las und hörte so viel über Alzheimer.

Auf dem Heimweg mußte sie dreimal den Korb auf ein Mäuerchen stellen und kurz verschnaufen. Sie hatte eindeutig zuviel eingekauft. Wieder einmal dachte sie dankbar, welches Glück es war, in Hietzing zu wohnen. Hier gab es noch Vorgärten, an deren Zäunen man kurz rasten konnte. Manchmal keifte ein Hund, das war nicht weiter schlimm, wenn man nicht gerade so sehr erschrak, daß das Herz verrückt spielte.

Mit dem Zettel in der Hand ging sie ins Wohnzimmer. »Sag einmal, was soll das?«

Karla zog die Brauen hoch, lächelte. »Bist du nicht draufgekommen?«

Sefa stützte sich auf den Tisch, so mußte die Schwester zu ihr aufblicken. Ihre Fußsohlen brannten. Gehen war nicht das Problem, das lange Anstellen an der Kasse machte ihr Schwierigkeiten. Die Zufriedenheit in Karlas Gesicht war schwer zu ertragen.

»Du hast es wirklich nicht erraten?« Sie reichte ihr ein vollgeschriebenes Blatt. »Da ist noch mehr. Setz dich doch, du mußt müde sein.«

»Das bin ich allerdings. Die Warterei zermürbt einen. Warum die nicht eine zweite Kasse aufmachen können, verstehe ich nicht.«

»Sparmaßnahmen«, sagte Karla. »Brauchst du meine Brille?«

Sefa nahm ihre eigene Brille aus dem Etui und las halblaut:
»Mann wob Zeile. Duett?
Zimtnadeln – wo? Beute!
O Lenz, Mut! Wabe dient.
Maid zu nobel. Wetten?
Ob mein Wadel zu nett?
Wien malzt bunte Ode.
Taube weint. Zen, Dolm!
Tanze, weil Mode bunt!

Walze, du Mottenbein!
Eule motzt: Wein, Band ...«

»Was zum Kuckuck soll das?« fragte Sefa.

Karla kicherte. »Anagramme, wenn du weißt, was das ist.«

Sefa machte eine wegwerfende Geste. »Reiner Blödsinn!«

»Du verstehst eben nichts von Literatur. Schau doch die Buchstaben an!«

»Also ich habe wirklich Besseres zu tun.«

»Du läßt dir ja nicht helfen. Ich wollte, ich könnte mehr tun. Du kannst dir gar nicht vorstellen, wie schlimm es ist, zuschauen zu müssen ...« Karla senkte den Kopf, als erwarte sie einen Schlag, nahm Sefa den Wind aus den Segeln, machte sie hilflos wütend.

»Also was bedeuten diese Ana...«

»Gramme«, ergänzte Karla. »Anagramme auf Zwiebel und Tomaten! Ich glaube, ich finde noch einige, das ist erst der Anfang!« Wie sie triumphierte.

»Der Plural von Zwiebel ist *Zwiebeln*«, sagte Sefa.

Karla zuckte mit den Schultern. Sie wandte sich dem ›Standard‹ zu. Sefa war fast überzeugt, daß sie ihn nur wegen des Kreuzworträtsels abonniert hatte. Sie las zwar die Nachrichten, suchte auch die Länder im Atlas, die plötzlich durch irgendwelche Katastrophen auf die Titelseite geraten waren und früher ganz anders geheißen hatten, manchmal schien es, als hielte sie die Katastrophen für eine zwar traurige, aber nicht weiter verwunderliche Folge der Namensänderung, sie las auch sämtliche Rezensionen und sonstigen Artikel auf den Kulturseiten, nicht ohne dazu zu bemerken, daß sie sowieso nirgends mehr hinkäme, was auch offenbar kein großer Verlust sei, sie habe keine Lust, Figaro im Sexshop oder Aida im Cockpit zu sehen, außerdem wolle sie die kostbaren Erinnerungen an George London als Don Giovanni, an Giulietta Simionato als

Carmen, an Anton Dermota als Octavio nicht verwässern, die Callas habe sie ja leider nicht auf der Bühne erleben dürfen, weil Sefa ausgerechnet an dem Tag, an dem sie nach Milano – sie sagte nie Mailand – fahren wollte, ins Krankenhaus eingeliefert wurde, woraus sie ihr natürlich keinen Vorwurf mache. Sobald sie dann die Seite mit dem Rätsel aufblätterte, begannen ihre Augen zu leuchten, gab sie auch keine Kommentare mehr ab. Das Rätsel war die Belohnung für eifriges Studium der Zeitung. Der Pudding nach dem Gemüseeintopf.

»Blutwanze, meide Not!« rief Karla begeistert.

Sefa zog sich in ihr Zimmer zurück.

Sie legte sich auf ihr Bett, starrte die Zimmerdecke an. Schon wieder zog ein neuer Riß mit feinen Verästelungen in Richtung Fenster. Sie sollten wirklich neu ausmalen lassen. Dann müßte sie allerdings sämtliche Schränke, Regale und Kommoden ausräumen. Bei der bloßen Vorstellung wurden ihre Arme und Beine schwer. Autogenes Training sollte sie wieder machen. Meine Arme und Beine sind schwer. Angeblich würde das gegen den hohen Blutdruck helfen. Ihre Arme und Beine wurden auch so schwer genug.

Friedrich blickte düster aus dem silbernen Rahmen auf dem Nachttisch. Natürlich würde sie sich hüten, irgend jemandem ein Wort davon zu sagen, an der Tatsache zweifelte sie schon lange nicht mehr: an manchen Tagen blinzelte Friedrich recht vergnügt unter den buschigen Brauen, zeigte sogar ein Schmunzeln im linken Mundwinkel, dann wieder schaute er so streng, daß sie das Foto am liebsten zur Wand gedreht hätte. Es gab genug andere Bilder von ihm, freundlichere, meist Schnappschüsse von einer Reise, einem Ausflug. Kurz nach seinem Tod hatte sie dieses Foto ausgesucht und rahmen lassen, wenn sie jetzt immer wieder mit dem Gedanken spielte, es gegen ein anderes auszutauschen, erschien ihr das wie

Untreue. Schau nicht so bös, Friedrich, was hab ich denn getan?

Karla macht mir eben Sorgen. Man wird sich doch noch um die eigene Schwester sorgen dürfen, oder? Schließlich betrifft es mich, das mußt du wohl zugeben! Du hast gut reden, du kennst das alles nicht, aber ich habe es erlebt mit Mama, und damals war ich jünger und gesünder. Ich an ihrer Stelle würde selbstverständlich in ein Heim gehen, aus Rücksicht auf sie. Aber der Vorschlag muß von ihr kommen, nicht von mir. Ich werde mich hüten! Manchmal denke ich, sie läßt sich einfach gehen. Ist ja auch sehr bequem für sie. Man merkt immer noch, daß sie Mamas verwöhnter Liebling war, so etwas schüttelt man nicht so leicht ab. Dich hat sie übrigens auch herumgekriegt, Friedrich, da mußt du gar nicht so strafend herabblicken auf mich, ich habe ja gesehen, wie du sie mit den Augen betatscht hast.

Und weißt du was? Ich bin ziemlich sicher, daß du mir nur treu warst – falls du mir treu warst –, weil du zu träge warst, um dich zur Untreue aufzuraffen. Hast dich das eine oder andere Mal tief in ihre Augen oder ins Dekolleté verirrt, vergessen, ihre Hand loszulassen beim Abschied, und Julius stand daneben und erklärte mir, welche katastrophale Fehleinschätzungen sich der Außenminister wieder geleistet hatte. Oh, ich hab genau gesehen, wie feucht und offen ihre Lippen waren, wenn du in der Nähe warst, aber ihr habt uns ja für blind und taub gehalten und euch selbst womöglich noch für tugendhaft, wenn ihr es nie bis ins Bett geschafft habt. Entschuldige, Friedrich, das wollte ich wirklich nicht sagen. Verzeih.

Entschlossen stand sie auf, ging in die Küche, schälte und schnitt Zwiebeln und Tomaten, machte mehr Lärm beim Kochen als nötig war.

»Köstlich«, sagte Karla beim ersten Bissen. »Reichst du mir bitte das Salz?«

»Du weißt doch, daß zu viel Salz für dich sehr ungesund ist.«

»Weiß ich.« Karla griff über den Tisch nach dem Salz. Schweigend beendeten sie die Mahlzeit. Sefa stapelte Teller und Tassen, trug sie in die Küche, ließ Wasser einlaufen. Ein glitzernder Berg Seifenschaum quoll über den Rand. Sie pustete hinein, Bläschen schwebten auf die Fliesen, zerplatzten.

»Du wäschst doch nicht schon wieder ab?«

»Natürlich tu ich das.«

»Wozu haben wir den Geschirrspüler gekauft?«

»Lohnt sich doch nicht für zwei Teller und zwei Tassen!«

»Deswegen mußt du noch lange nicht schreien. Ich bin nicht taub.«

»Wenn du jeden Teller einzeln wäschst, lohnt es sich nie. Man räumt das Geschirr einfach in den Spüler und macht die Tür zu.«

»Weißt du, wie das stinkt? Unlängst erst hat Erika ...«

»Erika war immer schlampig.«

»Das ist jetzt nicht das Thema. Und im übrigen bin ich fertig.« Sefa hielt ihre Hände unter den Wasserstrahl, spreizte die Finger, bog sie zurück, so weit es ging. Liebevoll trocknete sie jeden Finger einzeln ab, massierte von der Kuppe bis zum Handteller Creme ein, ließ die Daumen lange über dem Handrücken kreisen. Zwei Altersflecke am Daumenansatz konnten als größere Sommersprossen gelten. Ihre Hände waren durchaus herzeigbar, obwohl sie den Großteil der Hausarbeit erledigte. Karla hatte verdickte Knöchel, konnte die Finger nicht mehr richtig ausstrecken.

Der Tisch war bedeckt mit Fotos.

»Du könntest sie wenigstens sortieren, wenn du schon dabei bist.«

»Wozu?«

»Wir könnten Alben anlegen, eines für Rainer, eines für Cornelia. Oder gleich für die Enkelkinder.«

»Glaubst du, die interessieren alte Bilder? Die wüßten doch nicht einmal, wer wer ist.«

»Heute nicht. Aber vielleicht in ein paar Jahren. Wir können ja dazuschreiben, wer die Leute sind.«

Karla seufzte, einen Seufzer, der dazu da war, gehört zu werden, nicht eine innere Spannung zu entlasten. Sie hielt Sefa ein Bild hin. »Schau dir das an. Hast du Papa je so lachen gesehen?«

Papa saß neben Mama an einem Wirtshaustisch, hatte den Kopf zurückgeworfen und lachte. Mama trug ein Dirndl und ein seidenes Tuch. Auf dem Tisch standen zwei leere Krügel. Mamas Blusenärmel bauschten sich faltenlos. Sie hatte den linken Arm auf den Tisch gestützt, ihr Oberkörper war nach rechts verdreht, ganz Papa zugewendet.

»Was für herrliches Haar sie hat.«

»Da waren sie bestimmt noch nicht verheiratet.«

»Wie kommst du darauf?«

Sefa lächelte. Sie wußte, daß ihr Lächeln Karla wütend machen würde. Die Schwester trommelte mit den Fingern auf die Tischplatte.

»Ich wette, das Dirndl hatte einen grünen Leib, einen lila Rock und eine rosarote Schürze.«

»Oder einen rosaroten Rock und eine lila Schürze.«

Über die Farbstellung eines Ausseer Dirndls ließ sich nicht streiten. Sefa nahm das Foto in die Hand, studierte es. Wie jung Mama wirkte, wie neugierig und erwartungsvoll. Wie sie Papa anschaute. Kein Wunder, daß er so lachen konnte. Unter diesem Blick mußte er sich unbesiegbar fühlen, ein Ritter ohne Fehl und Tadel. Er, der Herrlichste von allen. Komisch.

Mama hatte ›Frauenliebe und Leben‹ auch noch mit Begeisterung gesungen, als längst die Bitterkeit in ihren Mundwinkeln heimisch geworden war.

»So hätte ich sie gern gekannt«, sagte Sefa.

Die Schwester trommelte einen Rhythmus, den sie nicht zuordnen konnte. Vielleicht hatte sie auch an den Schumann-Zyklus gedacht? Sinnlos, sie danach zu fragen.

»Glaubst du, daß das in Aussee aufgenommen ist?«

»Wenn sie noch nicht verheiratet waren, ganz sicher nicht. Wie hätten sie allein nach Aussee fahren können, ohne Trauschein? Es muß irgendwo im Wienerwald sein, und garantiert war eine Tante dabei oder sonst eine verläßliche ältere Person. Du weißt doch, wie es damals war«, sagte Karla.

»Unterschätz die Alten nicht. Sie waren bestimmt nicht so, wie Mama uns glauben machen wollte, daß sie gewesen wären. Obwohl – manchmal fürchte ich, daß Mama tatsächlich so war. Armer Papa. Arme Mama.«

»Also ich finde es unmöglich, so von unseren Eltern zu reden. *De-gou-tant*, wenn du es genau wissen willst.« Karla saß sehr gerade, streckte ihr Kinn vor, ihr Mund wurde schmal, ihre Unterlippe zitterte. Sie klopfte die Fotos zurecht, als wären es Spielkarten, schüttelte den Kopf, weil sich die gezackten Ränder immer wieder spießten. »Wenn du dich nur als Märtyrerin fühlen kannst, bist du glücklich.«

Sefa stützte sich mit beiden Händen auf den Tisch. »Glücklich? Übrigens ist es Zeit für deine Tabletten.«

Karla wandte sich ab, schloß die Augen. Klassischer *Cut-off*, hatte sie offenbar aus dem ›Nackten Affen‹ gelernt. Natürlich wußte sie genau, wie sehr sie Sefa damit reizte, genoß es sogar. Die Macht der Hilflosen.

»Ich verstehe natürlich, daß du dich ärgerst, weil du so viel mehr als einen fairen Anteil der Hausarbeit machen mußt«, sagte Karla nun auch noch mit schwacher Stimme, nahm die Brille ab, senkte die Lider. Wie immer hatte sie die Wimpern perfekt getuscht, den Lidschatten so diskret aufgetragen, daß man meinen könnte, sie wäre nicht geschminkt. Dafür reichte ihre Kraft.

»Ich weiß ja, daß ich für dich nur noch eine Last bin. Es wäre besser für alle, wenn ich nach der Operation nicht mehr aufgewacht wäre.«

Bis zehn zählen. Bis hundert. Achtundzwanzig, neunundzwanzig ...»Verdammt noch mal, darum geht es nicht!«

»Natürlich geht es darum.« Diese widerliche Milde in Karlas Stimme. »Es macht dir niemand einen Vorwurf, du hast ja vollkommen recht. Jetzt verstehe ich die arme Mama, die bei jedem Besuch sagte, sie bitte Abend für Abend den lieben Gott, daß er sie noch in dieser Nacht zu sich nähme. Leider bin ich nicht so gläubig wie sie.«

»Ich bin wirklich so oft es nur irgend ging gekommen, aber da war ja auch Friedrich, und er ...«

Karla lächelte verzeihend. »Niemand macht dir einen Vorwurf! Wenn du glaubst, dich verteidigen zu müssen, wird das wohl einen Grund haben.«

Den Hals könnte ich dir umdrehen ... Tief atmen. Ganz ruhig. Weißt du überhaupt, wie sehr du Mamas Krankheit zu deinem Besitz gemacht hast? Und sie selbst mit dazu? Da war kein Platz an ihrem Bett, links die Pflegerin, rechts du. Wenn du gefragt hast, ob ich eine Tasse Tee will, hast du mich zur Besucherin degradiert. »Wie lieb, daß du gekommen bist.« Jedesmal hast du das gesagt.

Das Telefon schrillte.

»Nein, hier ist keine Notariatskanzlei. Nein. Ja. Keine Ursache. Bitte.«

Einen schönen Tag noch hatte ihr die fremde Stimme gewünscht. Neuerdings wünschten einem alle Leute einen schönen Tag. Was natürlich gar nichts bedeutete. Aber manchmal war auch eine falsche Verbindung hilfreich. Sefa ging zur Tür.

»Jetzt bist du sauer auf mich!« rief ihr Karla nach.

»Ich bin nicht sauer.«

»Doch, du bist sauer.«

»Wenn du noch lange darauf herumreitest, werde ich sauer!«

»Siehst du.«

Sefa schloß die Tür von außen, ging in ihr Zimmer, öffnete den Kleiderschrank. Längst hatte sie schon aussortieren wollen, was da nutzlos herumhing. Wenn du sie zwei Jahre lang nicht getragen hast, ist es Zeit, die Sachen herzugeben, hatte Mama immer gesagt. Natürlich wußte Sefa, daß die Kleider zehn Jahre später durchaus wieder modern sein könnten. Ob sie ihr dann noch passen würden, war eine andere Frage.

Wie diese Bluse, die sie so gern hatte, die aber beim dritten Knopf klaffte. Solange sie ganz gerade stand, war alles in Ordnung. Bloß – wie lange konnte sie kerzengerade stehen, ohne sich vorzubeugen? Sie sollte fünf Kilo abnehmen. Aber wie? Mit achtzig nahm man nicht mehr so leicht ab. Es war nicht mehr modern, Busen zu haben. Körbchengröße D. Friedrich hatte ihre weichen weißen Brüste seine Täubchen genannt. Hatte bis zuletzt sein Gesicht in ihnen vergraben, hatte gesagt, wie kühl und warm zugleich sie wären. Kühl und warm! Was sie mit sich herumtrug, waren keine Täubchen, das waren Kapaune. Nie wieder würde ein Mann sie anschauen und gleichzeitig die sehen, die sie gewesen war. Entschlossen nahm sie die Bluse vom Bügel, faltete sie. Dann das grüne Kleid, das hatte sie zum letzten Mal bei Rainers Promotion getragen. Wie schmal er zwischen seinen Kollegen gestanden war, den Kopf voller Locken. Wie wütend er geworden war, als sie darauf bestand, ihm einen Anzug für den Anlaß zu kaufen, und wie gut er in dem schwarzen Cordsamt ausgesehen hatte. Nach der Feier gratulierte sie ihm und gab ihm einen Kuß, alle Mütter und Väter küßten ihre Söhne und Töchter, aber sie hatte seinen Widerstand gespürt, das Bedürfnis, sie auf Abstand zu halten, heulen hätte sie können, aber sie hatte gelächelt und die Glückwünsche der gesamten Verwandtschaft entgegengenommen, begraben war sie gewesen unter der Wucht der Worte. Von Stolz hatten sie geredet, von Freude und Leistung, und sie war so leer gewesen, leer wie an den Tagen nach der Geburt, als sie immer wieder die Hände auf ihren schlaffen Bauch legte, in dem sich nichts mehr bewegte. Wenn sie sah, wie Mütter ihre Kinder an sich drückten und abküßten, wußte sie nicht wohin mit ihrer Eifersucht. Zu ihrer Zeit war das nicht üblich gewesen. Pünktlich alle vier Stunden wurden die Kinder gewickelt und gestillt, sobald sie ihr Bäuerchen gemacht hatten, wurden sie wieder ins Bett gelegt. So, hatte man ihr eingeschärft, erzog man sie zu ordentlichen Menschen. Heute rissen die jungen Mütter ihre Kinder aus dem Wagen, sobald sie zu quengeln begannen, knöpften die Blusen auf und stopften den Babys die Brustwarzen in die offenen Mäuler, egal wo sie waren, im Supermarkt, im Park, in der Kirche. Sie hätte sich geschämt, aber vielleicht war es wirklich besser so, natürlicher. So viel wie heute hatte man nie über Natur geredet. Als das Gemüse noch in der Erde wuchs und vom Regen begossen wurde, wäre kein Mensch auf die Idee gekommen, die Natürlichkeit der Karotten zu erwähnen. Woher, bitte, hätte sie die Zeit nehmen sollen, mit Rainer zu spielen? Da waren die Windeln, zwanzig Stück am Tag und mehr, die gespült und im großen Topf gekocht und geschrubbt werden mußten, Berge von Windeln hatte sie gewaschen, Karotten und Äpfel auf der Glasreibe gerieben, Erdäpfel mit der Gabel zerdrückt und cremig geschlagen, täglich den Boden feucht aufgewischt, mit einem Kind im Haus war die Hygiene wichtig, überall lauerten Bazillen. Und der Ofen war zu heizen, Kohle aus dem Keller zu holen, immer in Eile, weil sie Angst hatte, dem Kind könnte etwas zugestoßen sein, während sie die drei Stockwerke hinunter- und wieder hinauflief. Nur an den Wochenenden brachte Friedrich die Kohle, an Arbeitstagen kam er zu erschöpft und grau im Gesicht nach Hause. Die jungen Frauen hatten ja keine Ahnung davon, was es bedeutet hatte, einen Haushalt zu führen, die hatten noch nie Bettzeug mit der Hand gewaschen oder Öfen beheizt, die kochten nicht einmal Marmelade ein. Ihre Mülleimer quollen über von Papierwindeln. Plötzlich sah sie das entsetzte Gesicht ihrer Mutter, als sie ein Paket Nudeln verlangte. »Du kaufst die Nudeln im Geschäft?« Sie hatte gut reden, immer ein Dienstmädchen im Haus. Noch mit achtzig war Theres Dienstmädchen gewesen, da hatten sie und Mama einander schon gegenseitig gestützt, wenn sie auf die Straße gingen. Der Tod von Theres hatte Mama härter getroffen als Papas Tod. Dann war ich das neue Dienstmädchen, dachte Sefa. So wird man als alte Frau wieder zum Mädchen. Dienstfrauen gibt es ja nicht, nur Dienstmänner, und die haben irgendwann Dienstschluß. Heute gibt es auch sie nicht mehr, und die Dienstgreisinnen sind wahrscheinlich auch schon alle gestorben. Im Schrank lagen vier Schürzen, Erbstücke von Theres. Sefa warf sie auf das grüne Kleid, der Stapel öffnete sich, entfaltete blau bedruckte Flügel.

Karla schlurfte durchs Vorzimmer, blieb vor Sefas Tür stehen. Sefa wartete auf das Hüsteln, mit dem sich die Schwester sonst ankündigte. Das Hüsteln kam nicht. Wie auf einem Bild sah Sefa Karlas vorgestreckte Hand, den gekrümmten Mittelfinger, der sich zu klopfen anschickte, aber Karla klopfte nicht. Sefa hörte sie atmen und war plötzlich gerührt. Sie ging zur Tür, schob einen Stuhl zur Seite, was gar nicht nötig gewesen war, sie wollte der Schwester die Möglichkeit geben, von der Tür wegzutreten, nicht überrascht zu werden, wenn sie aufging.

Karla stand immer noch da mit erhobener Hand, als Sefa auf sie zuging, legte sie ihr die Hand auf die Schulter. Sie umarmten einander, als wären sie monatelang getrennt gewesen.

Im Wohnzimmer setzte sich Karla an den Tisch, Sefa in den Ohrenstuhl. Beide waren seltsam verlegen. Karla strich über ihren Rock, in dem Augenblick fiel Sefa auf, daß ihre Hand mit genau derselben Bewegung über ihren eigenen Rock strich. Sie lachte.

»Was hast du?«

»Eigentlich nichts.« Als sie Kinder waren, hätte jetzt die Frage folgen müssen: Und uneigentlich?

Karla legte die linke Hand mit ausgebreiteten Fingern auf die Tischplatte, an ihrem Hals sah Sefa das Pochen in einer Ader.

»Willst du dich nicht eine halbe Stunde hinlegen?« fragte sie.

Typisch ältere Schwester. Wußte immer, was gut für einen war. Mama hatte auch darüber geklagt, daß Sefa sie wie ein kleines Kind behandelte. Arme Mama. Wieso eigentlich arme Mama? Sie hatte doch meist bekommen, was sie wollte, hatte es nie nötig gehabt, laut zu werden, Ansprüche zu stellen. Wie eine Porzellanpuppe hatte sie ausgesehen, aber ihre Zartheit war aus Eisen gewesen. Nein, nicht Eisen. Stahl, rostfrei. Oder doch eher Silber? Silber war zu weich. An Mama war nichts weich gewesen, kein Gramm Fett, klare Linien. Bis zuletzt hatte sie schöne Beine gehabt, hatte es auch gewußt. Wie sie die Beine übergeschlagen und mit den Fingerspitzen den Sitz ihrer Strümpfe geprüft hatte, nicht kokett, gar nicht, nur mit einer Art unschuldiger Freude an der Form. Wie man über eine Statue strich und sich an den Linien, an der Glätte freute. So wie Mama wäre Karla gern gewesen, perfekt und in sich ruhend. Alle Verwandten hatten behauptet, Karla sei das Ebenbild ihrer Mutter. Sie und der Spiegel waren anderer Meinung gewesen. Plötzlich erinnerte sie sich an das Entsetzen, als sie einen roten Fleck an Mamas weißem Rock gesehen hatte. Später hatte Mama geschimpft, nein, Mama *schimpfte* nicht, Mama *rügte*, sie hätte sie aufmerksam machen müssen. Als ob das möglich gewesen wäre. Mama in Verbindung mit irgendwelchen Körpersäften zu bringen wäre ihr lästerlich erschienen. Der Fleck konnte nur in ihrer Einbildung existieren, weil sie eben nicht perfekt wie Mama war, sondern innen voller Unrat. Wie war sie auf die Idee gekommen? Sie konnte doch unmöglich mit zehn, elf die Kirchenväter gelesen haben. *Geschlecht*. Wenn man in einer Sprache lebte, bei der schon das Wort die Schlechtigkeit enthielt, war es dann ein Wunder, daß die Sache Schwierigkeiten machte? Wie konnte ge-schlechtlich gut sein? Genital. Genial. Dazwischen stand nur ein t. Das hätte sie früher wissen müssen, da wäre manches anders gewesen, oder vielleicht doch nicht. Mama aus Stahl, Papa aus, ja woraus? Gummi? Einer weichen Masse jedenfalls. Teig? Oder doch Fleisch? Man denkt nicht an Fleisch, wenn man an den eigenen Vater denkt. Schweinsbraten mit Knödeln hatte er geliebt, besonders die Kruspeln. Die hatten geknirscht und gekracht zwischen seinen Zähnen. Mama hatte völlig lautlos gegessen. Nie hatte eine Gabel auf ihrem Teller geklirrt. Karla sah das Foto wieder vor sich, die selige Bewunderung in Mamas Gesicht. War Verachtung der Preis, den man für Bewunderung bezahlte? Nicht sofort. Heute fahren, später zahlen stand über einer Garage, die Motorräder verkaufte. Ein Mann, der Kruspeln liebte, mit einer Frau aus Porzellan, Silber oder Edelstahl? Kein Wunder, daß sie oft so uneins mit sich selbst gewesen war, bei dem Erbgut. Kruspelporzellan? Stahlgummi? Teigsilber? Selber igit. Nein, igitt schrieb man mit Doppel-t. Auch gut. Auch schlecht. Auch egal. Jedenfalls waren sie zusammengeblieben, unvereinbar oder nicht, einander achtend oder verachtend, vielleicht enger verbunden, weil sie so gar nicht zueinander paßten? An den letzten Tagen im Krankenhaus war Papa von einer schrecklichen Unruhe geplagt gewesen, sie hatten ihn in ein Gitterbett legen müssen, aber sobald Mama kam und mit ihrer kühlen kleinen Hand über seine Stirn strich, entspannte er sich. Karla war die ganze Zeit bei ihm gesessen, aber sie hatte ihn nicht beruhigen können. In ein paar Tagen würde es dreißig Jahre sein, seit er gestorben war, der Stachel steckte immer noch in ihrer Haut, gab einen scharfen Stich, wenn ihn eine Erinnerung, ein Wort berührte.

Hast du geschlafen?« fragte Sefa. Sie stellte die Mokkatäßchen auf den Tisch, die Zuckerdose, obwohl keine von beiden Zucker nahm, aber ohne die Dose mit dem Blumenbukett wäre das Ritual nicht vollständig gewesen.

»Ich frage mich, ob unsere Kinder an uns denken werden, so wie wir an die Eltern denken.«

»Nein«, sagte Sefa. Dieses »Nein« war furchtbar endgültig, gerade weil ihm nichts folgte, keine Erklärung, nichts. Das nackte »Nein« war schwer auszuhalten, Karla fragte, obwohl sie keine Antwort erwartete: »Wie meinst du das?«

»Das ist doch wirklich nicht schwer zu verstehen. Nein heißt nein, wie du es auch drehst und wendest.«

»Warum?«

»Warum? Weil es eben so ist. Soll ich dich anlügen? Willst du das?«

Karla zuckte mit den Schultern. »Vielleicht.«

»Trink deinen Kaffee, bevor er kalt wird.« Sefa hielt Karla die kleine Schale mit den hauchdünnen Schokoladen hin. »Vielleicht haben wir nicht genug von ihnen verlangt«, sagte sie. »Mir fallen oft die Eltern ein, wenn ich etwas nicht so mache, wie sie es erwarteten.«

Karla blickte auf. »Du meinst – steh gerade, lümmel nicht?«

»Zum Beispiel«, bestätigte Sefa.

Karla schmunzelte. »Weißt du, manchmal hätte ich unbändige Lust, ungewaschen und ungekämmt im Schlafrock zum Frühstück zu kommen. Kindisch, nicht?«

»Ja, und? In unserem Alter hat man ein Recht darauf, kindisch zu sein. Ich bin nur nicht sicher, ob du es genießen könntest, wenn niemand darüber die Nase rümpft oder die Brauen hebt.«

»Du glaubst doch nicht wirklich, daß du das nie tust?« fragte Karla.

»Nein«, sagte Sefa.

Karla warf den Kopf zurück, öffnete den Mund, man konnte die freiliegenden Zahnhälse sehen, ekelhaft, und lachte. Sefa stand auf, trug die Mokkatassen in die Küche.

»Sei doch nicht immer gleich so beleidigt!« rief ihr Karla nach. Es dauerte lange, bis es ihr gelang, sich auf ihr Kreuzworträtsel zu konzentrieren.

»Wir sollten auf den Friedhof gehen, Sefa. Wie ich ihn kenne, hat der Gärtner wieder viel zu wenig gegossen. Bei der Hitze brauchen die Geranien zweimal täglich Wasser.«

»Und deine Beine?« fragte Sefa. »Mir kommt vor, sie sind wieder arg geschwollen.«

Karla lächelte mit der rechten Mundhälfte, die feinen Falten rund um ihre Lippen vertieften sich. »Es geht schon.«

Nein, dachte Sefa, ich tue ihr nicht den Gefallen, ihr zu widersprechen, ich gebe ihr keine Gelegenheit, ihre Opferbereitschaft ins Spiel zu bringen. Heute nicht. Karla hob die Schultern, ließ sie fallen.

»Warum grinst du?« fragte Karla. Der beleidigte Unterton in ihrer Stimme war nicht zu überhören.

Natürlich würde Sefa nicht sagen, was ihr eben eingefallen war: Wie schade, daß Schultern geräuschlos fallen.

»Ich habe nicht gegrinst, ich habe gelächelt.«

»Sah nicht so aus.«

»Wann willst du gehen?« fragte Sefa. »Jetzt gleich? Oder wollen wir warten, bis es kühler wird?«

»Wann du willst.« Karla setzte ihre weiche Dulderstimme ein. »Ich bin in ein paar Minuten fertig.«

Sefa holte die bequemen Sandalen aus dem Schrank und die Tasche mit Grabkerzen, Schere, Schaufel und Putztüchern. Karla stand vor dem Spiegel und tuschte ihre Wimpern zum zweiten oder dritten Mal. Das Badezimmer duftete.

»Ich denke, ich nehme den Regenschirm mit. Man kann nie wissen, an heißen Tagen kommen die Gewitter so schnell.« Karla hätte nie zugegeben, daß sie den Schirm als Stock brauchte. Sie sprühte Parfum auf ihr Taschentuch, verwischte den Lidschatten mit einem Wattestäbchen. Wie grazil sie war mit ihren 81 Jahren, nur die geschwollenen Beine störten den Gesamteindruck. Rosa Wängelchen, weiße Locken, ein Strohhut mit breiter Krempe. *Keine Puppe, es ist nur eine schöne Kunstfigur*, ging es Sefa durch den Kopf, während sie gleichzeitig wieder einmal jene Rührung spürte, die der Anblick der Jüngeren ausgelöst hatte, seit sie denken konnte, eine Rührung mit einem harten Kern von Wut und Neid.

»Gehen wir?«

»Ich bin längst fertig«, erklärte Karla, während sie noch einmal mit dem dicken Pinsel Puder über ihr Gesicht tupfte.

Der Bus fuhr ihnen vor der Nase davon.

»Die machen das absichtlich«, schimpfte Sefa. »Sobald sie einen kommen sehen, lösen sie die Handbremse und legen den ersten Gang ein.«

»Sie müssen wohl ihren Fahrplan einhalten«, erklärte Karla milde. Wenn sie nicht getrödelt hätte, säßen sie jetzt im Bus, statt zu warten.

Ein Pärchen kam Hand in Hand die Straße herauf. Beide trugen Handys und telefonierten im Gehen. Karla kicherte. »Ich frage mich, ob die ohne so ein Ding vor dem Mund überhaupt reden können. Was meinst du, telefonieren sie auch im Bett?«

»Vermutlich.«

»Das könnte man dann wohl Telefonsex nennen.«

»Nicht so laut, Karla! Sie hören dich!«

Karla schüttelte den Kopf. »Die hören nur, was aus einem Lautsprecher tönt.«

Beide schwiegen, reckten die Hälse, waren insgeheim überzeugt, daß der Bus gar nicht kommen würde.

Plötzlich stand er doch neben ihnen, der Fahrer sprang heraus und half Karla beim Einsteigen. Sie setzte sich direkt hinter ihn, flötete ihm ihren Dank in den Nacken. Sein Haaransatz lief in einer winzigen Locke zusammen. So war Friedrichs Nacken gewesen, Sefa hatte sich gern hinter ihn gestellt, wenn er las, hatte mit zwei Fingern die Haare zu einer Spitze gestreichelt oder diese Locke angepustet. Sie hatte immer darauf bestanden, daß er sich den Nacken nicht ausrasieren ließ, Bartstoppel am Hals fand sie abstoßend.

So viele Männer, stellte Sefa immer wieder fest, hatten häßliche Nacken, Fettwulst an Fettwulst gereiht, oft auch noch von Mitessern übersät oder gar von Pickeln. Wie konnte eine Frau Lust bekommen, einen solchen Nacken zu berühren? Wenn Friedrich müde nach Hause gekommen war, hatte sie seinen Nacken massiert, bis nach vorne in die Gruben vor den Schlüsselbeinen. Sie hatte die beiden obersten Hemdknöpfe geöffnet –

»Was ist los mit dir?« fragte Karla.

»Nichts.«

»Du bist ganz rot!«

Sefa fächelte sich mit einer Postkarte Luft zu.

Zwei Stationen bevor sie aussteigen mußten, begann Karla sich vom Fahrer zu verabschieden. An der Haltestelle sprang er aus dem Bus und hob Karla herunter. Sie zappelte, als hätte er sie gekitzelt. »Ich wünsche den Damen noch einen vergnügten Tag«, sagte er, schwang sich in seinen Bus und fuhr davon. Karla winkte ihm nach.

Sefa biß sich auf die Lippen. Sie ging mit großen Schritten voraus.

»Sei doch nicht so eifersüchtig!« rief Karla hinter ihr.

Sefa blieb stehen. »Lächerlich!« sagte sie.

»Wer ist lächerlich?« fragte Karla und riß ihre großen Augen weit auf.

»Du kokettierst auf Teufel komm raus mit einem Mann, der dein Enkel sein könnte, wenn nicht dein Urenkel.«

»Und wem schadet das?« fragte Karla. »Ich hab Spaß gehabt, er hat Spaß gehabt, und wenn er abends heimkommt, kann er seiner Freundin erzählen, daß er eine andere Frau in den Armen gehalten hat, und sie können ein bißchen streiten und sich dann sehr hübsch versöhnen. Wo liegt das Problem? Es gibt sowieso viel zuwenig Spaß auf der Welt.« Karla legte ihre Hand auf Sefas Arm, drückte ihn leicht.

»Vielleicht hast du recht«, gab Sefa zu.

»Nicht vielleicht, ganz sicher.«

»Was bist du rechthaberisch! Aber du warst immer schon ein Dickschädel, stur wie sonstwas.«

»Wofür ich Gott danke«, sagte Karla fromm.

Arm in Arm gingen sie an der Friedhofsmauer entlang. Die Stadt lag im Dunst, auf der abschüssigen Wiese hetzten einander ein Dackel und ein schwarzer Spaniel unter den gerührten Blicken ihrer Besitzerinnen.

Das Eisentor knarrte beim Öffnen. Der breite Hauptweg sah immer noch kahl aus. »Nie werde ich verstehen, warum sie die schönen Bäume gefällt haben«, sagte Sefa.

»Es hat geheißen, die Bäume wären krank.«

»Glaubst du das?«

»Nein. Ich glaube, die sind schlicht zu faul, um die Blätter zu rechen im Herbst. Das nächste wird Plastikrasen auf den Böschungen sein oder gleich Beton.«

Sie bogen rechts ein, gingen an schwarzen und grauen Steinen, an Kreuzen und weinenden Engeln vorbei, an Geranien, Petunien, Stiefmütterchen, Fuchsien und Alyssum, stellten fest, daß wieder ein Grab anheimgefallen war. »Komisches Wort, nicht?« sagte Karla. »*Heimfallen.* Heimkommen, heimgehen, heimfinden, heimsuchen, heimisch. Und das hat wieder gar nichts mit heimlich zu tun.«

»Ich finde es immer so traurig, wenn sie die armen Knochen ausbuddeln. Warum machen wir es nicht wie die Juden und die Moslems, die ihre Toten ruhen lassen bis zum Jüngsten Tag?«

»Eine Platzfrage«, sagte Karla. »Erinnerst du dich an Hallstatt?«

»Natürlich. Von dem Totenschädel mit der aufgemalten Schlange habe ich lange geträumt und von der Tochter des Totengräbers mit dem riesigen Kropf, der ihr den Kopf zur Seite gezogen hat. Wie sie uns angestarrt hat! Ein Auge weit aufgerissen, das andere zugekniffen.«

»Da war keine Tochter, nur der Totengräber und seine Katze, die kam mit einer Maus im Maul.«

»Klar war da eine Tochter. Ich sehe sie vor mir.«

»Die hast du aus einem Film. Oder vielleicht warst du später einmal dort, und es gab inzwischen eine.«

»Ich erinnere mich genau, wie Papa mit ihr gesprochen hat. Aber sie hat nicht geantwortet. Sie stand nur da, und die Katze strich ihr um die Beine. Einmal hat sie sich gebückt und die Katze gestreichelt.«

»Da war keine Tochter.«

»Bitte sehr, da war keine Tochter, da war kein Totengräber, da war kein Karner, keine Kirche, kein See ... Bist du jetzt zufrieden?«

Karla wandte sich ab, trippelte zum Grab der Eltern, begann Birkenblätter aus dem Cotoneaster zu zupfen. Sefa putzte den Staub von der Tafel, holte Wasser, begoß die Geranien, kehrte Staub und Blätter von der Einfassung. Sie arbeiteten schweigend, wenn eine zufällig die andere mit einem Blick streifte, zuckte sie zurück, als hätte sie etwas Heißes berührt.

»Warum bist du so aggressiv?« fragte Karla mit ihrer leisesten, weichsten Stimme. »Ich verstehe nicht, warum du so aggressiv sein mußt. Ich tu dir doch nichts!«

Nein, du tust mir nichts. Du versuchst nur ständig, mir meine Erinnerungen zu stehlen. Meine Vergangenheit gehört mir, auch der Teil davon, den du miterlebt hast. Was bleibt uns denn sonst? Alles, was ich sage, ziehst du in Zweifel, was heißt Zweifel, Zweifel kennst du nicht, du bist immer im Recht, so ganz und gar ohne Frage, ohne die Spur einer Frage, alles besiegelt, alles gesichert, deine Fassung steht im Grundbuch, im Allgemeinen Bürgerlichen Gesetzbuch, im Strafregister, in den Akten der Steuerbehörde. Wenn sich einmal zufällig herausstellt, daß du doch ausnahmsweise nicht im Besitz der ganzen Wahrheit warst, dann erklärst du, so hättest du das nie gesagt. Nein, du tust mir nichts. Natürlich nicht. Du bist die Liebe, und ich bin die Böse. Irgendwie muß die Welt ja aufgeteilt sein.

»Ich bin nicht aggressiv.« Sefa bemühte sich, möglichst viel Milde in ihre Stimme zu legen, offenbar vergeblich, denn Karla schenkte ihr einen müden, traurigen Blick. »Du solltest dich hören! Komm, wir wollen nicht streiten. Nicht an Papas Grab. Du weißt doch, wie er Streit haßte.«

»Nein, wir wollen nicht streiten.« Aber die Tochter war da, ich sehe sie vor mir. Du hast sie wohl nicht zur Kenntnis genommen, du wolltest ja immer nur das Schöne sehen. Wenn es sonst nichts Schönes zu sehen gab, dann hast du eben in den Spiegel geschaut, das hat dich getröstet, wenn dir die Welt nicht gefiel.

»Hast du eigentlich noch den Taschenspiegel mit den gepreßten Blumen auf dem Rücken?« fragte Sefa.

»Wie kommst du darauf?«

»Ist mir eben eingefallen.«

Karla dachte nach, legte den Finger an den Nasenflügel. »Keine Ahnung, wo der geblieben ist. Muß bei irgendeinem Umzug verlorengegangen sein. Schade, er war so hübsch.«

Sefa rückte die Grabkerze genau in die Mitte der Laterne. »Als Kind dachte ich, es bleibt immer etwas von dem Bild haften, das ein Spiegel zurückgeworfen hat. Ich weiß noch, wie ich vor dem Spiegel in Großmutters Schlafzimmer stand und darauf wartete, ihr Gesicht darin zu sehen, wenn ich nur lange genug den Atem anhielt. Mama erwischte mich dabei, ich soll nicht so eitel sein, sagte sie, Eitelkeit ist ein Laster ebenso wie Hoffart und Neid ...«

»So hat sie nicht ...«, begann Karla, schüttelte den Kopf und schlug entschlossen den Weg zur Gruft der Stenbergs ein. Sonst klagte sie darüber, wie steil bergauf der schmale Pfad ging, jetzt lief sie fast. Sefa stapfte hinter ihr her.

Die Grüfte hatte es schon gegeben, als sie mit den Eltern auf den Friedhof gegangen waren. Jedesmal waren sie hergelaufen, hatten durch die Gitterstäbe gespäht. Immer hatte es kühl heraufgeweht mit einem Geruch von Moos und Feuchtigkeit, Schimmel und Stein. Stein riecht nicht. Doch, es hatte nach Stein gerochen.

»Weißt du noch«, fragte Karla, »wie wir den Fuchs gesehen haben?«

Wie hätte sie ihn vergessen können? Den toten Fuchs, der auf den Stufen des Sarkophags lag mit offener Schnauze, sein Fell von Mal zu Mal glanzloser und struppiger, die gebleckten Zähne gefährlicher.

»Irgendwann muß nur noch das Skelett dagelegen sein, aber daran erinnere ich mich nicht«, sagte Sefa.

»Ich auch nicht. Seltsam. Einmal hat der Luftzug ein Fellbüschel bewegt, da dachte ich, er ist gar nicht tot und springt uns an.«

Sefa nickte. »Und erinnerst du dich, wie wir vor den Kranzschleifen davongelaufen sind?«

»Ich bin heute noch überzeugt, daß die im Wind geknattert haben wie Segel«, bestätigte Karla. »Obwohl es nicht sehr wahrscheinlich ist. Aber einen Luftzug hat es immer gegeben. Schon zwei, drei Schritt vor den Eingängen hat man ihn gespürt. Ich dachte immer, das legt sich aufs Gesicht. Jahre später bei der Kosmetikerin mußte ich mich sehr beherrschen, um nicht zu schreien, als sie mir eine Maske aufpinselte, die immer kälter wurde. Da habe ich – lach nicht – den Hauch des Todes gespürt, am liebsten wäre ich aufgesprungen und hätte mein Gesicht unter fließendes Wasser gehalten, genau wie ich es damals immer gemacht habe, wenn wir heimkamen. Aber ich bin natürlich brav liegengeblieben unter der rosaroten Decke in dem rosaroten Kabäuschen, umspült von dieser grauenhaften Musik, die offenbar für beruhigend gehalten wird, und hab mich elend gefühlt.«

»Ja«, sagte Sefa. »Ja, das verstehe ich. Und zum Lachen ist es überhaupt nicht.«

»Ich meinte nur, eine Phrase wie *den Hauch des Todes spüren*, regelrecht peinlich, so etwas in den Mund zu nehmen.«

Sefa nickte. »Obwohl es genau das ausdrückt, was man meint. Manchmal denke ich, es gibt jede Menge Wörter und Redewendungen, die sind so abgelutscht, daß es einen ekelt, aber es macht die Verständigung so schwer, wenn man meint, auf sie verzichten zu müssen.«

Der Dunst über der Stadt flirrte und blendete, der Himmel war verhangen, die Sonne nicht zu sehen. Hitze stieg von den Steinen auf und von den dürren Gräsern. Auf Karlas Oberlippe hingen winzige Schweißtropfen, sie wischte sich die Hände an ihrem Taschentuch ab. »Komm«, sagte sie.

Auch an diesem Tag wehte es kühl aus der Gruft. Karla lehnte einen Augenblick lang die Stirn an die Eisenstäbe. »Ich hätte nie zugeben dürfen, daß Julius in der Familiengruft bestattet wird. Er gehört einfach nicht hierher. Er hat die Sonne so sehr geliebt, ist richtig aufgeblüht in der Hitze, und feuchte Kälte hat er gehaßt. Immer hat er davon gesprochen, daß wir den November in einem warmen Land verbringen werden, wenn er erst in Pension ist. Aber ich war ja wie gelähmt, ich war richtig dankbar, nichts entscheiden zu müssen, wenn man mich irgendwohin gestellt hat, blieb ich da stehen, wenn man mir ein Glas in die Hand gedrückt hat, hielt ich es, bis man es mir wegnahm. Aber ich hätte mich wehren müssen.«

»Wenn das so leicht wäre! Wir haben es einfach nicht gelernt, nicht rechtzeitig. Vielleicht werden wir deshalb manchmal larmoyant und manchmal bissig, wobei bissig wahrscheinlich immer noch besser ist.«

»Meinst du!« sagte Karla.

»Ja, meine ich.«

Eigentlich hätte jetzt die eine oder die andere beleidigt sein müssen, oder noch eher beide. Daß sie es nicht waren, lag wohl an der Freude darüber, ein Stück Erinnerung gemeinsam zu haben, dachte Karla, das die Klippe der Wörter unbeschadet umrundet, durch den Austausch Gewicht gewonnen hatte und Farbe. Es war so wichtig, die Erinnerung diesem Test zu unterziehen, wissend, wie gefährlich er war. Wenn die Schwester nickte oder gar ein Detail hinzufügte, das sie selbst vergessen hatte, wurde die Erinnerung zum Besitz.

Es ging gar nicht um Wärme oder Kälte. Doch, es ging um Kälte, um diese Familie, in der Gefühle verboten waren. Wie ihm seine Mutter die Wange hingehalten hatte zum Kuß wie ein Bischof seinen Ring, da war einfach eine Unterwerfungsgeste gefordert gewesen, keine Zärtlichkeit, und er hatte sie natürlich geliefert, er hatte ja Kinderstube, eine Kinderstube, in der auch im heißesten Sommer Eiskristalle an den Wänden hingen, in der jeder Schritt hallte, eine Kinderstube vollgeräumt mit Verbotstafeln. Anfangs hatte Karla natürlich geglaubt, Frau Stenberg wäre nur zu ihr so ablehnend gewesen, weil sie einfach nicht gut genug war, nicht standesgemäß, nicht mit der entsprechenden Mitgift ausgestattet. Was für ein Wort. Mit Arsen? Oder lieber mit Strychnin? Mit Rattengift? Aber nein, das war nicht persönlich gemeint gewesen, nicht einmal das, es wäre schon zuviel der Ehre gewesen, sich so weit mit ihr abzugeben. Die gnädige Frau hatte ihre eigenen Kinder nicht geliebt, von ihrem Mann hatte sie nur mit vollem

Titel gesprochen, *der Regierungsrat wird heute abend nicht mit uns essen.* Eine besonders spitze Form von Beleidigung. Wenn ich daran denke, wie ich gebuhlt habe um ihre Anerkennung, dachte Karla, schäme ich mich noch heute. Dann hatte sie auch noch versucht, eine Aussprache herbeizuführen, die hatte *La belle mère* – schön war sie übrigens wirklich – aalglatt verweigert. Immer stand Karla da als der Trampel, der nicht wußte, was sich gehörte, dann kämpfte sie um Julius, meinte, ihn aus diesen gepflegten Klauen erretten zu müssen zu einem lebendigeren Leben, zuletzt resignierte sie.

»Jeden Mittwoch um fünf hab ich mit ihr Tee getrunken, einmal bei ihr, einmal bei uns, und hab artig Konversation gemacht. Meist gab es Aniskuchen. Wie ich Anis hasse!« Karla schüttelte sich. »Und jetzt liegt er bei ihr.«

»Er nicht«, sagte Sefa. Sie hätte Karla gern in den Arm genommen.

Karla zuckte mit den Schultern. Sefa konnte es drehen, wie sie wollte, Julius lag bei seiner Mutter. Wenn das nicht Blutschande war. Immerhin hatte er ihr nicht den Gefallen getan, Botschafter zu werden, oder noch lieber Minister. Das hätte der Dame gepaßt. Plötzlich sah sie die Schwiegermutter vor sich, wie ihr Julius Cornelia in den Arm legte.

»Ihr erstes Enkelkind hat sie weit von sich gehalten, wie eine schmutzige Windel. Natürlich habe ich ihr Cornelia sofort abgenommen, da bekam ich zum ersten Mal einen dankbaren Blick.«

»Sie hat sich wohl selbst nicht leiden können«, meinte Sefa.

»Dazu hatte sie auch weiß Gott keinen Grund«, erklärte Karla. Sie begann zu lachen. Wie gut, daß Cornelia sie nicht gehört hatte. Die hätte ihr jetzt einen Vortrag gehalten über die Notwendigkeit weiblicher Solidarität und darüber, welche Verletzungen und Verstörungen vorangegangen sein mußten, um die Frau zu der zu machen, die sie gewesen war. »Ich leiste mir den Luxus zu sagen, daß sie ein böses Weib war, und warum sie das war, ist mir piepegal. Und ich habe dabei nicht die Spur eines schlechten Gewissens, falls dich das interessieren sollte.«

»Dann ist es ja gut«, sagte Sefa. »Und wenn du jetzt darauf warten solltest, daß ich sie verteidige und einen Streit provoziere, dann kannst du lange warten.«

Sie lachten miteinander, das tat gut. »Manchmal denke ich, dieser Friedhof ist der rote Faden in unserem Leben«, sagte Karla.

Sonntag für Sonntag waren sie mit den Eltern zum Grab der Brüder und des Großvaters gepilgert. Jedesmal waren sie hinauf zu den Grüften gelaufen, zitternd vor Angst und einer seltsamen Erregung. »Eigentlich hätte ich wissen müssen, was mir bevorstand, als ich in eine Familie heiratete, die zwar nicht mehr Großgrundbesitzer, aber Großgruftbesitzer war.«

Karla zeigte auf den Kiesstreifen zwischen den Grüften. »Hier hast du dich hingehockt, genau hier, und ich war in Panik, dein Bächlein könnte auf eines der unteren Gräber rinnen, ich weiß nicht, was ich dann erwartete, etwas undenkbar Grauenhaftes auf jeden Fall, und dann rief auch noch Mama, und ich lief zu ihr hin und brabbelte irgend etwas, sie durfte keineswegs sehen, was du da gemacht hast. Ich war sehr erstaunt, als du gleich darauf zwischen den Gräbern dahergehopst kamst, ich hatte nicht erwartet, dich je wieder lebend zu sehen.«

»Davon weiß ich nichts.«

»Du hattest einen blauen Mantel an, mit Samtkragen«, sagte Karla, als wäre damit alles bewiesen.

»Ich habe nie einen blauen Mantel gehabt. Du hattest einen, ich hab mir einen gewünscht, aber nie einen bekommen.«

»Es gibt sogar ein Foto davon«, behauptete Karla. »Von dir in dem Mantel, meine ich.«

Ein Schwarzweißfoto. Wie sollte das beweisen, daß der Mantel blau gewesen war? Sefa beschloß, den Mantel Mantel sein zu lassen. »Was sollte mir denn passieren?«

»Ich dachte, die Toten holen dich, denen du aufs Grab gepinkelt hattest.«

»Und denen hättest du mich überlassen?«

»Immerhin habe ich dich vor Mamas heiligem Zorn beschützt. Du weißt doch, wie viel Wert sie auf Ehrfurcht vor den Toten legte.«

Sefa schluckte, ärgerte sich darüber, wie schwer ihr das Schlucken fiel. Plötzlich sah sie die komische Seite ihres Ärgers, ihres Bedürfnisses, recht zu behalten. Sie nickte der Schwester zu. Meine Schwester, dachte sie. In alle Ewigkeit meine Schwester. Eine Szene aus einem Film, den sie vor vielen Jahren gesehen hatte, drängte sich in ihr Bewußtsein, ein französischer Schauspieler, wie hatte er nur geheißen, Jean Marais, ja, sie war doch noch nicht ganz verblödet, Jean Marais spielte einen abtrünnigen Priester, der vor einem riesigen Kessel voll Wein, über dem er – oder ein anderer? – blasphemisch die Wandlungsworte gesprochen hatte, überfallen wurde von neuem, altem Glauben und daher den Wein trinken mußte. Schweiß strömte ihm über das Gesicht, es sah wirklich aus, als wäre der Wein zu Blut geworden, eine Folterszene, und gleichzeitig waren da die Worte: *Sacerdos in aeternam. Soror in aeternam. Right or wrong, my sister. For better or for worse.*

Karla winkte mit einem Finger zurück zur Gruft der Stenbergs. Eingehakt gingen sie den Hügel hinunter.

Friedrichs Grab lag im neuen Teil. Kein schiefer Grabstein hier, kein eingefallener Hügel, perfekte, trostlose Ordnung. Alles sehr gepflegt, aber gänzlich ohne den rührenden Charme des alten Teils. Der war allerdings auch nicht mehr so vertraut wie früher, seit sie die riesige Birke gefällt hatten, den Ahorn und die Buchen. »Schau dir nur diese Lebensbäume an, einer wie der andere kerzengerade, Brust heraus, Bauch hinein, wie altösterreichische Offiziere im Korsett. Fehlen bloß noch Häkeldeckchen auf den Grabsteinen.«

»Schiefe Bilder«, stellte Karla fest. »Aber das macht nichts. Wie heißt das auf Englisch? *Mixing your metaphors,* glaube ich.« Ihr Akzent war grauenhaft, war sogar mit den Jahren noch schrecklicher geworden, seit sie versuchte, sich dem Amerikanisch ihrer Enkelin anzupassen.

Der Rosenstrauch, den Sefa am Kopfende von Friedrichs Grab gepflanzt hatte, war im letzten Jahr plötzlich gewachsen und stand in voller Blüte. Bienen und Hummeln summten, ein grün schillernder Käfer mit langen Fühlern saß auf einem rosaroten Blütenblatt. Der Lavendel duftete stark.

Karla stützte sich mit einer Hand auf den Grabstein, fuhr mit der anderen die Schrift nach. Lächerlich, auf die zärtliche Geste eifersüchtig zu sein.

Hoch über ihnen trillerte eine Lerche, sosehr sie sich anstrengten, konnten sie den Vogel in der strahlenden Dunstglocke nicht sehen. Eine Eidechse huschte über die Einfassung des Nachbargrabs, blieb einen Augenblick lang mit hoch erhobenem Kopf stehen und verschwand in einer Ritze.

»Langsam wird der Friedhof auch hier schön lebendig«, sagte Karla.

»Hast du gewußt, daß er auf hebräisch Haus des Lebens heißt? Beth Hachajim. Findest du nicht, daß das tröstlich klingt? – Gehen wir noch die bürgerliche Waise besuchen?«

Sie konnten das Grab nicht finden. So oft waren sie davorgestanden, hatten die Inschrift gelesen und darüber gelächelt. *Hier ruht in Gott die bürgerliche Rauchfangkehrerswaise …*

»Hat sie nicht Maria geheißen? Nein, Marianne.«

»Vielleicht. Jedenfalls 1899 *gestorben im 73. Jahre ihres Lebens.*«

»Im 74! 1899 könnte stimmen. Ich weiß noch, daß ich dachte, sie hat die Jahrtausendwende knapp verfehlt.«

»73 oder 74, das ist doch egal.«

»Sag das einer Dreiundsiebzigjährigen!« Sefa streckte beide Arme aus. »Wir haben diese Klippe ja hinter uns.«

»Es ist doch schrecklich, wenn nach 73 oder 74 Jahren Leben nur die bürgerliche Waise übrigbleibt.« Karla verzog das Gesicht. »Auf unseren Grabsteinen werden wohl nur Namen und Daten stehen. Ist das jetzt weniger oder mehr?«

»Was könnten sie sonst schreiben?« fragte Sefa. »Wie auf den Partezetteln: *Unsere geliebte Mutter, Schwiegermutter, Großmutter, Urgroßmutter, Schwester, Tante, Großtante* ...«

Karla hob abwehrend beide Hände. »Auch auf der Parte der alten Stenberg stand *Unsere geliebte Mutter etc. etc.* Wenn ausnahmsweise einmal nichts von *aufopfernder Liebe* und *mit ungeheurer Geduld ertragenem Leid* gefaselt wird, hat wenigstens keiner gelogen, und vielleicht fangen die Empfänger einer solchen Todesnachricht dann an, über die Verstorbene nachzudenken. Wär doch nicht schlecht. Am Ende käme der eine oder die andere darauf, daß sie einen tatsächlich geliebt haben. Hast du eigentlich je darüber nachgedacht, welche Musik bei deinem Begräbnis gespielt werden soll?«

»Ehrlich gesagt ist mir das völlig egal. Ich muß ja nicht zuhören. Bloß kein Männerquartett, das aus jeder Viertelnote eine halbe macht. Und kein Sopran mit Tremolo über zwei Oktaven wie die Frau Watzek, die immer die Soli im Hochamt gesungen hat. Aber die singt auch schon längst in einem anderen Chor. Vermutlich immer noch ein bißchen daneben.«

»Also es ist dir ja doch nicht egal«, stellte Karla fest. »Früher wollte ich mir Brahms' ›Deutsches Requiem‹ wünschen. *Ich will euch trösten wie einen seine Mutter tröstet.*« Sie summte die Melodie. »Aber das ist vielleicht zu … gefühlsbetont. Und Teresa würde kein Wort verstehen.«

»Das stimmt.« Sefa suchte nach einem Thema, das die Schwester ablenken würde.

Cornelia hatte sich geweigert, mit ihrer Tochter deutsch zu sprechen. Sie sollte nicht die Bürde einer so belasteten Sprache tragen, hatte sie erklärt. Karla empfand das als persönliche Kränkung, als Ablehnung ihrer selbst, ihrer Familie, ihrer Herkunft. Es war, als hätte Cornelia sie am liebsten aus ihrem Leben gestrichen, sie und Wien und alles, was damit zusammenhing. »Im Extremfall könnte sie womöglich so weit gehen, Teresa an dieses Luriwasser von amerikanischem Kaffee zu gewöhnen. Dann wäre es wirklich hoffnungslos, ihr einen Hauch von Kultur beizubringen.«

»Hättest du nicht Lust, ins Café zu gehen?« fragte Sefa. »Ich lade dich ein. Der Kaffee ist bestimmt immer noch genauso scheußlich wie eh und je.«

»Das ist allerdings eine Versuchung, der ich nicht widerstehen kann.«

Die Gasse war noch steiler als früher, Geißbart und wilde Wicken klammerten sich an die Bäume, Wegwarten und Löwenzahn blühten am Straßenrand, das einzige, was sich seit ihrer Kindheit verändert hatte, waren zwei oder drei neue Häuser, doch die konnten sie leicht übersehen, wenn sie die Blicke nicht zu weit hoben.

Sefa blieb stehen, nahm die Brille ab. An den Stegplättchen hatte sich Schweiß gesammelt, der brannte auf der Haut. »Du weißt ja nicht, wie gut du's hast, daß du nicht ständig eine Brille tragen mußt.«

»Du weißt ja nicht, wie gut du's hast, daß deine Beine nicht anschwellen«, antwortete Karla.

Weit unten bellte ein Hund, eine Maus oder vielleicht ein Vogel raschelte unter einem Haselstrauch. Danach schien das Zirpen und Summen in den Böschungen lauter und vielstimmiger.

Karla seufzte tief, als sie sich auf der Bank unter dem Nußbaum niederließ, die Beine weit von sich streckte, die Ellbogen auf die grau verwitterte Tischplatte stützte. »Die Bank wakkelt noch!« stellte sie begeistert fest.

»Wieder«, korrigierte Sefa. Über dem Fenster der Veranda konnte man mit ein wenig Phantasie gerade noch das Wort *Selbstbedienung* entziffern. Sefa klopfte an die Glasscheibe. Es dauerte lange, bis dahinter ein Gesicht auftauchte, zwar nicht das der alten Wirtin, aber ebenso mürrisch. Die Bestellung wurde mit Stirnrunzeln quittiert, auf einem karierten Tuch standen acht Preßglaskrügel, daneben ein emailliertes Lavoir, auf dem Bretterboden eine hohe braune Wasserkanne, auf dem geblümten Wachstischtuch eine kleinere weiße Kanne mit Deckel, unter einem Glassturz vier Stück Marmorgugelhupf und ein Punschkrapferl. Alles wie damals. Auf der Zuckerdose putzte eine Fliege sorgfältig ein Bein nach dem anderen.

Die Frau knallte zwei Becher auf das Fensterbrett. »Zukker?«

»Nein, danke.«

»Mehlspeise?«

»Haben Sie Ribiselkuchen?«

Die Frau zeigte auf den Glassturz. »Das, was da ist. Ribiselkuchen gibt's am Samstag.«

»Ribiselkuchen gibt's am Samstag!« wiederholte Sefa, als sie den Kaffee zum Tisch brachte. »Die braune Wasserkanne ist noch da und die weiße mit dem Deckel! Vielleicht ist das der einzige Platz auf der Welt, der sich nicht geändert hat, seit wir Kinder waren. Siebzig Jahre einfach weggewischt!«

»Ich werde trotzdem darauf verzichten, Purzelbäume auf der Wiese zu machen«, sagte Karla. »Erinnerst du dich, wie entsetzt Großmama war, weil einer, der zufällig geschaut hätte, meine Unaussprechlichen hätte sehen können? Mama sagte: ›Aber es ist doch niemand hier außer uns!‹, und Großmama ungerührt: ›Aber es hätte jemand da sein können!‹«

Von einem bestimmten Blickwinkel aus war die dunkle Masse des Allgemeinen Krankenhauses nicht zu sehen, auch nicht die neuen Häuser auf der Wiese vor dem Sankt-Josefs-Heim. Es war nur wichtig, den Kopf ruhig zu halten, sonst drängten Dinge ins Gesichtsfeld, die nicht hierher gehörten.

Hier hatten sie große Wiesensträuße für Mama gepflückt: Margeriten, Hahnenfuß, Glockenblumen, Federnelken, Lichtnelken, Pechnelken, wilde Möhren, wilden Kümmel, Storchenschnabel, Männertreu, Augentrost, Pimpinelle, Klee, Zittergras, Sauerampfer, und immer wieder dunkelblauen Salbei, den Mama besonders liebte. Jetzt begnügten sie sich damit, die Namen aufzusagen wie eine Litanei.

»Skabiosen.«

»Witwenblumen.«

»Mädesüß.«

»Filipendelwurz.«

Ein Mann und eine Frau kamen die drei Stufen zum Garten herauf, er stützte sich mit der linken Hand auf einen Stock, sie mit der rechten.

Die beiden blieben stehen, überlegten lange, welchen Tisch sie nehmen sollten. Als sie sich endlich entschieden hatten, half die Frau dem Mann mit einer zärtlichen Geste beim Niedersetzen, dann brachte sie ein Glas Wein, stand eine Weile auf den Tisch gestützt und holte ein zweites. Sie saßen eng nebeneinander, zeigten einander die Kirchtürme der Stadt, benannten jeden einzelnen.

»Ich hätte mir so sehr gewünscht, mit Julius alt zu werden«, sagte Karla. »Ich hab mir das so schön vorgestellt. Das Älterwerden hat mich gekränkt, jede Falte hat mich verstört, und das lose Kinn erst recht und die verlorene Taille, aber vor dem Altsein hab ich mich nicht gefürchtet. Julius hat auch immer gesagt, er freut sich schon darauf, wie ihn die Jungen beneiden werden, wenn er mit mir auf der Kreuzfahrt tanzt, mit der wir seine Pensionierung feiern werden. English waltz, hat er gesagt, für die Polka und die Wiener Walzer muß ich mich an die Jungen halten, die werden sich anstellen, hat er behauptet, um mit mir tanzen zu dürfen. Er hat schon eine ganze Schreibtischlade voll mit Prospekten gehabt.«

Für mich war der Verlust nicht so groß wie für dich, dachte Sefa. Sie betrachtete die Schwester von der Seite. Irgendwann hatte die zarte Nase lächerlich klein und ein wenig verloren in den schlaffen Wangen gewirkt, die Haut war grobporig geworden, das ganze Gesicht flächiger. Jetzt war sie schön mit den Falten, die nicht mehr entstellende Striche, sondern Grundmuster waren, Struktur gaben.

»Warum schaust du mich so an?« fragte Karla.

»Ich hab gerade gedacht, daß du in den letzten Jahren wieder schön geworden bist.«

Karla schnitt eine Grimasse. »Wenn ich an Julius denke, ist er nicht der Mittfünfziger, dem ich die Haare schneiden mußte, die ihm aus den Ohren gewachsen sind und aus der Nase. Das fällt mir nur ein, wenn ich absichtlich daran denke, verstehst du? Er ist der Vierundzwanzigjährige, den ich am Gänsehäufel mit dem Federball am Kopf getroffen habe.«

»Völlig unabsichtlich natürlich«, sagte Sefa, wie es den

Spielregeln zwischen ihnen entsprach. Spielregeln, die über manche gefährliche Klippe hinweghalfen.

»Wie denn sonst? Ich hätte natürlich nie mit einem Mann angebandelt!«

Warum eigentlich nicht? dachte Sefa. Eines von den vielen Dingen, die wir *natürlich* nie getan hätten, und was daran natürlich sein soll, weiß ich nicht.

Karla wechselte das Thema. »Übrigens« – die lange Kunstpause zeigte deutlich, daß etwas eingeleitet werden sollte, das mit dem Vorangegangenen nichts, aber auch schon gar nichts zu tun hatte. »Übrigens hat Großmamas Hausschneiderin deinen blauen Mantel genäht.«

»Ich hatte nie einen blauen Mantel! Du warst die, die einen blauen Mantel bekam. Mit Samtaufschlägen.«

»Wie kannst du nur so eifersüchtig sein, nach so vielen Jahren. Du auf mich! Das ist doch lächerlich.«

Immer waren es die Bevorzugten, die Eifersucht und Neid zu besonders beschämenden Eigenschaften erklärten. Karla, die immer das größte Stück Torte bekommen hatte, den rötesten Apfel, das Butterbrot in Streifen geschnitten und zu einem Stern gelegt, während Sefa essen mußte, was auf ihrem Teller war, bis zum letzten Bissen, bis zum letzten Löffel voll. Sie hatte die schlatzige, fetzige Haut auf der Milch trinken müssen. Karla durfte stehenlassen, was sie nicht mochte, bekam sogar eine Extraportion Mehlspeise, weil das arme Kind ja gar nichts gegessen hatte und Hunger haben mußte.

Sefa zog die beiden Kaffeebecher zu sich, stand auf. »Wir sollten uns langsam auf den Weg machen.«

Der alte Mann strich mit einem Finger über die Wangen der Frau.

»Du kannst doch fremde Leute nicht so anstarren«, sagte Karla.

Als sie den Hügel hinuntergingen, war viel Straße zwischen ihnen, im Bus setzte sich Karla so, daß ihr Schirm den Nebensitz belegte, aber als Sefa auf der anderen Seite des Mittelgangs Platz nahm, begann Karlas Kinn zu zittern.

Schon wieder erpreßt sie mich, dachte Sefa. Sie weiß genau, daß ich es nicht aushalte, wenn sie weint. Daß ich das böse Schweigen zwischen uns nicht aushalte. Aber heute werde ich nicht den Anfang machen. Heute nicht. Gleich wird sie seufzen, einen von ihren winzigen Seufzern herauspressen, der klingen soll, als hätte sie unterdrückt, was sie absichtlich hervorruft. Nein, zuerst strafft sie sich ein klein wenig, nimmt auf diese rührende Weise Haltung an. Jugendliche Naive als Charakterdarstellerin. Sie soll nicht merken, daß ich sie beobachte. Aber sie spielt ja auch, wenn sie keine Zuschauer hat. Wenigstens hat sie ihr Repertoire erweitert, dafür sollte ich dankbar sein. Mit siebzig hat sie noch ausschließlich die jugendliche Naive gegeben.

Der Seufzer kam, gefolgt von einem raschen wie erschrokkenen Heben der Hand. Man hält sich die Hand vor den Mund beim Husten. Man hält sich die Hand vor den Mund beim Seufzen?

Noch bevor der Bus stehenblieb, erhob sich Karla, griff nach ihrem Schirm, schwankte. Es blieb Sefa nichts anderes übrig, als den Arm der Schwester zu packen, sonst wäre sie womöglich gefallen.

»Danke!« flötete Karla.

Dieser Fahrer dachte nicht daran, ihr aus dem Bus zu helfen. Er saß da, trommelte aufs Lenkrad, ungeduldig und ohne einen Blick nach hinten. Sefa stützte Karla beim Aussteigen.

Der Haustorschlüssel hatte sich in den Tiefen von Sefas Tasche verkrochen, sie mußte lange suchen, während sich Karla an die Hauswand lehnte und nicht sagte, daß es besser gewesen wäre, sie hätte ihren Schlüssel mitgenommen.

Endlich konnten sie nebeneinander auf dem Bänkchen im Vorzimmer sitzen und die Schuhe ausziehen.

Jetzt leistete sich Karla einen zufriedenen, langen Seufzer. Sie verfügte über ein reiches Repertoire an Seufzern.

»Was hältst du von Erdäpfeln mit Topfen und Butter zum Abendessen?« fragte Sefa.

Karla behauptete, gar keinen Hunger zu haben. Dann aß sie sechs Kartoffeln und nahm dreimal Butter nach.

Sie konnte immer noch essen wie ein Scheunendrescher, nahm kein Gramm zu, und ihre Blutwerte waren jedesmal Anlaß für ungläubige Kommentare. Sie ging zur Kontrolle in die Ambulanz, wahrscheinlich weil sie nicht genug davon kriegen konnte, daß wieder ein anderer junger Arzt in helle Begeisterung ausbrach und ihr versicherte, jede Zwanzigjährige könnte sich freuen über solche Befunde. Dann verwies sie mit entzückendem Lächeln auf ihre geschwollenen Knie und sagte, sie sei eben doch leider eine alte Schachtel, und löste damit den erwarteten Protest aus, der sie beschwingt heimgehen ließ.

»Weißt du noch, wie Mama die Butter von ihrem Brot gekratzt hat?« fragte Sefa. »Während Papa eine so dicke Schicht Butter aufs Brot schmierte, daß man den Abdruck seiner Zähne bei jedem Bissen sah. Es hat mich immer ein bißchen geekelt davor. Wenn Papa nicht mit uns aß, hat Mama ihr Brot ganz normal bestrichen, diese Abkratzerei war offenbar ein Protest gegen ihn.«

Karla musterte sie. »Was du immer hast. Alles mußt du zerpflücken. Unsere Eltern haben eine gute Ehe geführt.«

»Aber sicher.«

»Wenn du es nicht glaubst, kannst du es ja sagen. Du mußt nicht zynisch werden.«

»Bedeutet eine gute Ehe, immer einer Meinung zu sein?«

»Natürlich nicht.« Karla stützte die Arme auf. »Die Traurigkeit über den Tod der Buben hat sie ihr ganzes Leben lang begleitet. Es muß schrecklich gewesen sein, zwei Kinder an Diphtherie sterben zu sehen. Mit allem anderen sind sie erstaunlich gut fertig geworden. Mir wird heute noch kalt, wenn ich an den 4. Mai denke.«

4. Mai, der Geburtstag der Zwillinge, die mit achtzehn Monaten gestorben waren, als Sefa knapp drei und Karla noch nicht geboren war. Ein Tag, an dem kein Radio spielen durfte, an dem Lachen verboten war, nicht ausdrücklich, aber eben darum um so strenger verboten, ein Tag, an dem Kerzen vor den Bildern der Brüder im Schlafzimmer der Eltern brannten, an dem der Besuch auf dem Friedhof die einzige Abwechslung war. Der längste Tag im Jahr, der Tag, an dem die Zeit stillstand. Der Tag, an dem Sefa auf Zehenspitzen durch die Wohnung ging und trotzdem immer irgendwo anstieß, an dem sie sich verzweifelt bemühte, unsichtbar und unhörbar zu sein, was natürlich nie gelang. Der Tag, an dem Mama sie immer mit roten, verschwollenen Augen betrachtet hatte. An dem sie selbst in ihrem eigenen Bett am falschen Platz war. An dem Mama Karla an sich drückte und in ihre Halsgrube weinte, nie in Sefas.

»Hattest du auch das Gefühl, daß sie lieber wieder einen Sohn gehabt hätten?«

»Nie!« sagte Karla sehr schnell.

»Warum glaubst du dann, daß sie mir diesen schrecklichen Namen gegeben haben? Jo-se-fa. Ich bitte dich, das tut man doch einem Mädchen nicht an. Karla geht ja noch, aber es ist schließlich auch ein abgewandelter Männername.«

»Sie haben uns nach unseren Großvätern genannt, das ist doch nicht ungewöhnlich.«

»Für Söhne nicht.«

Karla rang die Hände. »Ich wollte, ich könnte dir diese Bitterkeit nehmen. Du drehst und wendest alles, bis nur mehr übrigbleibt, was weh tut. Schon als Kind hast du den Schorf von jeder Wunde gekratzt, bis sie wieder geblutet hat. Ich sehe noch vor mir, wie Mama dein Bettzeug abgezogen hat, weil es voller Flecken war. Kannst du dich nicht an das Gute erinnern?«

»Ich erinnere mich auch an das Gute! Willst du vielleicht behaupten, du wärst mit deinem Namen zufrieden gewesen? Du hättest gerne Karla geheißen?«

Karla zuckte mit den Schultern. »Das war nie mein Problem.«

Erst mit siebzehn Jahren war Josefa auf die Idee gekommen, die erste Silbe ihres Namens wegzulassen. Sefa, hatte sie gedacht, klinge interessant und ein wenig geheimnisvoll. Es war ein Nervenkrieg gewesen, bis die Eltern, vor allem aber die Mitschülerinnen, den neuen Namen akzeptiert hatten. Jetzt wurde sie manchmal gefragt, ob sie Serbin sei.

»Sie haben uns immer gerecht behandelt«, sagte Karla in die Stille.

»Gerecht? Was verstehst du unter gerecht?«

»Siehst du? Du fängst schon wieder an. Du weißt genau, wie ich es meine. Das ist doch Haarspalterei. Wenn du von mir verlangst, jedes Wort zu definieren, können wir überhaupt nicht mehr miteinander reden!«

Es wäre leicht, jetzt zuzustimmen, irgend etwas Versöhnliches zu sagen, den Fernseher einzuschalten oder eine CD aufzulegen. Sefa aber hatte ein ungeheures Bedürfnis, endlich so etwas wie Klarheit zu schaffen, als würden dadurch die Dinge an ihren Platz fallen, als könnte sie damit alles gutmachen. Sie wußte, wie vergeblich die Hoffnung war, natürlich wußte sie das, aber das Bedürfnis war stark wie Hunger oder Durst, nein, wie der Drang zu niesen.

»Ich will ihnen keinen Vorwurf machen, ehrlich nicht, und dir erst recht nicht, du kannst ja nun wirklich am allerwenigsten dafür, ich weiß auch nicht, warum es mir so wichtig ist, daß du verstehst, vielleicht, weil nur wir beide übriggeblieben sind ...«

Karla legte Sefa die Hand auf den Arm. »Quäl dich nicht mit Vorreden. Spuck's aus!«

»Wenn das so einfach wäre!«

»Wer hat gesagt, daß das Einfache das Schwerste ist? Egal.«

»Schau, dich wollten sie gar nicht anders haben, dich haben sie geliebt, wie du warst, ich war von Anfang an eine Enttäuschung, sie hatten sich ja einen Sohn gewünscht, Mama hat mir einmal selbst gesagt, wie dankbar sie Papa war, daß er ihr keinen Vorwurf gemacht hat! Das mußt du dir einmal vorstellen!«

Karla schüttelte den Kopf. »Da mußt du etwas falsch verstanden haben. Ich kann das einfach nicht glauben.«

»Es war aber so, und ich habe es immer gewußt, auch wenn ich nicht immer daran gedacht habe. Ich war ein Versprechen, das nie eingelöst wurde. Ich sollte etwas werden, ich weiß auch nicht genau was, jedenfalls etwas, das ich nicht geworden bin.«

Karla betrachtete Sefa mit großen Augen, diesmal ganz ohne Koketterie.

»Erinnerst du dich an das Duett aus ›Arabella‹? *Ich weiß nicht, wie du bist, ich weiß nicht, ob du recht hast, dazu hab ich dich viel zu lieb.*« Sie stand auf, holte zwei Gläser, füllte sie genau zur Hälfte mit Rotwein. »Und im übrigen finde ich, daß du eine überspannte Nudel bist.«

»Amen«, sagte Sefa.

Im Fensterkreuz stand der Morgenstern an einem blaßgrauen Himmel. Sefa schlief bestimmt noch, beneidenswert, wie sie schlafen konnte. Karla drehte das Kopfkissen um, schmiegte die Wange an die kühle Unterseite. Eine kurze Weile war das angenehm, dann kam die Hitze wieder und mit ihr ein klebriges Unbehagen. Sie wollte möglichst schnell unter die Dusche gehen, doch dann hätte sie Sefa geweckt, das Bad lag neben Sefas Zimmer, und das Wasser rauschte laut in den alten Leitungen.

Karla stellte die Zehen auf, ließ sie fallen. Große Zehe, kleine Zehen. Wann war sie zum letzten Mal zur Pediküre gegangen? Seit einem Jahr, nein, viel länger schon, schaffte sie es nicht mehr, ihre Zehennägel selbst zu schneiden. Eine der zahllosen kleinen Niederlagen. Die Füße waren zu weit weg. Hatten sich offenbar von ihr entfernt.

Julius hatte ihre Füße in seine beiden Hände genommen, den linken zuerst und dann den rechten, hatte sie betrachtet wie ein Bild, hatte jede Zehe einzeln geküßt. Es war schwer gewesen, nicht zu zappeln, sie hatte es eigentlich nicht gemocht, wenn er das tat, es hatte so furchtbar gekitzelt. »Schau sie dir an«, hatte er gesagt, »sind sie nicht putzig?« Sie hatte ihre Zehen immer zu dick gefunden, hatte sich lange, elegante gewünscht, nicht so kleine runde Knackwürste. Julius hatte ihr den Mund zugehalten. »Sag nichts gegen meine Lieblingszehen!« hatte er geschimpft. Dabei hatten ihre Zehen wirklich nicht zu ihr gepaßt, waren wie aus einem anderen Körper an ihre Füße geraten, stimmten nicht mit ihren Händen überein.

Jetzt war das egal. Wer betrachtete schon die Zehen einer alten Frau? Wer betrachtete überhaupt eine alte Frau? Nein, war nicht egal. Für sie selbst war es manchmal tröstlich, wenn sie sich im Spiegel entgegenkam. Leider nur im ersten Augenblick, als Gesamteindruck, dann sah sie die Falten, dieses

Spinnennetz auf ihren Brüsten, das weiße Geäst der Dehnungsnarben an ihren Hüften, die lose Haut an den Oberschenkeln. Sie legte beide Hände auf ihren Bauch. Beckenbodengymnastik hatte ihr die Ärztin empfohlen. Die Muskeln anspannen, locker lassen, anspannen. Ihre Schamlippen begannen zu pochen. Peinlich war das. Aber die Übungen waren wichtig. Mama hatte im letzten Jahr Windelhosen tragen müssen. Die Vorstellung war schrecklich. Anspannen, locker lassen. Wenn sie nieste, mußte sie stehenbleiben, auch Husten war gefährlich. Undicht geworden. Das war weit schlimmer als Falten und lose Haut, entwürdigend war es, auch wenn die Frauenärztin, der sie das Problem endlich geschildert hatte, meinte, es sei völlig normal in ihrem Alter. Sie war wütend geworden auf die Ärztin. Die tat gerade so, als sei es ihr Verdienst, zwanzig Jahre jünger zu sein. Oder dreißig.

In diesem Ton hatte die Lateinlehrerin Karla gelobt: »Für deine Verhältnisse war die Arbeit gar nicht so schlecht.« Für deine Verhältnisse. In Ihrem Alter. Sefa natürlich war immer eine gute Schülerin. »Leider kein Vergleich zur großen Bermann«, hatte sie eine Lehrerin sagen gehört, am Ende des langen Ganges vor der letzten Garderobe. Und diese große Bermann war eifersüchtig auf sie, auf die kleine Schwester, die immer in ihrem Schatten gestanden war. Verrückt. Als sie heiratete, war sie froh, den Namen abzulegen, der sie als Schwester abstempelte, Schwester der Tüchtigeren, Klügeren, Größeren. Damals hatte sie noch geglaubt, mit dem neuen Namen einen Neuanfang machen zu können.

Diese ewigen sinnlosen Vergleiche. Spieglein, Spieglein an der Wand. Nicht schön, schöner. Nicht gut, besser. Nicht klug, klüger. Wen hast du lieber? Ich liebe euch beide gleich. Eine Mutter liebt alle ihre Kinder gleich. Was für ein Unsinn. Keine Mutter konnte ihre Kinder gleich lieben, aber das war eine der Fiktionen gewesen, die damals niemand in Frage stellte. Gleich war nicht genug. Gleich war lauwarm. Die Lauen aber will ich ausspeien aus meinem Munde.

Sie hielt es nicht mehr aus im Bett. Fast halb sieben. Bis sie fertig war mit Duschen und Anziehen und das Frühstück gerichtet hatte, würde es acht sein, acht Uhr war doch wirklich nicht zu früh.

Noch bevor der Wasserstrahl sie traf, bekam sie eine Gänsehaut. Sie genoß die Erwartung, spielte sie aus, hielt die rechte Hand unter den Strahl, dann die linke, bevor sie das warme Wasser den Rücken hinabrieseln ließ. Wasser war die Köstlichkeit schlechthin, lange vor der Geburt streichelte warmes Wasser das Kind, ließ es strampeln und kicken, ließ es sich dehnen und strecken; die Lust zu wachsen war gewiß ein Geschenk des Wassers. Sie nahm die Seife, atmete den Duft ein, betrachtete den Schaum auf ihrer Haut, sah zu, wie die Bläschen platzten, wie neue entstanden. Die Härchen auf ihren Unterarmen kamen dem Wasser entgegen, ließen ihre Arme rund erscheinen wie die eines jungen Mädchens. Stundenlang hätte sie so stehen mögen, aber dann wäre der Boiler leer und es gäbe Streit mit Sefa. Karla seufzte, drehte das warme Wasser ab, richtete den kalten Strahl auf ihre Beine, ihre Arme, ihren Bauch. Angeblich regte das den Kreislauf an. Ihr Kreislauf konnte jede Menge Anregung vertragen.

Während sie sorgfältig ihre Füße eincremte, horchte sie hinaus. Alles war still, sie konnte in Ruhe die Haare eindrehen, sich cremen, schminken, parfümieren. Sefa hatte einmal gefragt, für wen sie sich soviel Mühe gäbe, hatte nicht glauben wollen, daß sie es vor allem für sich selbst tat. Als Schutz gegen die Unfreundlichkeiten der Welt und vor allem gegen die der Spiegel, die ihr in so vielen Schaufenstern auflauerten, in Geschäften, nach Einbruch der Dunkelheit auch in

Fenstern. Sie mußte sich wappnen gegen deren bösartige Attacken.

Die Wimperntusche machte wieder einmal Schwierigkeiten. Egal, welche sie kaufte, es kam so oft vor, daß ein Fliegenbein entstand. Fliegenbeine waren überhaupt häßlich, an Augen mit schlaffen Lidern waren sie ekelhaft. Warum konnten diese Leute nicht ein Maskara entwickeln, das sich problemlos auftragen ließ? Sie behaupteten doch, so viel für die Forschung zu tun.

Auf dem Weg zur Küche warf sie einen Blick in den Garderobespiegel. »*You will pass*«, sagte sie sich.

Es machte ihr Freude, den Frühstückstisch zu decken. Sie wählte gelbe Servietten, faltete sie zu Pfauenrädern, schnitt einen Apfel in dünne Scheiben, rieb sie mit Zitrone ein, damit sie nicht braun wurden, arrangierte sie zu Blumen auf den zartgrünen Tellern, holte die grüne Porzellanente aus der Vitrine und setzte sie auf den Tisch. Als sie Sefa ins Badezimmer gehen hörte, stellte sie die Espressomaschine auf die Herdplatte und den Milchtopf, schob die Croissants ins vorgewärmte Backrohr.

Küßchen links, Küßchen rechts, hast du gut geschlafen, wie hübsch, ach, haben wir die Nachrichten wieder versäumt, von wem ist das? Schubert? Muß Schubert sein.

Karla schlug die Milch zu Schaum, setzte sich. Die Sonne ließ Glanzlichter in den Tassen funkeln.

Der Ansager behauptete, sie hätten Schumann gespielt. Karla schüttelte den Kopf. Der Ansager war durchgefallen. Nichtgenügend, setzen! Wie konnte er sagen, es wäre Schumann, wenn doch Sefa erklärt hatte, daß es Schubert sein mußte. Moderatoren hießen die heutzutage. Warum eigentlich? Mode-Toren. Und das r und das a, was war mit denen?

»Ich habe gefragt, was du heute vorhast!«

»Ich?«

»Natürlich du. Oder siehst du sonst jemanden im Zimmer? Ich frage mich, ob du nicht zum Ohrenarzt gehen solltest, Karla.«

»Entschuldige. Ich habe nachgedacht.«

Warum mußte Sefa ein Gesicht machen, als könnte Karla gar nicht nachdenken? Sie fragte auch nicht, worüber Karla nachgedacht hatte, sammelte sehr konzentriert die Brösel auf ihrem Teller zu einem Häufchen.

»Ich werde endlich mit den Fotos anfangen.«

Sefa seufzte. »Das sollte ich auch tun. Aber ich muß die Bluse umtauschen gehen.«

Karla verkniffe sich zu fragen, ob Sefa wieder eine zu kleine Größe genommen hatte.

Sobald der Tisch abgeräumt war, holte Karla drei Schachteln aus ihrem Schrank, eine Keksdose, auf der Damen in langen Pelzmänteln, die Hände im Muff, und Herren mit wehenden Schals Schlittschuh liefen, eine spitzenbesetzte Bonbonniere mit weißer Satinschleife und eine grüne Schuhschachtel mit eingedrücktem Deckel. Die Hoffnung, daß die Fotos in irgendeiner Weise vorsortiert wären, erwies sich als trügerisch. Papa im Schweizer Stickereikleidchen mit Blumenhut, gleich darunter Mama mit einem Baby im Arm – Sefa? sie selbst? einer der Brüder? – eine melancholisch blickende junge Frau mit Bubikopf und Federboa, ihr Hochzeitsbild, Sefa im Norwegerpullover mit einem Schneeball in der Hand, die Eltern in Ausseer Tracht vor einem Brunnen. Papa blickte direkt in die Kamera, während Mama nur ihn zu sehen schien. Ein Bild von ihrer Hochzeitsreise? Atelier für künstlerische Photographie P. Zimmermann, Bad Goisern stand in Goldbuchstaben auf der Rückseite des grauen Kartons. Das Foto strahlte Feierlichkeit aus, die Würde einer wichtigen Gelegenheit. Hatte Mama ihn wirklich so bewundert, oder war das die Inszenierung des Fotografen? *Sollst mich niedre Magd nicht kennen, hoher Herr der Herrlichkeit.* Sefa hatte sie an ›Frauenliebe und Leben‹ erinnert. Komisch, wie gut sie den Text noch konnte. Sie hatte es doch nie gesungen. Der Brunnen war wahrscheinlich Papiermaché. Cornelia würde Spaß an dem Bild haben. Es war so sehr *Fin de siècle*, nein, eigentlich nicht, es kam zwar aus der Zeit, war aber noch früher angesiedelt in der Haltung, in der Weltsicht, die Eltern wußten nicht, daß sie an einem Ende angekommen waren, diese beiden meinten, sie stünden vor einem Anfang. Oder war auch das eine unzulässige Interpretation?

Sie lehnte das Foto an die Teekanne auf der Anrichte.

Gestern erst hatte sie mit so viel Nachdruck behauptet, die Eltern hätten eine gute Ehe geführt. Und nun hörte sie Mama sagen: »Bring ihm das Essen hinüber.« Nicht Papa, nicht Rudolf. Er. Mit dem Satz kam die Erinnerung an die bösen Tage, als er im Herrenzimmer auf dem Sofa schlief – gab es überhaupt noch Herrenzimmer? Oder waren die mit Herrenfahrern und Herrenreitern in dem Orkus verschwunden, wo die Herrenmenschen hingehörten? Er im Herrenzimmer, sie im Schlafzimmer, und keine Erklärung. Sag ihm. Frag ihn. Er blieb bei den Formen. Sag deiner Mutter. Frag deine Mutter. Nur wenn Verwandte zu Besuch kamen, stand Papas Teller am Kopfende des Eßtischs, der, auch wenn nur vier Personen bei Tisch saßen, immer zu seiner vollen Länge ausgezogen war und bequem Platz für acht geboten hätte. Einmal hatte Sefa gefragt: »Mama, warum bist du so böse auf Papa?« Mama hatte Messer und Gabel auf ihren halbvollen Teller gelegt, war aufgestanden und aus dem Zimmer gegangen.

Sefa hatte die Fransen aus ihrer Leinenserviette gezupft, hatte immer weiter daran gezogen und gerissen, bis ein Haufen weißer Fäden vor ihr lag. Karla war aufgestanden und hatte nach den Tellern gegriffen.

»Laß das«, hatte Sefa gesagt. »Mama ist noch nicht fertig.«

Sie hatten den Tisch nicht abgeräumt, hatten das Geschirr nicht gewaschen. Wo war Theres gewesen? Theres fehlte in dieser Erinnerung, sie war doch sonst immer da. Hatte Theres je Urlaub gehabt? Aufgabe der Töchter war es gewesen, den Tisch abzuräumen und das Geschirr abzutrocknen. Mama hatte das wohl für charakterbildend gehalten. Aber in dieser Szene erinnerte sich Karla ganz deutlich, daß es ungewöhnlich war, das Geschirr nicht zu waschen. Seltsam. Erst gegen Abend kam Mama aus dem Schlafzimmer, ging ins Eßzimmer, stand lange da, die Hände auf den unordentlichen Tisch gestützt. Karla sah sie so im Spiegel und trat noch vorsichtiger auf als sonst. Nicht einmal den Flusenberg hatte Sefa entfernt. Mama hatte entweder nicht verstanden, was Sefa ihr damit sagen wollte, oder sie hatte es nur zu gut verstanden. Hatten die beiden miteinander gesprochen? Kaum.

Ob Papa eine Freundin gehabt hatte? Schwer vorstellbar. Er verließ weiterhin pünktlich um sieben Uhr zehn die Wohnung, ging zu Fuß ins Amt und kam kurz nach sechs nach Hause zurück. In der Zeit des bösen Schweigens besuchten weder er noch sie ein Theater, eine Oper oder ein Konzert, auch keine Freunde, keine Bekannten, keine Verwandten. Gefängnis mit Freigang zur Arbeit nannte man das heute.

Wie lange hatte die Strafe gedauert? Länger als ein Jahr ganz bestimmt, dann kam die Zeit der Korrektheit. Erst nach Papas Pensionierung war es wärmer geworden im Haus, waren Papa und Mama nebeneinander auf dem Sofa vor dem Fernseher gesessen, waren miteinander spazierengegangen.

Sie konnte sich nicht erinnern, je irgendwelche Zärtlichkeiten zwischen ihnen gesehen zu haben, außer zu Weihnachten, da küßte Papa Mama auf die rechte Wange, sie küßte die Luft neben seiner linken Wange.

Ich sollte wirklich weitermachen. So werde ich nie fertig. Menschen, die Karla überhaupt nicht kannte, kamen auf einen Stapel, der schnell wuchs. Mamas Jugendfreundinnen? Entfernte Verwandte? Wie gerade sich alle hielten.

Papa mit Tschako auf dem Schaukelpferd, Papa als Einjährig-Freiwilliger, die Jacke lässig über die Schulter geworfen, Papa Wange an Wange mit Tante Mathilde, Brüderchen und Schwesterchen in zärtlicher Eintracht, bestimmt als Geschenk für die Großeltern aufgenommen, Papas Maturafoto, lauter junge Herren in Anzug und Krawatte, kerzengerade die einen, malerisch hingegossen die anderen. Ein Foto war eine ernsthafte Angelegenheit. Mama mit Sonnenschirm in der Patschhand, eine Schärpe um die Taille gebunden, braune Locken duftig auf dem weißen Spitzenkragen arrangiert, zart rosa angehaucht Lippen und Wängelchen, Schärpe und Sonnenschirm türkis koloriert. Mama auf dem Schoß ihrer Großmutter, schwarze Witwenhaube die eine, Schutenhütchen mit Rüschen die andere, beide ernst. Mama am Klavier im Halbprofil, Renoirs Mädchen am Klavier mußte da als Vorlage gedient haben. Bilder für silberne Rahmen, Standortbestimmungen, Bilder, die Sicherheit gaben, woher man kam und wohin man gehörte.

War das Cornelia oder sie selbst? Das Kleidchen bot keinen Anhaltspunkt, konnte ebensogut aus den frühen zwanziger Jahren wie aus den späten Vierzigern stammen. Wie neugierig die Kleine in die Welt schaute. Karla drehte das Foto um. *Unser Bauxerl, 1 Jahr 11 Monate* stand da in einer ihr unbekannten, etwas zittrigen Schrift. Sie legte das Foto zur Seite.

Als Sefa nach Hause kam, war der Eßtisch voll mit größeren und kleineren Stapeln.

»Also sehr viel Ordnung kann ich da nicht erblicken«, stellte Sefa fest.

»Du weißt doch, wenn man wirklich Ordnung machen will, muß man sich zuerst auf Chaos einlassen.«

»Dann wird das die Ordnung schlechthin.« Sefa nahm ein Foto nach dem anderen zur Hand. »Es heißt doch immer, Bilder erzählen Geschichten, *ein Bild sagt mehr als tausend Worte*. Diese Bilder erzählen ihre Geschichten in einer Sprache, die ich nicht verstehe.«

»Ich auch nicht. Ein paar Anekdoten fallen mir ein, aber irgendwie fehlt bei den meisten die Pointe.«

»Unsere Kinder kennen nicht einmal mehr die Anekdoten, glaube ich. Rainer jedenfalls wollte nie etwas davon hören.«

»Ich weiß noch, wie ungeduldig ich wurde, wenn unsere Omama mit ihren ewig gleichen Geschichten anfing, heute würde ich was geben dafür, wenn ich sie noch einmal hören könnte.«

Karla stippte mit einem Finger auf das Foto von Mama und ihrer Großmutter. »Ich weiß nicht einmal, wie unsere Urgroßmutter geheißen hat. Du?«

»Margarete. Nein, Anna.«

»Oder Maria. Oder Elvira. Oder Aloysia. Jedenfalls hatte sie eine bildschöne Haube. Ach übrigens, kennst du die Schrift?« Sie reichte Sefa das Foto des kleinen Mädchens.

»O ja, die kenne ich. Das ist Großvater Eugen. Er hat immer ›mein Bauxerl‹ zu mir gesagt.«

»Zu dir? Ich dachte, das bin ich. Oder Cornelia. Das sieht dir doch überhaupt nicht ähnlich!«

»Jetzt nicht mehr. Aber damals war ich richtig hübsch.«

Sefa betrachtete das Foto eingehend. »Oder bist das doch du?« Sie lachte. »Ich hätte gern, daß ich es wäre.«

Vor ein paar Jahren hätte Karla sich noch verpflichtet gefühlt zu protestieren, jetzt legte sie nur den Kopf schief. Sefa verschwand in ihrem Zimmer, kam mit einem Brief zurück, der offensichtlich von derselben Hand geschrieben war. »Siehst du? *Mein liebes Bauxerl.* Ich war im Krankenhaus, und er hat Mama den Brief für mich mitgegeben.«

»Bauxerl ist so ein zärtliches Wort. Das kann man doch gar nicht scharf sagen. Ich wollte, es hätte mich einmal jemand Bauxerl genannt. Du warst immerhin mehr als ein Jahr lang du selbst, das Bauxerl unseres Großvaters – den ich gar nicht mehr gekannt habe. Ich bin schon als Schwester zur Welt gekommen. Aber Josefa hat, aber Josefa war, aber Josefa konnte ...«

»Mich haben sie mit den Brüdern verglichen. Mit dem, was die Brüder geworden wären.«

»Aber die waren Buben!«

»Allerdings. Schau, bei mir waren sie enttäuscht, weil ich kein Sohn war. Bei dir waren sie schon Kummer gewöhnt. So hat halt jede ihr Pinkerl zu tragen.«

»Das ist wieder so ein Wort, wie das Bauxerl. Ich fürchte, es wird nicht lange dauern, und keiner wird es mehr verstehen. Meine Enkelin sowieso nicht, aber auch hier niemand.«

»Dabei ist es doch so schön, wenn das Bauxerl sein Pinkerl trägt, ohne Spompanadeln zu machen, das Tschapperl«, sagte Sefa. Kurz darauf fügte sie hinzu: »Und ich möchte gar nicht fragen, woran mein Herr Sohn denkt, wenn er *Pinkerl* hört.«

»Meint er dann, daß man seinen als Zwutschgerl bezeichnet?« erkundigte sich Karla, und sie kicherten beide wie Schulmädchen, die zum ersten Mal einen anstößigen Witz halb verstanden haben.

»Bahöl.«
»Kramuri.«
»Remasuri.«
»Halawachel.«
»Man müßte die Wörter unter den Quargelsturz stellen, damit sie nicht verlorengehen.«

»Und das wäre etwa so sinnvoll, wie wenn man ein Kind unter den Quargelsturz stellen will, damit ihm nichts passiert«, sagte Sefa. »An den meisten Unfällen, die Rainer hatte, war ich schuld mit meiner Übervorsichtigkeit. Wörter müssen genauso wie Kinder herumrennen, sich dreckig machen, sich verändern dürfen.«

»Anstößig sein«, sagte Karla.

»Ja, auch anstößig sein«, bestätigte Sefa. Sie nahm das Foto aus Goisern von der Anrichte. »Wenn wir davon kein zweites finden, möchte ich das gern kopieren lassen. Dann schenke ich es Rainer zum Geburtstag.«

»Glaubst du, daß du ihn damit überreden kannst, wieder zu heiraten? Das erste Mal war ja nicht gerade ein rauschender Erfolg. Und denk daran, wie es bei unseren Eltern geendet hat.«

»Erstens bist du blöd, zweitens hat es bei unseren Eltern doch ganz gut geendet, nur die Mitte war schwierig.«

Immer retteten sie sich in eine flapsige Bemerkung, einen Themenwechsel. Vielleicht hatte es mit der Angst vor dem Tod zu tun. Wenn die einzige Aussicht die auf das eigene Ende war, durfte man den Anfang nicht in Frage stellen. Da, am Anfang, mußte die Liebe stehen, unverrückbar und groß, dann war man nicht durch Zufall oder gar Unfall in die Welt geschlittert, dann konnte vielleicht das Ende dorthin zurückkehren, in die fraglose, die absolute Liebe. Weil sich die Katze doch immer wieder in den Schwanz beißt. Ach, dachte Karla, es hat gar keinen Sinn, wenn ich mir den Kopf zerbreche. Am Ende lande ich doch wieder bei den Katzen oder sonst einem Unsinn. Interessant übrigens, daß Ehe immer nur die unserer Eltern ist, daß wir unsere eigenen Ehen ausklammern und die unserer Kinder. Als ob es darüber gar nichts zu sagen gäbe.

Wie oft sie und Sefa über Papa und Mama redeten. Weit öfter als über ihre Kinder. Schon die Wörter zu sagen war eine Art Beschwörung, die die Eltern in die Gegenwart holte. Für Cornelia, für Rainer waren die Großeltern nur mehr Namen. Keine Bedrohung mehr, keine Forderung, der man genügen mußte. Wohlwollende Hausgötter vielleicht, die keine Ansprüche stellten, Vorfahren. Vorfahren konnten nur die sein, die Nachfahren hatten, oder? Sie erinnerte sich, irgendwo gelesen zu haben, daß die Ahnen in Afrika im Grunde gefährlich waren, beschwichtigt werden mußten, damit sie sich nicht rächten an denen, die leben durften, während sie tot waren. Vielleicht war das eine realistischere Vorstellung als die von den toten Verwandten, die als Schutzengel über ihre Nachkommen wachten. Was für ein Bild, Papa als übergewichtiger Schutzengel im dreiteiligen Anzug mit Uhrkette.

»Kannst du dir vorstellen, daß unsere Kinder je so viel über uns nachdenken werden wie wir über unsere Eltern?« fragte sie.

»Aber sicher nicht«, sagte Sefa. »Ist dir eigentlich aufgefallen, wie fast alle Witwen über ihre toten Männer sprechen? Voll Rührung und Bewunderung. Über lebende Männer reden die meisten mit diesem leicht genervten Gesichtsausdruck, der Gespräche über renitente Jugendliche begleitet.«

»Du bist ziemlich gemein. Aber vielleicht stimmt's. Die Vortrefflichkeit wächst mit dem Quadrat der Entfernung.«

Nein, sagte sich Sefa, nicht schon wieder. Es paßt einfach nicht zu mir, ich bin schließlich eine vernünftige Person, das ist doch lauterer Unsinn. Da hatte sie sich schon sorgfältiger frisiert als sonst, hatte das blaue Kostüm angezogen und die Bluse mit dem Schalkragen. Es war immerhin fast ein Jahr her, auf keinen Fall weniger als sieben Monate.

»Wohin gehst du?« fragte Karla.

»Ich bin mit Elvira verabredet.«

»Was du an der findest, werde ich nie verstehen. Aber bitte, ich mische mich nicht in deine Angelegenheiten.«

My foot, würde deine amerikanische Enkelin sagen, dachte Sefa. »Warte nicht mit dem Essen auf mich. Kann sein, daß wir im Dommayer eine Kleinigkeit essen.«

Sefa fuhr mit der Tramway, sie hatte eine Abneigung gegen die U-Bahn, die vielen Ausgänge verwirrten sie, und seit sie einmal gestolpert war und nur der rasche Zugriff eines jungen Mannes sie vor einem bösen Fall gerettet hatte, waren ihr die Rolltreppen unheimlich. Stiegensteigen war zwar angeblich gesund, aber viel zu anstrengend. Außerdem war jede Straßenbahnfahrt voller Überraschungen, immer wieder sah sie ein frisch renoviertes Haus, entdeckte ein schmiedeeisernes Balkongeländer, das sie nie zuvor bemerkt hatte, einen muskelstarrenden Atlanten, einen verirrten Engel. Wenn sie zu Fuß unterwegs war, sah sie lange nicht so viel, da mußte sie ständig aufpassen, um nicht in Hundekot zu treten.

Ihr gegenüber saßen zwei Buben, ein hübscher Kerl der eine mit fast schwarzen Augen und schwarzen Locken. Sie konnte beim besten Willen nicht verstehen, was gewisse Leute gegen die Zuwanderer aus dem Osten und Süden hatten. Ästhetisch gesehen waren sie jedenfalls ein Gewinn. Im breitesten Wiener Dialekt empörte sich der Bub, sein Freund sei ein fürchterlicher Angeber, diese Festplattenkapazität glaube er ihm nie im Leben und er sei überhaupt ein Trottel.

Sie wußte gerade noch, daß Festplattenkapazität etwas mit Computern zu tun hatte. Eine völlig andere Welt, in der diese Kinder lebten, Angehörige eines fremden Stammes, der höchst selbstverständlich mit Dingen umging, die ihr eine merkwürdige Scheu einflößten. Die Fremdheit lag nicht an der Herkunft, die lag am Geburtsdatum, überlegte sie. Sie glaubte nicht, daß die Schranken zwischen den Generationen früher so trennend gewesen waren. Möglicherweise hatte es auch damit zu tun, daß sie damals kaum erwarten konnten, endlich erwachsen zu werden, während sie nicht den Eindruck hatte, daß die Jungen heute Erwachsensein als erstrebenswert betrachteten.

Beim Aussteigen spürte sie ein Flattern in der Bauchdecke, eine Unruhe, die ihre Bewegungen fahrig machte. Fast wäre sie bei Rot über die Kreuzung gegangen, völlig hirnlos, nur weil neben ihr ein Mensch auf die Fahrbahn trat. Wenn der sich umbringen wollte, war es seine Sache, aber daß sie mitrannte wie ein Lemming, das war wohl das letzte. Ja, dachte sie, es wäre tatsächlich das letzte, was ich täte, wenn ich mich zwischen die Autos stürzte.

Es kostete sie einige Überwindung, die Tür zu öffnen. Was, wenn er nicht da war? Seinen freien Tag hatte, in eine andere Filiale versetzt worden war? Sie hielt sich an der Klinke fest, da kam er schon auf sie zu, nahm ihren Ellbogen und führte sie in die Nische am Ende des Raumes, vorbei an einer schwarz gekleideten Frau mit strähnigen Haaren und einem mit den Füßen scharrenden jungen Mann.

Er rückte ihren Stuhl zurecht, setzte sich ihr gegenüber, dann erst erschien das Lächeln auf seinem Gesicht, es wäre unpassend gewesen, vor den Hinterbliebenen zu lächeln, in der

Privatheit dieser Nische war ein Lächeln am Platz. »Wie geht es Ihnen, gnädige Frau?« Sie mochte es, wie er dem Umlaut Breite und Würde gab, keinen Ton verschluckte. Das *gnä' Frau*, das man so oft hörte, kam ihr immer vor wie eine Verstümmelung, fast wie ein Hohn.

»Wir haben ganz reizende neue Kissen bekommen, echte Brüsseler Spitzen«, teilte er ihr mit. »Darf ich sie Ihnen zeigen?«

Natürlich durfte er, er ging davon mit seinen weichen, wiegenden Schritten, beugte sich über sie, als er das Kissen vor sie legte. Solche Spitzen hatte Mama an ihrem Frisierumhang gehabt. Wo war der eigentlich hingekommen?

»Auf blauer Seide machen sie sich besonders schön«, sagte er. Sie nickte, fragte nach dem Preis, der ihr sehr hoch schien, aber die Spitzen waren wirklich wunderbar, und warum sollte sie sich nicht das Beste gönnen, Rainer war tüchtig, der war nicht angewiesen auf das, was sie zu vererben hatte, und er würde schon für Fiona sorgen, er hatte ja sonst niemanden, soviel sie wußte. Einen Augenblick lang stellte sie sich ihren Kopf auf diesem Kissen vor, das Bild war traurig, aber auf eine tröstliche, angstfreie Art, wie eine Erinnerung, die nicht mehr weh tat.

»Ja«, sagte sie. Der junge Mann holte das Auftragsformular, trug die Änderung ein und bat um ihre Unterschrift. Schön geformte Nägel hatte er, doch sollte er sie feilen, nicht schneiden. Schade, daß sie ihm das nicht sagen konnte. Sie erkundigte sich, ob neue Sargmodelle gekommen seien. Er bedauerte, stellte aber eine neue Serie in Aussicht, im Spätherbst wahrscheinlich.

»Gut, dann schaue ich im Oktober vorbei.«

Sie spürte seinen Blick auf ihrem Gesicht. »Leider kann ich nicht versprechen, ob wir die Lieferung schon im Oktober bekommen, es könnte sich etwas verzögern.«

»Macht nichts«, sagte sie. »Macht nichts.« Sie hätte Lust gehabt, ihn zum Kaffee einzuladen ins Dommayer, ihn ein Kipferl essen zu sehen, aber das war nun wirklich unpassend. Eigentlich sollte sie jetzt gehen. Sie bat um ein Glas Wasser.

Sein kleiner Finger streifte ihre Hand, als er ihr das Glas reichte. »Ich denke, die Schwüle macht Ihnen zu schaffen. Darf ich ein Taxi für Sie rufen? Oder Sie zur Straßenbahn begleiten?«

Die Versuchung war groß, dennoch lehnte sie dankend ab. Ein andermal vielleicht. »Ich fühle mich schon viel besser. Übrigens: Sie denken doch an unsere Abmachung?«

»Natürlich«, sagte er. »Rote Rosen, für jedes Jahr Ihres Lebens eine.«

»Sind Sie sicher, daß der Betrag reicht?« fragte sie.

»Aber gewiß.«

Sie rechnete im Kopf nach. Wenn sie nicht älter als 120 wurde und der Preis der Rosen aufs Dreifache stieg, müßte es genügen. Karla würde tagelang herumrätseln, wer die Rosen geschickt hatte. Es war zwar möglich, daß die Schwester vor ihr starb, aber nicht wahrscheinlich, sie war immerhin jünger, warum sollte sie, und sie ging auch selten genug aus dem Haus, die Gefahr, daß sie von einem Auto überfahren wurde, war äußerst gering. Die Vorstellung war zu schön, wie Karla im Geist alle Freunde und Verwandten durchgehen und letztlich bei einem unbekannten Verehrer landen würde.

Sie stützte sich auf die Tischplatte, wußte genau, daß er jetzt ihren Ellbogen sehr behutsam fassen und ihr beim Aufstehen helfen würde. Er begleitete sie zur Tür, auf dem Weg meinte sie, ein verstohlenes Schmunzeln bei einem der Angestellten zu sehen. Sie bedachte den Mann mit einem herablassenden Blick, er senkte den Kopf, dabei sah sie den großen entzündeten Pickel in seinem Nacken.

»Bis Oktober dann«, sagte sie. »Auf Wiedersehen!«
»Auf Wiedersehen, gnädige Frau.«
Als sie sich an der Ecke umdrehte, stand er noch da. Sie hob die Hand und winkte. Er winkte nicht zurück. Bei seinem Beruf war Winken und Lächeln wohl nicht erwünscht.

Auf dem Weg über die Brücke nickte sie dem steinernen Löwen zu. Wie bei jedem Besuch war ein Stück Angst von ihr abgefallen, und wenn das lächerlich war, dann war sie eben lächerlich. Was kümmerte es sie?

Linker Fuß, rechter Fuß. Bei jedem Schritt strich ihr seidenes Unterkleid an ihre Oberschenkel.

Der Kellner im Café wirkte auf sie wie ein Schauspieler, der zum ersten Mal eine kleine Rolle bekommen hat und davon träumt, beim nächsten Mal im Burgtheater den Anatol zu spielen. Er empfahl ihr den Topfenstrudel, eigentlich hatte sie ein Nußkipferl nehmen wollen, bestellte aber den Topfenstrudel. Wie leicht sie doch zu beeinflussen war.

Die meisten Tische waren besetzt. Zart waren die Mädchen, auch die jungen Männer, knabenhaft eigentlich. Frühgereift und schön und traurig, so hieß es doch bei Schnitzler, oder hatte das ein anderer geschrieben? Wie sie sich über die Marmortische hinweg einander zuneigten. Eine Dunkelhaarige im langen schwarzen Kleid lachte auf, rief »O nein!« Drei Töne auf dem e, das eher als a herauskam, Ansatz einer Koloratur. Ihr Begleiter griff nach ihrer Hand, betrachtete ernsthaft die schmalen Finger, drehte die Handfläche nach oben, als wollte er darin lesen. *Fin de siècle*, dachte Sefa, ein lebendes Bild aus der Zeit, als nur die wenigsten ahnten, was kommen würde. Eigentlich müßte man sie warnen, es wäre so schade um diese schönen jungen Menschen, die am Beginn eines Jahrtausends wirkten, als wären sie in die Rollen ihrer Urgroßeltern am Ende des vorvergangenen Jahrhunderts geschlüpft. Sefa hatte nie gedacht, daß sie diese Jahrtausendwende erleben würde, und nun war sie vorbei und war kein neuer Anfang geworden.

Der Topfenstrudel war köstlich. So gut hatte nur Frau Millis Topfenstrudel geschmeckt. Frau Milli, die in der schlechten Zeit zwischen die Rosenstöcke im Gärtchen Kohl und Paradeiser und Erdäpfel gepflanzt, die Hühner und Kaninchen gehalten hatte, die alle eßbaren Kräuter kannte. Die erst dann Geschirr spülte, wenn kein einziger Teller mehr im Schrank war, dann aber jedes Stück mit solcher Gründlichkeit polierte, daß alles wie neu aussah. Sie hatte selten einen Besen in die Hand genommen, aber wenn sie den Boden schrubbte, wurde er hell wie ein neues Nudelbrett, dann ließ sie das Parkett mit Bienenwachs ein, schnallte sich noch mit achtzig zwei Bürsten an die Füße und polierte die Eichenbretter zu spiegelndem Hochglanz. Wie eine Eiskunstläuferin sah sie dabei aus, der strenge Haarknoten löste sich auf, ums Gesicht und im Nakken hingen feine Strähnchen, ihre blassen Wangen röteten sich und ihre Augen funkelten. Alle Frauen in der Familie hatten sich stundenlang über Frau Millis seltsame Haushaltsführung ausgelassen, was in keiner Weise an ihrer absoluten Autorität kratzte, einer Autorität, die sich gleichermaßen auf Fragen des Anstands wie solche der Koch- und Backkunst erstreckte. Alles, was irgendein Mitglied der Familie betraf, war in ihrem unfehlbaren Gedächtnis gespeichert gewesen, nichts wurde je gelöscht. Ein O-beiniger Fels in der Brandung der Zeit war sie gewesen, hatte sich in fünfzig Jahren nicht verändert, vielleicht ein paar Falten mehr, ein paar graue Haare weniger, vielleicht war sie ein wenig geschrumpft, aber eindeutig dieselbe geblieben. Sefa hatte sie nie besonders gemocht, jetzt dachte sie mit einer gewissen Zärtlichkeit an sie. Es gab so viele Dinge, nach denen sie Großvaters Wirtschafterin gern gefragt hätte, jetzt, wo es zu spät war. Alles, was die Familie betraf, war wichtig gewesen in Frau Millis Augen, da hatte es nichts gegeben, das sie als unwesentlich betrachtet hätte, und sie hatte sich Informationen zu beschaffen gewußt, auch als sie ihr Zimmer kaum mehr verlassen konnte. Hatte sie eigentlich eine eigene Familie gehabt? Dumme Frage. Die Familie war weit mehr ihre Familie gewesen als die der Menschen, die hineingeboren worden waren.

All dieses Wissen war mit ihr gestorben. Plötzlich wurde Sefa klar, daß dieses Wissen auch dann verloren wäre, wenn sie besser zugehört hätte. Wem sollte sie es weitergeben? Rainer hatte keine Verwendung dafür, Fiona erst recht nicht, Cornelia und die Großnichte in Amerika würde sich ebensowenig dafür interessieren. Irgendwann, wenn auch dieses Jahrhundert alt geworden war, würde Fiona in einem Kaffeehaus sitzen, falls es dann noch Kaffeehäuser gab, und würde mit leisem Bedauern an ihre Großmutter denken, Fragen stellen wollen, die ihr heute unwichtig erschienen. Oder war auch das eine Illusion? Die kleine Fiona, die hatte sich an sie gekuschelt, wenn sie ihr Geschichten vorlas oder erzählte. Von der großen Fiona wußte sie so wenig. Vielleicht müßte ich sie einfach anrufen, fragen, ob sie Lust hat, auf einen Kaffee vorbeizukommen, ohne diese Sehnsucht in der Stimme, die wie ein Vorwurf mitschwang. Papa und Mama waren gegenwärtiger als ihr eigener Sohn, ihre eigene Enkelin. Eigene? Man müßte Erinnerungen vererben können wie eine Kette oder einen Ring.

Sefa winkte dem Kellner.

Ihr Kopf kam ihr vor wie ein Ameisenhaufen, in dem fleißige Arbeiterinnen die abstrusesten Dinge planlos hin und her schleppten. Sie hatte jedenfalls nicht die Absicht, noch länger dabei zuzusehen.

»Komme gleich«, sagte der Kellner. Es gab doch Dinge, auf die man sich verlassen konnte, selbst wenn der Kellner wie ein hoffnungsvoller Schauspieler aussah, der einen Kellner spielte. Komme gleich. Ging zu einem anderen Tisch, wischte mit dem karierten Tuch über die Marmorplatte, trug zwei Zeitungen zur Ablage, betrachtete stirnrunzelnd die Mehlspeisen in der Vitrine, ging hinter die Theke, leerte einen Aschenbecher aus. Komme gleich.

Wie immer, wenn sie eine Weile gesessen war, machte ihr das Gehen Schwierigkeiten. Auf jeden Schritt konzentrieren, ermahnte sie sich, sonst schwankst du daher wie eine alte Säuferin. Nicht auf die Füße schauen, geradeaus blicken. Siehst du, es geht. Du wirst dir doch nicht von zwei unbotsamen Beinen einen schönen Tag verderben lassen. Empörend, wie einem ein Teil des Körpers nach dem anderen den Gehorsam aufkündigte, daß man keine Möglichkeit hatte, die meuternden Knochen, Gelenke, Muskeln, Organe zu bestrafen. Ausgeliefert war man ihnen, mußte mit ihren Launen leben. Früher hatte ihr Körper einfach ihr gehört, jetzt beschlich sie manchmal der Verdacht, daß bald sie ihm gehören würde. Noch war es nicht soweit. Wie hatte Tante Mathilde gesagt? Der Körper will es. Damals hatte sie darüber gelacht, damals, als ihr Tante Mathilde unendlich alt vorkam und vielleicht zwanzig Jahre jünger gewesen war als sie heute.

Die Fotostapel auf dem Tisch drohten ineinanderzufließen, Karla sah zerrauft und erschöpft aus. »Wie geht's Elvira?«

»Das interessiert dich doch nicht wirklich.«

»Stimmt«, sagte Karla.

Sefa bot sich an, ihr beim Sortieren zu helfen.

»Es ist zum Verzweifeln, wie viele von diesen Leuten ich überhaupt nicht kenne«, stöhnte Karla. »Was tun wir mit den Bildern? Irgendwie widerstrebt es mir, sie einfach in den Mülleimer zu werfen. Es kommt mir so grausam vor.«

Sefa erinnerte sich, daß sie auf dem Flohmarkt Schachteln voll mit alten Fotos gesehen hatte. »Wir gehen am Samstag auf den Flohmarkt und schenken sie einem von den Händlern. Es gibt anscheinend genügend Leute, die bereit sind, Geld auszugeben für fremde Tanten und Großmütter, sonst würden sie nicht angeboten. Dann finden sie irgendwo einen warmen Platz und wir sind sie los.«

»Was haben wir die Augen verdreht, wenn Mama Verwandtenbesuch angekündigt hat! Und andere wollen sogar Verwandtschaft kaufen.«

»Nicht die Verwandtschaft. Nur die Fotos, die reden einem nicht drein. Die ganz Reichen kaufen sich Familie in Essig und Öl und hängen sie in den Salon.«

Karla schüttelte sich. »Klingt makaber.«

Sefa holte eine Schuhschachtel aus ihrem Schrank, die in kurzer Zeit fast voll wurde.

»Ein seltsames Gefühl, daß die alle wichtig waren für unsere Eltern, und wir wissen nicht einmal, wie sie geheißen haben«, sagte Karla. »Was hältst du von einer Tasse Tee?«

»Ich stell schon Wasser auf.«

Sie stritten eine Weile darüber, welche von ihnen den Tee machen sollte, trotzdem stand er irgendwann auf dem Tisch, duftete in den blau gemusterten Tassen.

Karla verwarf den Gedanken, die Fotos in ein Album zu kleben, sie meinte, Cornelia würde sie vielleicht lieber in Rahmen auf den Kaminsims stellen. Alle hatten sie Kaminsimse in Amerika, auch wenn in ihren Kaminen nie ein Feuer gebrannt hatte. In ihrer ordentlichen kleinen Schrift schrieb sie Namen und ungefähre Daten mit Bleistift auf die Rückseite. Das Foto von der Hochzeitsreise der Eltern kam nicht in die Bonbonniere.

»Dafür kaufe ich morgen einen Rahmen. Es macht sich doch gut auf der Anrichte, findest du nicht?«

Sefa wiegte den Kopf hin und her. »So hab ich sie nicht gekannt, wie sie da aussehen.«

»Wer sagt, daß du sie gekannt hast?« Karla fügte schnell hinzu: »Vor ein paar Jahren hätte ich noch behauptet, ich hab sie gekannt. Heute nicht mehr.« Vielleicht konnte man seinen eigenen Vater, seine eigene Mutter gar nicht kennen.

Karla schob einen Stapel über den Tisch zu Sefa. »Das sind die für Rainer. Wollte er nicht morgen kommen? Du weißt ja nicht, wie ich dich beneide, daß du deinen Sohn sehen kannst, wann du willst.«

Sefa hob die Augenbrauen. »Du weißt ja nicht, wie ich dich beneide, daß du glauben kannst, du könntest deine Tochter öfter sehen, würde sie nicht zufällig neuntausend Kilometer entfernt leben. Sag, das waren doch Mutters Fotos?«

»Ja. Ich glaube, ich habe sie gerecht verteilt.«

»Darum geht's nicht. Mir fällt nur auf – es ist kein einziges Bild von den Brüdern dabei.«

»Stimmt. Wo sind die Bilder aus dem Schlafzimmer? Bevor wir Mama ins Krankenhaus brachten, standen drei auf der Kommode und drei hingen darüber. Die kann doch niemand genommen haben! Ich verstehe einfach nicht, wieso mir nie aufgefallen ist, daß sie nicht mehr da sind.«

Das werde ich dir nicht erklären, dachte Sefa. Ich ganz bestimmt nicht.

Karla dachte angestrengt nach. »Bevor der Arzt kam, habe ich die Rahmen noch abgestaubt, Mama hatte mich darum gebeten, auf einem Glas war ein Fleck, der hat sie gestört.«

Automatisch schilderte sie punktgenau die Minuten, bis die Sanitäter kamen, wie immer in denselben Worten, im selben Tonfall, ein Protokoll, das auch heute noch beweisen sollte, daß sie nichts versäumt und alles richtig gemacht hatte. »Du bist ja dann direkt ins Krankenhaus gekommen, und in der Woche darauf waren wir beide rund um die Uhr bei Mama.«

Sefa nickte. »Glaubst du, sie könnte aufgestanden sein und die Bilder in die Tasche gesteckt haben, um sie mitzunehmen?«

»Die Tasche war im Vorzimmer, glaube ich.«

»Du hast doch ihre Schränke und Laden geräumt?« fragte Sefa.

»Viel später erst. Du weißt doch, nach ihrem Tod hat mich der Arzt auf Kur geschickt, und ich habe es mehr als ein Jahr lang nicht geschafft, ihr Zimmer zu betreten, erst als du kamst ...«

»Warum hast du nichts gesagt? Ich wollte doch nur, daß du dieses Zimmer hast, weil es das schönste in der Wohnung ist, und du hattest es verdient, weil du am meisten für Mama getan hattest.«

»Ich weiß, du hast es gut gemeint. Aber für mich war's schrecklich, auch als es neu tapeziert und alles umgestellt war, blieb es Mamas Zimmer, in dem ich nichts zu suchen hatte.«

»Warum hast du nichts gesagt, Karla?«

Karla zuckte mit den Schultern.

»Willst du jetzt tauschen?«

»Nein. Jetzt nicht mehr. Übrigens, da fällt mir ein, die Schränke habe ich ja dann aufarbeiten lassen, die habe ich natürlich ausräumen müssen, aber die Kommode war in Ordnung, und ich habe nur die beiden oberen Schubladen mit der Wäsche geräumt, die unterste war abgesperrt, und irgendwie bin ich nie dazu gekommen, sie öffnen zu lassen.«

Sie log, natürlich log sie, Sefa war nur nicht sicher, ob es der Schwester bewußt war. Sie hatte das Zimmer in Besitz genommen, unfreiwillig zuerst, dann doch die Morgensonne genießend und den schönen Blick über die Dächer, die verschlossene Schublade war ein symbolisches Opfer, der Platz, den sie Mama ließ, eine Art Sühnegabe.

»Komm«, sagte Sefa. Sie ging voran, legte sorgfältig Karlas Pullover und Tücher aufs Bett, zog die oberste Lade heraus, stellte sie auf das Bett, dann die zweite Lade. Sie schnaufte vor Anstrengung. Wie gut, daß die Kommode keine Zwischenböden hatte. Nun war die unterste Lade zugänglich. Sefa kniete davor, steckte den Kopf in die Kommode, ärgerte sich über das beklommene Gefühl, das sie überkam.

»Gott, welch Dunkel hier!« sang sie. »O grauenvolles Schicksal!«

Karla holte die starke Taschenlampe aus der Küche, im Lichtstrahl sahen sie ein weißes Paket. Es fühlte sich an wie Spinnweben.

Mutters Hochzeitsschleier und darin eingewickelt die Bilder, die das Zimmer beherrscht hatten, nein, die ganze Wohnung. Ungerahmt dazwischen zwei kleine Schwarzweißfotos: die toten Brüder auf rüschenbesetzten Kissen mit Rosen in den Händen.

»Nicht auf mein Bett!« rief Karla. Die Schubladen hatten sie nicht gestört.

Sefa legte das Paket auf die Kommode, dabei fiel ein Zettel heraus, ein abgerissenes Dreieck, darauf gekritzelt: *Bitte mit mir begraben.* Sie reichte Karla das Papier. »Das muß sie geschrieben haben, als du mit mir telefoniert hast.«

»Mein Gott«, flüsterte Karla, »wie wichtig muß ihr das gewesen sein, daß sie sich dafür aus dem Bett geschleppt hat, und wir haben es nicht gefunden. Warum hat sie nichts gesagt?«

Warum sie nicht, warum du nicht, warum ich nicht. Wußte sie, was sie damit sagte? Wollte sie, daß wir es verstehen, aber erst nach ihrem Tod? War es ihr gleichgültig, ob sie uns verletzte? Konnte man die Bitte anders deuten als: Diese Kinder waren mein Leben, nun sollen sie mit mir begraben werden? Es sterben immer die falschen Kinder. Wir waren die falschen Kinder. Du hast es nur nicht so deutlich zu spüren bekommen. Ist das dein Glück? Oder meines, weil ich nie so verzweifelt auf Glück hoffte wie du? Oder stimmt es gar nicht, daß ich eher gelernt habe, mich einzurichten in der Welt, wie sie ist?

Mama im Eßzimmer, an die Anrichte gelehnt, im langen Kleid, die Haare hochgesteckt, so schön, daß es weh tat, sie anzuschauen, Sefa selbst in Schuluniform, mit gesenktem Kopf ihr Urteil erwartend, sie hat irgend etwas angestellt, etwas Furchtbares, dennoch hat sie es vergessen, weiß nur, daß sie Strafe verdient, Mama mit unnatürlich glänzenden Augen. Plötzlich packt Mama ihre Hand, zerrt sie ins Schlafzimmer, weist auf die Bilder der Brüder. »Schwöre ihnen, daß du das nie wieder tun wirst!« Was immer es war, sie hatte geschworen, fast erstickt vor Wut und Eifersucht.

»Wir waren die falschen Kinder«, sagte Sefa.

»Wie meinst du das?«

»Ach, nichts.« Wozu Karla mit hineinziehen? Wenn sie es nicht ohnehin wußte, wozu sie damit belasten, und wenn sie es wußte, würde sie es ableugnen. *Wir hatten eine glückliche Kindheit, sie haben uns geliebt, dich mehr als mich.* Papa kam nicht vor in diesem Bild, kam in so wenigen von den Bildern vor, die ungerufen vor ihr aufstanden.

»Wir müssen sie auf den Friedhof bringen«, erklärte Karla.

»Aber doch nicht heute. Rainer hat sich angesagt. Außerdem wird das Tor vor Einbruch der Dunkelheit abgesperrt.« Ich möchte nicht wissen, was der Verwalter oder der Gärtner sagen, wenn sie uns dabei erwischen, wie wir ein Loch ins Grab buddeln. Zwei verrückte alte Weiber wäre das mindeste, wenn sie uns nicht verdächtigen, einen Schoßhund gesetzeswidrig in geweihter Erde zu bestatten.

»Dann gleich morgen früh! Ich will sie nicht in meinem Schlafzimmer haben.«

Sei nicht hysterisch. Nein, das sage ich nicht, das denke ich nicht einmal. Sefa nahm das Paket, trug es ins Vorzimmer und legte es in die Friedhofstasche.

Karla schenkte ihr einen dankbaren Blick.

In einer Viertelstunde würde er kommen, der Kaffee war gemahlen, Wasser in die Espressomaschine gefüllt, sie mußte nur noch auf den Knopf drücken, in zehn Minuten ungefähr, die Mokkatassen standen auf dem Tisch. Goldgelber Sandkuchen, sie hatte ihn vorsichtshalber angeschnitten, schön locker war er geworden. Rainer liebte Sandkuchen. Sie hatte ihrer Schwiegertochter das Rezept aufgeschrieben, sie bezweifelte sehr, ob Margarete es je ausprobiert hatte.

Sefa fuhr sich mit dem Kamm durch die Haare, da entdeckte sie einen kleinen Fettfleck auf ihrer Bluse. Bald würde sie ein Lätzchen brauchen.

Papa mit der großen Serviette in den Kragen gesteckt, die ihm Mama bei jeder Mahlzeit aufzwang. Es sei doch unsinnig, jeden Tag eine Krawatte schmutzig zu machen, schließlich konnte man eine Krawatte nicht in die Waschmaschine stecken wie die Hemden, entweder verzichte er auf die Krawatte oder er nehme die Serviette, was sei schon dabei, früher hätten die Herren alle große Servietten vor der Hemdbrust getragen. Wie verstört er dann dreinsah, nur ganz zum Schluß hatte er sich damit abgefunden. Die Serviette als Zeichen seiner Unmündigkeit. Mit *gewesener Mensch* hatte er seine Karten unterschrieben, als das Dröhnen in seinen Ohren telefonieren fast unmöglich machte.

Sie riß eine andere Bluse vom Bügel, kämpfte mit den Knöpfen. Warum konnten die nicht vernünftige Knöpfe an Blusen und Kleider nähen? Die Knopflöcher waren eine Katastrophe, eines blieb unten übrig. Also noch einmal von vorne.

Eigentlich sollte er längst da sein. Sie schlug die Zeitung auf. Entweder war ihre Brille verschmiert oder sie bekam den grauen Star. Wie Mama. Sefa nahm die Brille ab, hielt sie schräg. Ein grauer Film am oberen Rand, schlicht schmutzig. Geschirrspülmittel genügte als Therapie, sie brauchte keinen Arzt zu bemühen.

Der Schatten an der gegenüberliegenden Hausmauer fingerte sich an die Fenster heran, eine böse Riesenhand.

In all den Jahren hatte sie das Warten nicht gelernt. Mit jeder Minute wurde der Knoten in ihrem Magen enger gezurrt. Als die Klingel schrillte, konnte es nur noch eine Katastrophe bedeuten. Sie drückte auf den Knopf der Gegensprechanlage, ohne ein Wort zu sagen. Was immer es war, sie wollte es nicht durch den schnarrenden Lautsprecher hören.

Dann stand Rainer vor ihr, bückte sich, damit sie seine Wange küssen konnte. Er benutzte ein anderes Rasierwasser als bei seinem letzten Besuch. Sie fand den Duft etwas zu stark.

»Mama, du sollst doch nicht aufmachen, ohne zu fragen, wer da ist.«

»Ich wußte ja, daß du kommst.«

Er stand in der Küchentür, während sie wartete, bis der Kaffee in die Kanne blubberte, entschuldigte sich für die Verspätung, eine Besprechung habe länger gedauert.

»Macht doch nichts. Ich versäume nichts.«

Er habe sehr wenig Zeit, leider, sie wisse ja, und natürlich nickte sie, obwohl oder gerade weil sie gar nichts wußte, er erzählte so gut wie nichts von seinen Geschäften, im Grunde hatte sie keine Ahnung, was er tat, und fragen wollte sie nicht, schon als Kind war er ärgerlich geworden, wenn sie ihm eine Frage stellte. Er nahm ihr das Tablett ab, trug es ins Zimmer, legte sein Handy neben die Mokkatasse, ein Fremdkörper auf dem lindgrünen Damasttischtuch, der blinkte und seltsame Laute von sich gab.

»Mußt du nicht abheben?« fragte sie.

»Das ist nur die Batterie.«

Er wollte keinen Kuchen, der Arzt habe ihm empfohlen, beim Zucker vorsichtig zu sein, führe mich nicht in Versuchung, vielleicht doch ein ganz schmales Stück, nur zum Kosten.

Konnte sie ihn fragen, ob er Fiona gesehen hatte? Beim letzten Mal hatte er auf diese Frage resigniert und betreten zugleich mit den Schultern gezuckt.

Anfangs hatte die Schwiegertochter ihr Kind mit wütender Eifersucht an sich gedrückt, hatte es kaum ausgehalten, wenn jemand anderer die Kleine in den Arm nahm, später hatte Sefa sie jeden Donnerstag von der Schule abholen und den Nachmittag mit ihr verbringen dürfen, die Erinnerung war kostbar und schmerzte, jetzt sah sie Fiona nicht öfter als einmal in zwei Monaten. Fiona mit ihrem zarten, überlangen Hals und den knochigen Schultern, die sie abwechselnd hochzog und vorfallen ließ. Ihr mürrisch verzogener Mund, die gerunzelte Stirn konnten nicht verbergen, wie schön sie geworden war. Beim letzten Besuch hatte sie die Hände mit den abgekauten Fingernägeln links und rechts vom Teller gelegt, als wollte sie die Großmutter zu einer Bemerkung herausfordern, die sie aber nicht machte, sie nicht. So leicht ließ sie sich nicht mehr provozieren. Das immerhin hatte sie gelernt.

Die Schwiegertochter hatte Sefa zuletzt an ihrem 75. Geburtstag gesehen, kurz nach der Scheidung. Margarete war auf der Kante ihres Stuhls gesessen, hatte verstohlen auf die Uhr geblickt, sooft sie an ihrem Tee nippte, hatte jede direkte Anrede vermieden, Mama stimmte nicht mehr, das Gespräch ging nur mehr auf dem Umweg über Fiona. »Deine Omi«, daran hatte sich nichts geändert. Sefa konnte nicht sagen, daß weder ihre Vorbehalte gegen die Schwiegertochter größer noch ihre trotz allem zu ihrer eigenen Überraschung vorhandene Zuneigung geringer geworden waren. Vielleicht sogar im Gegenteil, aber das war nicht ansprechbar, gewiß nicht vor Fiona, die dasaß und wartete, bis sie entlassen würde, und die Sefa nicht entlassen konnte, weil das einem Hinauswurf gleichkäme. Eine Situation, die nicht vorgesehen war im reichen Kanon gesellschaftlicher Formen, den ihr die Eltern mitgegeben hatten. Die Erinnerung war Sefa peinlich, vergrößerte die Hemmungen vor ihrem Sohn. Unvorstellbar, daß sie ihn einmal in den Armen gehalten, ihn gestillt hatte, diesen fremden Mann im Anzug, dessen Wangen schon schlaff wurden. Unter den Augen saßen helle Gerstenkörner in seiner braunen Haut. Natürlich langweilte sie ihn. Er räusperte sich. Gleich würde er zu einer Erklärung ansetzen, warum er gehen müsse. Da piepste sein Handy.

Die Erleichterung in seinem Gesicht tat weh, obwohl oder sogar weil sie selbst erleichtert war. Anstandshalber machte er eine entschuldigende Handbewegung. Sie ersparte ihm die Ausrede, sie verstehe doch, natürlich verstehe sie, es sei lieb von ihm, daß er sich die Zeit genommen habe.

Er war schon auf den Beinen, beugte sich über sie, streifte ihre Wange. In der Tür drehte er sich noch einmal um, sie hatte das Gefühl, daß sein Blick nicht ihr galt, sondern dem Biedermeierschrank.

Du wirst eine böse alte Frau, sagte sie sich.

Wäre wohl auch ein Wunder, wenn es anders wäre. Eigentlich war sie doch wirklich großzügig, trug dem Sohn nicht nach, wie das damals gewesen war. Als Margarete vom zweiten Stock in den ersten telefoniert hatte, wenn Rainer selten genug für fünf Minuten vorbeikam. Als Margarete ihr vorgeworfen hatte, sie hätte Rainer lebens- und konfliktunfähig gemacht. Schlimmer noch, als die Eiszeit ausgebrochen war, als Sefa Beklemmungen bekam, wenn sie durchs Treppenhaus gehen mußte, weil sie sich davor fürchtete, der Schwiegertochter zu begegnen mit ihren haßerfüllten Blicken. Als Margarete im Stiegenhaus gerade noch gedankt hatte, wenn Sefa sie grüßte. Obwohl es doch an ihr gelegen wäre, zuerst zu grüßen. Als Fiona aufhörte, Sefa zu besuchen, und Rainer behauptete, das läge an ihr, sie hätte Fiona zu oft kritisiert. Als Rainer sich weigerte, über seine Frau zu sprechen, das hatte er übrigens auch später nach der Scheidung nicht getan, ihr nur kommentarlos die Tatsache mitgeteilt. Als sie fremd geworden war in ihrem eigenen Haus, nur mehr auf Zehenspitzen durch die Wohnung ging, das Radio so leise stellte, daß sie meinte, sie würde taub. Als sie sicher war, daß es keinen Platz für sie gab auf der Welt, und sich von allen Freunden zurückzog. Bis sie einmal bei Karla zu heulen begonnen hatte über ihrer Teetasse. Sie schämte sich heute noch, wenn sie daran dachte. Hatte einfach nicht aufhören können, auch nicht, als ihr Taschentuch nur mehr ein nasser Lappen war und sie Schluckauf bekam. Karla hatte Taschentuch um Taschentuch gebracht, immer nur eines auf einmal, hatte ihr Zucker in den Tee getan, obwohl sie wußte, wie sehr Sefa Zucker in Tee oder Kaffee haßte, aber sie hatte erklärt, das sei Medizin. Wie eine Kranke hatte sie sie behandelt, hatte wohl gedacht, Sefa sei vorzeitig vergreist, und plötzlich hatte sie gesagt: »Du ziehst zu mir. Die

Wohnung ist ja weiß Gott groß genug für zwei, schließlich haben wir zu viert hier gelebt und sind einander nicht ständig auf die Füße getreten. Außerdem gibt es ja jetzt einen Lift, und wenn wir die Miete teilen, können wir uns zweimal die Woche eine Bedienerin leisten. Du wirst sehen, wir werden es sehr gemütlich haben.« Jeden Widerspruch hatte sie einfach weggewischt, hatte eine sehr ungewohnte Entschlossenheit gezeigt. Eine neue Schwester, die allerdings bald nach Sefas Umzug wieder von der alten abgelöst worden war.

Doch, im ganzen gesehen war es eine gute Entscheidung gewesen. Sie gingen einander auf die Nerven, aber wer ging einem nicht auf die Nerven? Und kein einziges Mal, nicht einmal im ärgsten Streit, hatte Karla jenen Nachmittag erwähnt.

Immer wieder hab ich das Gefühl, es steht jemand hinter mir. Und wenn ich mich umdrehe, ist da keiner«, sagte Karla beim Frühstück. »Kannst du dir vorstellen, wie schrecklich das ist?«

»Ehrlich gesagt, nein. Du müßtest doch froh sein, daß da kein Einbrecher ist oder was immer.«

»Du verstehst aber auch schon gar nichts. Mama ist böse auf uns, das spüre ich genau. Es war immerhin ihr letzter Wunsch.«

»Mit letzten Wünschen wird genausoviel Schindluder getrieben wie mit letzten Worten«, sagte Sefa.

Karla warf ihre Serviette auf den Tisch. »Dann gehe ich eben allein.«

»Ich meine nur, wenn sie so viele Jahre lang in der Lade lagen, kommt es auf ein paar Tage auch nicht mehr an, oder? Aber wenn deine Seligkeit davon abhängt, dann bitte.«

Karla wollte die Bilder mit den Rahmen begraben, sonst würden sie schmutzig. »Wie stellst du dir das vor?« fragte

Sefa. »Willst du bis zu Mamas Sarg hinunter graben? Und wenn nicht, dann findet sie der Gärtner, wenn er die Chrysanthemen setzt zu Allerheiligen, und wirft sie weg. Glas verrottet nicht. Ich denke, wenn sie schon begraben werden sollen, dann sollen sie auch eins werden mit der Erde. Du weißt schon, Asche zu Asche, Erde zu Erde, Staub zu Staub. Oder kommt erst der Staub?«

Karla gab nach, überzeugt war sie nicht. Sie nahmen die Bilder aus den Rahmen.

»Ich glaube«, sagte Karla, »ich hab sie so sehr auswendig können, daß ich sie noch da hängen sah, als sie längst nicht mehr da waren.«

In der Gärtnerei am Friedhofstor kauften sie zwei kleine Kußrosen. Falls jemand sie beim Graben erwischte, konnten sie immer sagen, sie wollten nur die Rosen einsetzen.

Sefa stellte die Tasche auf die Einfassung und begann ein Loch auszuheben.

Karla hielt sich am Grabkreuz fest. »Mein Gott, hab ich Herzklopfen!«

»Was du nicht sagst.« Sefa atmete schwer.

Karla rang die Hände. Sie konnte doch nichts dafür, daß sie keine Kraft hatte. Bilder aus Filmen, die sie längst vergessen hatte, drängten sich ihr auf. Männer in dunklen Kutschermänteln mit Laternen, schaurig ziehende Wolken über einem blassen Mond.

Auf dem Kiesweg schob ein Mann im Overall einen Schubkarren mit zwei großen Schaufeln darin. Karla trippelte ihm entgegen, redete auf ihn ein. Sie wollten die Rosen setzen, flötete sie, aber die Erde sei so schrecklich hart, und sie hätten ja leider gar keine Muskeln. Er lachte, packte eine Schaufel, in wenigen Minuten hatte er ein ziemlich tiefes Loch gegraben und die Erde aufgelockert. Karla bedankte sich wortreich, steckte ihm einen Geldschein zu. Er tippte mit einem Finger an seine Kappe und setzte seinen Weg pfeifend fort.

»Na?« Karla strahlte. »Hab ich doch gut gemacht!«

»Großartig«, sagte Sefa.

Unerträglich, sie war wirklich unerträglich. Wie sie ihre Überlegenheit ausspielte. Karla nahm die Bilder aus der Tasche, legte sie vorsichtig in das Loch, breitete Mamas Brautschleier darüber. Sefa sah zu, ihre Mundwinkel zuckten. Spürte sie, wie wichtig dieser Augenblick war, oder machte sie sich lustig? Karla griff nach der Schaufel, obwohl der Griff schmutzig war, streute Erde über das weiße Gewebe. Die Erde sei dir leicht, sagte der Priester beim Begräbnis. Das hätte sie jetzt gerne gesagt. Sie dachte es nur. Sefa nahm einen Rosenstock, klopfte gegen den Topfboden, der Wurzelballen löste sich leicht. Das Loch war zu tief, sie mußten Erde nachfüllen. Ein dicker Regenwurm ringelte sich heraus, ein Insekt mit viel zu vielen Beinen und plattem Leib streifte Karlas Hand, als sie eine Rose einsetzte.

Auf dem Weg zum Brunnen streckte sie die Hände weit von sich. Friedhofserde an ihrer Haut. Sie ließ Wasser über ihre Hände laufen, da sah sie das Schild: Kein Trinkwasser. Friedhofswasser aus Friedhofserde.

In einer Kirche hatte sie ein Fresko gesehen, da lief ein Wasserstrahl aus dem Sarg irgendeines Heiligen, und die Kranken und Bresthaften kamen und tranken davon. Es hatte sie geschüttelt vor Ekel, als sie das Bild sah. Wo war das nur gewesen? In Istrien? In Südtirol? Das Bild stand vor ihren Augen, deutlicher als damals an der Wand, aber die Umgebung ließ sich nicht zurückholen. Konnte es in einer Ausstellung gewesen sein?

Als sie Kinder waren, hatte das Dienstmädchen der Nachbarn gesagt, wenn man Friedhofswasser trinkt, verfault man von innen. Ihre Tante sei elendiglich zugrunde gegangen, hatte sie behauptet, weil sie von dem Brunnen vor dem Friedhof trank an einem heißen Sommertag. Rosl hatte das Mädchen geheißen, voll von Geschichten war sie gewesen, eine grausiger als die andere, und alle waren Verwandten von ihr passiert und ehrlich wahr, du kannst meine Mutter fragen. Natürlich konnten sie Rosls Mutter nicht fragen, sie wußten nicht einmal, wo sie wohnte, aber auch wenn sie nicht alles glaubten, blieb der Schauer hängen, lange nachdem sie die Einzelheiten der Geschichte vergessen hatten. Wer auf dem Friedhof nieste, lief Gefahr, den Staub aufzuwirbeln, zu dem ein Mörder zerfallen war, und mußte sich vor mörderischen Gedanken hüten. Wer auf dem Friedhof aß, starb, noch ehe das Jahr um war, unter fürchterlichsten Krämpfen. Aber am schlimmsten war Friedhofswasser.

Für ein paar Minuten konnte Karla die Hände von sich strecken, ohne Sefas Spott herauszufordern, schließlich waren ihre Hände naß. Aber dann? Wie konnte sie diesen Rock je wieder anziehen, wenn sie ihn mit Friedhofshänden berührt hätte?

»Ich hab Durst«, sagte sie. »Gehen wir doch ins Gasthaus gegenüber. Außerdem muß ich mal.«

»Neben der Aufbahrungshalle gibt es auch eine Toilette«, sagte Sefa.

»Als ich das letzte Mal dort war, war sie ziemlich ekelig«, erklärte Karla. Sie würde sich nicht zwingen lassen zu sagen, warum sie ins Gasthaus gehen wollte.

Es gab sogar Seife, schäumende, duftende, rosarote Seife und warmes Wasser. Karla seifte ihre Hände ein, spülte sie ab, seifte sie wieder ein. Dann erst ging sie in die Toilette, wusch sich noch einmal.

Sefa saß schon an einem der Gartentische, die Speisekarte in der Hand. Sefa hatte noch Friedhofshände. Sie schob Karla die

Karte hin. »Ich hab meine Brille vergessen«, log Karla. »Was nimmst du?«

»Geröstete Knödel mit Salat.«

»Das nehme ich auch.« Es war natürlich nicht auszuschließen, daß auch andere Leute die Speisekarten mit Friedhofshänden anfaßten. Aber dann wußte sie es wenigstens nicht. Nicht, daß sie all den Unsinn geglaubt hätte. Es ekelte sie nur. Nachdem der Kellner die Bestellung entgegengenommen hatte, entschuldigte sich Sefa und ging zum Klo. Karla seufzte erleichtert.

Am Nebentisch saßen ein Herr und eine Dame bei einem Glas Wein, beide gepflegt vom Akzent bis zu den glänzend polierten Schuhen.

»Ach, wissen Sie«, erklärte die Dame, »seit sie diese Person in unserer Reihe begraben haben, ist mir der ganze Friedhof verleidet.«

Der Herr beugte sich weit über den Tisch. »Aber meine Liebe, ich hoffe doch, daß Sie sich von einer solchen ... Person nicht verjagen lassen!«

Nach dem Essen spazierten sie noch einmal über den Friedhof, zündeten Kerzen an.

»Die Rosenstöcke machen sich eigentlich hübsch«, sagte Sefa.

Karla nickte. »Na, Mama, bist du jetzt zufrieden?« flüsterte sie.

Ein Herr kam den Weg entlang, nickte links und rechts grüßend, lüpfte den Panamahut, blieb hier und dort kurz an einem Grab stehen.

»Genau wie unser Großvater«, stellte Sefa fest, »mit derselben Geste hat er den Hut gezogen, wenn er am Grab eines guten Bekannten oder Freundes vorbeikam.«

»Weißt du noch, wie betroffen er war, wenn er vom Tod eines Gleichaltrigen hörte oder las? Wenn Jüngere starben, sagte er nur ›wie traurig‹ und ging zur Tagesordnung über.«

»Bald wird es uns auch so gehen«, sagte Sefa. »Beim letzten Klassentreffen waren wir nur mehr fünf. Fünf von achtundzwanzig. Bald werden wir auf den Friedhof gehen müssen, um bekannte Namen zu lesen.«

Karla schluckte. »Ihr wart der bessere Jahrgang. Bei uns sind es sechs von zweiunddreißig, und Bettina sitzt im Rollstuhl und fragt, ob wir ihren Vater gesehen haben, der wollte sie nämlich abholen, sagt sie. In der eigenen Wohnung leben überhaupt nur noch zwei. Weißt du was? Ich bin froh, daß wir uns damals entschlossen haben, zusammenzuziehen.«

»Ich bin auch froh«, sagte Sefa. »Obwohl …«

»Ja«, sagte Karla. »Durchaus. Aber abgesehen davon, daß du herrschsüchtig und rechthaberisch bist, geht's uns doch gut, findest du nicht?«

»Abgesehen davon, daß du ebenso herrschsüchtig und rechthaberisch bist, nur auf sanftere Art.«

Sie lachten, als hätten sie einen Witz gemacht, obwohl jede wußte, daß es der anderen ebenso ernst war wie ihr selbst.

Was würdest du als die wichtigsten Ereignisse in der Zeit bezeichnen, an die du dich erinnerst?« fragte Karla.

»Wie kommst du darauf?«

»Sag einfach, ich erklär's dir später.«

»Mir fällt gerade nur ZYLMURBAFI ein, keine Ahnung warum.«

Karla fuhr empört auf. »Willst du mich auf den Arm nehmen?«

»Nein, ich hab nur unlängst beim Telefonieren gedacht, daß

die Augen in der Wählscheibe mit den Buchstaben darin viel persönlicher waren als die Tasten, und dann hab ich überlegt, wann die Nummern auf reine Ziffern umgestellt wurden. Natürlich bin ich nicht draufgekommen, du weißt ja, wie hoffnungslos ich mit Zahlen bin. Da hab ich gedacht, das war vielleicht ein Punkt, wo Zahlen anfingen, wichtiger zu sein als Wörter. So irgendwie.«

»Unsere erste Telefonnummer könnte ich auch noch im Schlaf sagen. A-53 6 29. Über die jetzige muß ich immer nachdenken«, sagte Karla. »Aber im Ernst: Woran erinnerst du dich?«

»An die toten Brüder.«

»Daran kannst du dich nicht erinnern! Du warst erst drei, als sie starben.«

Dennoch, am Anfang standen die toten Brüder. Sie mußte noch sehr klein gewesen sein, sie konnte gerade über den Bettrand schauen. Weiße flauschige Hausschuhe hat sie an, winzige, sucht Mama, tappt ins Schlafzimmer. Mama zupft welke Veilchen aus dem Glas auf der Kommode, als sie sich umdreht, ist ihr Gesicht rot und verquollen, sehr fremd. Sefa läuft zu ihr hin, umarmt sie, spürt, wie ihre eigenen Wangen naß werden. Geh schön spielen, sagt Mama und wischt mit dem Taschentuch über den runden, nassen Fleck auf dem Bild mit den beiden Buben in den Matrosenkleidchen mit Rosen in den Händen. Sefa geht rückwärts aus dem Zimmer, stößt sich an der Kommode an.

Karla stand auf, ging zum Fenster, kam zurück, legte Sefa die Hand auf den Arm.

»Mir ist nur plötzlich eingefallen, wenn Leute im Radio aus ihrem Leben erzählen, klingt alles so ordentlich, so nach Anfang und logischer Entwicklung, sie wissen, was wann war und können Persönliches im Zusammenhang mit politischen

Ereignissen sehen. Bei mir ist das ein einziges Chaos. Ein Fetzen Erinnerung hier, ein Fetzen da.« Sie drückte die Handflächen aneinander mit gespreizten Fingern, drückte so fest, daß die Fingerkuppen weiß wurden. »Mir kommt vor, als hätte ich meine Hausaufgabe nicht gemacht, verstehst du?«

»Ja«, sagte Sefa. »Ja. Kannst du eigentlich trennen zwischen dem, was dir Mama erzählt hat, und dem, an das du dich wirklich erinnerst?«

»Wie meinst du das?«

»Daß etwas, das dir nur erzählt wurde, genauso wirklich ist oder sogar noch wirklicher als etwas, das du selbst erlebt hast.« Wie die Holzschuhe, die die Hietzinger Hauptstraße hinauf klappern, weil irgend jemand behauptet hat, beim Fleischhauer gäbe es morgen Fleisch, im Juni 1918, in der Nacht, bevor Sefa geboren wurde. Die Holzschuhe, die Mama hörte, während sie in den Wehen lag? Heute sagte das bestimmt kein Mensch mehr, aber Sefa konnte die Szene nicht denken, ohne Mamas Formulierung im Ohr zu haben, genau wie sie das Klappern der Holzschuhe hörte. Diesen Rhythmus, der Hunger skandierte?

Was hatte sie holen wollen? Sefa stand in ihrem Zimmer, drehte sich um die eigene Achse, spürte einen Stich im Kreuz. Sie solle keine abrupten Bewegungen machen, hatte die Orthopädin gesagt, dabei bestehe die Gefahr, einen Nerv einzuklemmen. Ständig auf der Hut zu sein würde sie langsam, aber sicher verrückt machen. Das beste ist zurückzugehen, hatte Mama immer gesagt, dann fällt einem gewiß ein, was man wollte. Aber damit würde sie sich die Niederlage eingestehen, sich damit abfinden, daß ihr Gedächtnis sich von ihr verabschiedete. Noch war es nicht soweit. Sie ließ die Augen im

Zimmer umherschweifen, trat zum Schreibtisch, öffnete die mittlere Lade. Die Füllfeder! Natürlich, die Füllfeder. Sie schrieb nicht gerne mit Kugelschreiber, und sie war fest entschlossen, mit der Inbesitznahme ihrer Erinnerungen zu beginnen.

Die Tinte in der Feder war eingetrocknet. Unter den argwöhnischen Blicken der Frau Kandic, die bereits die Küche geputzt hatte, füllte Sefa die Feder mit kaltem Wasser, spritzte es ins Spülbecken, zog neues Wasser auf. In dem Metallsieb am Ausguß blieb ein Tropfen stehen, bildete eine Kuppel, zerplatzte. Als das Wasser rein aus der Feder floß, hatte Sefa das Gefühl, etwas geleistet zu haben. Frau Kandic brummte etwas von Flecken.

Das Tintenfaß im Schreibtisch war leer, Sefa machte sich automatisch auf den Weg zu dem Papiergeschäft, wo sie schon mit Mama Schulhefte und Bleistifte eingekauft hatte. Die Auslage war voll mit Pyramiden, Pendeln, Steinen und esoterischen Büchern. Sefa betrat den Laden.

»Tinte?« fragte die Verkäuferin zurück. »Tinte?«

Man würde meinen, Tinte sei absolut ungewöhnlich und leicht anrüchig, etwas, das für unsagbar sinistre Praktiken verwendet würde.

»Ja, ich brauche Füllfedertinte!« Sefa wandte sich zum Gehen. Die Verkäuferin blickte ihr unter langen schlampig geklebten Wimpern nach, als sie den Laden verließ.

So oft war sie hier vorbeigegangen, ohne einen Blick in das Schaufenster zu werfen, warum war sie so verstört, daß die Papierhandlung nicht mehr existierte? Die kleine Bäckerei war doch auch seit Jahren eine leere Höhle, aus dem Zuckerlgeschäft war eine Änderungsschneiderei geworden, und Tür und Fenster des Gemüsemanns waren mit Plakaten für Veranstaltungen verklebt, die vor Monaten stattgefunden hatten.

Sein Papagei hatte jeden Eintretenden begrüßt. »Hallo, alter Gauner.«

Als sie endlich mit der Tinte heimkam, war sie erschöpft. Sie ließ sich in einen Sessel fallen

Frau Kandic hatte ihre köstliche Gemüsesuppe mitgebracht. Sie weigerte sich standhaft, mit am Tisch zu essen, was Karla einfach nicht zur Kenntnis nahm. Sie deckte für drei, Frau Kandic erklärte, sie hätte keine Zeit und überhaupt müsse sie zu Hause mit Ehemann und Schwiegermutter essen, Karla sagte, auf ein paar Löffel Suppe komme es doch wirklich nicht an, und Frau Kandic klopfte auf ihren Bauch und ihre Hüften. Jeden Dienstag und jeden Freitag.

»Es ist leichter, ein Ballkleid zu finden als ein Fläschchen Tinte«, sagte Sefa.

»Stimmt, wenn du nicht zufällig auf der Suche nach einem Ballkleid bist.« Karla stand auf. »Türkischen oder Espresso?«

»Türkischen bitte.«

Jede von ihnen hatte ihren Sessel im Wohnzimmer, keine setzte sich in den dunkelblauen Ohrenfauteuil, der war Papas Platz gewesen und würde es wohl bleiben. Die Kuhle, die Papa in die Polsterung gesessen hatte, war deutlich zu sehen, und die abgewetzte Stelle, die sein Kopf in den Mohair gerieben hatte.

Immer wieder ertappte sich Sefa dabei, wie ihre Blicke zu diesem Sessel wanderten. Nicht, daß sie erwartet hätte, Papa dort zu sehen, sie glaubte ja nun wirklich nicht an Geister, und wenn es welche gäbe, bräuchten die keine Sessel. Die Spuren waren eine Bestätigung, daß er einmal dagewesen war. Warum sie die nötig hatte, wollte sie gar nicht wissen.

Ein einziges Mal hatte sich Fiona in diesen Sessel gesetzt, war aber sehr schnell aufgestanden. Was seht ihr mich so an? hatte sie gefragt und keine Antwort bekommen.

Karla räusperte sich diskret, schlug vor, in die Stadt zu fahren und einen Rahmen zu besorgen. Wie lange war es her, seit sie zum letzten Mal allein die Wohnung verlassen hatte?

Fremdenführer bemühten sich, Struktur in die Menschenmenge auf dem Stephansplatz zu bringen, hoben und senkten gelbe, grüne, rote, gestreifte Schirme, verhinderte Tambourmajore vor schwätzenden Spielzügen. Manche musterten ihre Truppe mit einer gewissen Verzweiflung im Blick. Sefa versuchte, hier und dort ein Wort aus dem Sprachengewirr zu lösen, wenigstens zu erkennen, um welche Sprache es sich handelte. Es kam ihr vor, als brodle eine Sprachsuppe auf dem Platz, würde ausschwappen in die Seitengassen, die Stadt überfluten, in ein Sprachenmeer münden, in dem sie alle ertrinken würden, und weit und breit keine Arche in Sicht.

Karla stellte mißbilligend fest, daß die Touristen früher eleganter gewesen seien.

Sie schlenderten über den Graben, erschraken über die Preise der ausgestellten Waren, stellten fest, daß Gottvaters Heiligenschein frisch vergoldet glänzte wie nie zuvor. Die Fassade der Musikalienhandlung war vertraut wie ihr eigenes Haus, und die Dachlandschaft, die sich eröffnete, wenn man von der Stallburggasse zur Michaelerkirche blickte, war aufregend wie eh und je. Der Laden in der Passage wirkte genauso chaotisch wie in ihrer Erinnerung. Die Besitzerin warf einen Blick auf das Foto, griff über Kristallgläser hinweg, ihre weiten Ärmel ließen ein Glas kippen, es wackelte gefährlich, stand dann still. Die Frau legte einen Messingrahmen auf die kleine freie Fläche, an dem Mama ihre Freude gehabt hätte. In einer Stunde, sagte sie, könnten sie das Foto fertig gerahmt abholen.

Im Kaffeehaus war es angenehm kühl, nur wenige Tische waren besetzt, die Leute saßen alle draußen. Der Kellner brachte ein Tablett mit beschlagenen Gläsern, als er ihre Bestellung entgegennahm. Sefa holte Zeitungen. 50 000 Menschen in Hiroshima hatten des Atombombenabwurfs gedacht. Auf einem Foto hängte ein weiß gekleidetes Mädchen einen aus Papier gefalteten Kranich an einen Baum.

»Ich habe überhaupt keine Erinnerung daran, von der Atombombe gehört oder gelesen zu haben, damals. Ich verstehe das einfach nicht. Wenn ich an den August 45 denke, fällt mir nur unser Gemüsegarten ein, wo der Sechziger die Kurve macht. Mit einer Kohlenschaufel habe ich den Wasen umgestochen, das spüre ich heute noch im Kreuz. Im August haben wir die ersten Paradeiser geerntet. So süße Paradeiser habe ich nie wieder gegessen. Aber Hiroshima? Ich kann mich nicht einmal erinnern, damals den Namen gehört zu haben. Unvorstellbar.«

Karla schüttelte den Kopf. »Wir waren doch gerade erst aus den Luftschutzkellern herausgekommen, wie hätten wir wissen sollen, daß diese Bombe etwas völlig anderes war als alle früheren? Und wem hätte es genützt?«

Sefa wußte es nicht. Sie wußte nur, daß sie als Zeitzeugin versagt hatte.

»Wenn du dich schuldig fühlst, wem nützt das heute?« fuhr Karla fort.

»Ich mache dir doch keinen Vorwurf!«

»Nicht einmal die Ehre tust du mir an? Willst nur dir selbst Vorwürfe machen? Ist das nicht hochmütig? Cornelia macht mich wenigstens verantwortlich für alles, was in diesem Land passiert ist, obwohl ich sicher bin, daß ich nie gefragt wurde.«

Der Kellner brachte ein Tablett mit vier frischen Wassergläsern. Sefa trank in einem Zug ein Glas leer, ihre Zungenspitze fuhr in den rechten Mundwinkel, dann in den linken.

»Mußt du das tun?« fragte Karla.

»Was?«

»In aller Öffentlichkeit deinen Mund ablecken. Das sieht ungustiös aus.«

»Ich bin eben nicht so vornehm wie du. Hatte nicht deine Kinderstube.« Bevor das Schweigen zu bedrohlich wurde, lenkte sie ein. »Ich weiß nicht warum, aber ich habe bei dem Wetter immer wieder das Gefühl, es klebt mir der Mund zu.«

»Du müßtest mehr trinken. Zwei Liter am Tag.«

Mit dem blaßgrünen Passepartout wirkte das Foto attraktiv, aber auch in weitere Ferne gerückt.

»Wenn ich das Bild ansehe, kann ich kaum glauben, daß das unsere Eltern sind«, sagte Sefa. »Da wirken sie so – neugierig auf alles, was noch kommt. Nicht so fertig, wie ich sie erlebt habe.«

Karla packte Sefas Arm. Zugegeben, manche Sicherheiten hätten sich als trügerisch herausgestellt, wären aber doch auch Halt und Schutz gewesen, eine Orientierungshilfe.

»Und Dschinns im Nacken. Manchmal glaube ich, du willst mich einfach nicht verstehen.«

»Stimmt nicht!« Karla wurde so laut, daß sich die Leute nach ihr umdrehten. Ein junger Mann steckte sein Handy in die Tasche und musterte Karla. Sie lächelte ihn an. Er warf den Kopf zurück, verzog die Mundwinkel, fuhr sich mit der linken Hand durch die Haare, plötzlich grinste er. Sie nickte. Wie eine Filmszene, dachte Sefa. Mit dem einzigen Unterschied, daß die Szene im Film auf irgend etwas hingewiesen hätte, ein Anfang gewesen, in irgendeinem Sinnzusammenhang gestanden wäre. In Wirklichkeit fährt die U-Bahn ein, und das ist es dann.

Karla zog sich nicht am Griff hoch wie sonst, nahm mit Schwung die zwei Stufen in den Wagen, setzte sich, schlug die

Beine übereinander. Sefa stellte fest, daß Karlas Knöchel kaum geschwollen waren. Bewundernde Blicke waren wirkungsvolle Verjüngungsmittel – das müßte wirklich in den Codex pharmazeutischer Präparate aufgenommen werden. Sefa würde es Dr. Staller vorschlagen. Sie freute sich auf sein Lachen.

Der Zug fuhr in eine Station ein. Sefa schaute aus dem Fenster, plötzlich entdeckte sie Papa unter den Wartenden. Seine Haltung, wie festgewachsen und gleichzeitig so, als wollte er jeden Augenblick losstürmen, sein dunkles Haar, sein kurzer Überzieher aus Hahnentrittstoff, die Knöpfe offen. Sie drängte zum Ausgang, ausgestreckte Ellbogen, Kopf vorgebeugt, rannte vor, erreichte den Mann, er drehte sich um, ein völlig fremdes Gesicht blickte sie überrascht an, hatte gar keine Ähnlichkeit mit Papa. Sie blieb stehen. »Zug fährt ab!« dröhnte der Lautsprecher.

Sie hielt sich an einer Säule fest, meinte den Blutgeruch des rostigen Gußeisens zu riechen.

»Sag einmal, bist du verrückt geworden?« fragte Karla viel zu nahe an ihrem Ohr. »Ich hätte gedacht, du müßtest inzwischen wissen, wo wir wohnen.«

»Mir war nicht gut«, behauptete Sefa.

Immer wieder wehten Karlas Blicke über Sefas Gesicht, blieben wie Spinnfäden hängen. Sefa putzte sich die Nase. Erst als die nächste U-Bahn kam, fragte Karla: »Geht's wieder?«

Sefa drückte auf die Taste, stieg ein, wollte neben der Tür stehenbleiben, für eine Station lohnte es sich nicht, ins Wageninnere zu gehen, aber Karla drängte sie hinein.

»Web leise rechts«, sagte Karla.

»Wie bitte?«

»Web leise rechts.«

Den ganzen Weg knobelte Sefa daran herum, was das heißen sollte. Karla sperrte das Haustor auf, das tat sie sonst nie,

Sefa hatte sich schon oft gefragt, wozu die Schwester überhaupt einen eigenen Schlüssel brauchte. Plötzlich wurde ihr klar, daß das Rätseln über Karlas Anagramm ihr erspart hatte, über ihr seltsames Verhalten nachdenken zu müssen, und im selben Augenblick wußte sie die Lösung.

»Ich lieb dich auch, kleine Schwester«, murmelte sie.

Ohne Karla zu fragen, goß sie daheim zwei Gläser randvoll mit Sherry, sie prosteten einander zu, setzten sich vor den Fernseher, schimpften einträchtig über die Läppischkeiten der Seitenblicke-Gesellschaft und verfolgten mit großer Spannung die dritte Wiederholung eines Abenteuers von Kommissar Rex. Sie verstreuten Keksbrösel über Biedermeiersofa und Perserteppich, nickten ein bei einer Diskussionssendung und konnten sich lange nicht aufraffen, ins Bett zu gehen. Als sie endlich aufstanden und den gesprenkelten Teppich sahen, kicherten sie.

Das Brummen des Staubsaugers weckte Karla. Sie warf einen Blick auf die Uhr, die mußte gestern stehengeblieben sein, unmöglich, daß es wirklich schon zehn vorbei war. Trotzdem beeilte sie sich im Badezimmer, verzichtete sogar darauf, sich zu schminken. Auf ihr privates Orakel verzichtete sie nicht, es war zwar völlig lächerlich und sie hätte sich eher die Zunge abgebissen, als auch nur einem Menschen davon zu erzählen, aber es machte sie unruhig, wenn sie sich nicht umdrehte und betrachtete, was sie da in die Klomuschel gelegt hatte. Beim ersten Mal war es zufällig gewesen, sie hatte festgestellt, daß der Haufen aussah wie ein kleines schlafendes Tier, am nächsten Tag war es ein Vogel gewesen, und der Tag hatte eine nette Überraschung gebracht. Tage, an denen eine gleichförmige Wurst in der Muschel lag, wurden immer langweilig, man konnte nur warten, bis es später wurde. Hatten nicht die alten

Griechen aus den Eingeweiden die Zukunft herausgelesen? Es war ja nicht, als ob sie einen Lustgewinn aus dieser Inspektion zöge, nur eine Art, ja, Einstimmung auf den Tag. Nicht, daß sie genaue Vorhersagen gemacht hätte, es ging mehr um die private Großwetterlage, wenn es so etwas gab. Für heute war jedenfalls nichts zu befürchten. Sie zog die Spülung. So verrückt war sie nun wirklich nicht, daß sie den Wunsch gehabt hätte, ihr Häufchen aufzubewahren.

Der Frühstückstisch war gedeckt, Sefa hatte frische Semmeln geholt. In der Küche zischte die Espressomaschine.

»Tut mir leid«, rief Karla. »Ich habe doch tatsächlich verschlafen.«

Sefa kam mit der Kaffeekanne. »Wir versäumen ja nichts, oder?« Sie reichte Karla den Brotkorb, obwohl der von beiden gleich weit entfernt war, Karla reichte ihr die Butter, einmal griffen beide gleichzeitig nach dem Marmeladeglas, entschuldigten sich wortreich.

Als es klingelte, schraken beide zusammen. Erst beim zweiten Klingeln schaffte es Sefa, zur Tür zu gehen. Die Briefträgerin hielt ihr einen Brief hin, grüßte freundlich, bedauerte, Strafporto kassieren zu müssen. Sefa gab ihr mehr Trinkgeld als sonst. Karla saß am Tisch, als erwarte sie ein furchtbares Unglück. Sie las den Absender, schüttelte den Kopf. »Ein Brief von Teresa. Wieso schreibt sie mir plötzlich? Ist etwas mit Cornelia?«

»Das werden wir wissen, sobald du den Brief gelesen hast«, sagte Sefa und reichte ihr Papas Öffner aus Ebenholz. Karlas Hände zitterten. Sechs Fotos und eine Kassette fielen aus dem Kuvert, blieben auf dem Teppich liegen.

»Hör dir das an! Teresa soll eine Arbeit über die Kriegsgeneration in Wien schreiben und will uns dafür interviewen. Warum ausgerechnet uns?«

»Vermutlich, weil wir zufällig mit ihr verwandt sind.«

Karla schüttelte heftig den Kopf. »Das kann ja gut werden. Wir haben nicht einmal einen Kassettenrecorder.«

Das, meinte Sefa, ließe sich ändern, auch wenn es durchaus ungewöhnlich für sie beide sei, an zwei aufeinanderfolgenden Tagen aus dem Haus zu gehen. Doch Karla hätte gewiß keine Ruhe, solange sie die Kassette nicht gehört hätte.

»Was für dich selbstverständlich nicht gilt!«

»Natürlich nicht.«

Der alte Elektriker war nicht im Geschäft, der Junge, vermutlich der Sohn, aber ohne die Liebenswürdigkeit seines Vaters, verkniff sich ein Grinsen. Elektronische Geräte führe er nicht, leider. Sefa drehte sich abrupt um, Karla bat ihn mit ihrem reizendsten Lächeln, ein Geschäft zu empfehlen.

»Hast du verstanden, was er gesagt hat?« fragte sie draußen.

»Ich hab nicht zugehört«, behauptete Sefa.

»Warum die jungen Leute heutzutage alle nuscheln, das wüßte ich gern. Gilt das als modern?« Karla legte den Mittelfinger an die Nase, ein deutliches Zeichen, daß sie heftig nachdachte. »Wir könnten im Branchenverzeichnis nachschauen«, erklärte sie schließlich. In der ersten Zelle war nur der zweite Band des Telefonbuchs vorhanden, und aus dem waren etliche Seiten herausgerissen, in der zweiten gab es gar keines.

Nach Hause zu gehen bedeutete, zwei Stockwerke hinauf und wieder hinunter zu gehen, 78 Stufen. Der Lift wurde wieder einmal repariert. Als ein Taxi in Sicht kam, winkte ihm Karla mit dem Schirm. Der Wagen fuhr weiter.

»Widerlicher Kerl«, schimpfte Karla.

»Was regst du dich auf? Denk an deinen Blutdruck! Und was hätte dir ein Taxi geholfen, wenn du gar nicht weißt, wohin du fahren willst?«

»Taxler wissen so etwas«, erklärte Karla mit Nachdruck. Als wieder ein Taxi herankam, trat sie auf die Straße, winkte heftig. Leicht schlitternd blieb das Auto stehen, der Fahrer hielt ihnen in gebrochenem Deutsch einen Vortrag darüber, wie gefährlich es sei, einfach vor einen Wagen zu laufen, half ihnen aber beim Einsteigen und wußte auch, wo sie einen Kassettenrecorder bekommen konnten. Karla lächelte siegesbewußt. »Siehst du?« flüsterte sie. Sie bat den Fahrer, vor dem Geschäft zu warten. Er öffnete den Wagenschlag, nahm ihren Ellbogen mit äußerster Behutsamkeit, führte sie die drei Stufen hinauf, öffnete ihr die Tür. Typisch, dachte Sefa. Aber mir soll's recht sein. Ich kann Gott sei Dank auf eigenen Füßen stehen. Hab ich immer gekonnt. Wie sie ihre Hilflosigkeit zelebriert. Aber sie bekommt, was sie will. Der Fahrer hielt immer noch die Tür auf. Sefa dankte ihm mit einem Kopfnicken.

»So ein winziges Ding«, stellte Karla fest, als sie den Karton auspackte. Sefa suchte ein Verlängerungskabel, fand es schließlich unter dem Schuhputzzeug. Sie richtete sich zu schnell auf, mußte sich am Türrahmen festhalten und warten, bis das Zimmer aufhörte, sich zu drehen.

»Was hast du?« fragte Karla.

Sefa antwortete nicht, war voll damit beschäftigt, ruhig einzuatmen, langsam auszuatmen.

Karla betrachtete ihre Fingernägel, wartete auf eine Erklärung. Damit konnte Sefa jetzt nicht dienen, beim besten Willen nicht, selbst wenn sie den gehabt hätte. Sie steckte das Kabel an. Karla gestattete sich einen winzigen Seufzer, legte die Kassette ein, rückte ihren Stuhl zurecht, drückte schließlich auf den Knopf. Rauschen füllte das Zimmer.

»Der Atlantik«, murmelte Karla.

»Was jetzt?« fragte Sefa, als das Rauschen schon zu lange anhielt.

Karla trommelte auf den Tisch. »Das Ding ist kaputt«, erklärte sie.

Sefa setzte ihre Brille auf, starrte auf die Gebrauchsanweisung. Es fehlte gerade noch, daß sie mit dem Finger unter den Zeilen las.

»Warum müssen die alles so winzigklein drucken?«

»Papier sparen«, sagte Karla.

»Ich hab's!« Mit großer Geste drückte Sefa auf den Rewind-Knopf. »Die haben vergessen zurückzuspulen.«

Karla applaudierte mit drei Fingern in ihre linke Handfläche.

Plötzlich war da Cornelias Stimme, etwas höher als in Sefas Erinnerung, etwas atemlos, aber unverkennbar Cornelias Stimme, die Grüße schickte. Sie hoffe, Teresas Projekt werde Mutter und Tante nicht zu viel Mühe bereiten, ganz sicher werde Teresa dabei große Fortschritte im Deutschen machen, sie habe extra dafür begonnen, die Sprache zu lernen, natürlich mache sie noch viele Fehler, aber darüber müsse man vorläufig noch großzügig hinwegsehen.

»Sie klingt schon wie eine Amerikanerin«, stellte Karla fest. »Als sie hier war, hab ich das nicht so bemerkt.«

»Immerhin eine Amerikanerin, die verblüffend gut Deutsch kann«, sagte Sefa.

»*Hi, you two*«, tönte es aus dem Gerät. Karla drückte den Pausenschalter, legte die Stirn auf die rechte Hand, fummelte mit der linken nach einem Taschentuch. »Das soll Teresa sein? Die klingt doch ganz anders!«

»Die klang ganz anders. Du hast sie vor zwei Jahren zuletzt gesehen.«

»Trotzdem.« Karla putzte sich die Nase, stand auf, schlurfte hinaus, ließ lange Wasser laufen. Als sie zurückkam, schnippte sie entschlossen den Pausenschalter hoch. Machte dazu das Gesicht, das deutlich sagte: Bringen wir es hinter uns, wenn es denn sein muß.

Hoffentlich redet sie nicht Amerikanisch, dachte Sefa, mein Englisch ist sowieso rostig, und Amerikanisch konnte ich nie gut verstehen. Wenn ich bloß wüßte, wo unsere Wörterbücher sind, am Ende gar im obersten Regal, ich hab gar keine Lust, auf die Leiter zu steigen, was heißt keine Lust, ich kann einfach nicht auf die Leiter steigen, Punkt.

»Ich werde euch fragen viel«, sagte die Stimme, diese vergnügte junge Stimme, das *ch* tief im Rachen, ebenso das *r*, das *a* in ein gedehntes *o* verknäult, jedes *l* abgesetzt, als wäre es ein eigenes Wort oder zumindest großgeschrieben. Manche ihrer Fragen würden gewiß *indiscreet* sein, *highly indiscreet* sogar, aber die liebe Oma und großartig Tante müßten ja nicht antworten, und sie, Teresa, sei eben von Natur aus sehr neugierig, *curiosity is your middle name* sage ihre amerikanische Granny immer, aber Neugier sei doch auch Interesse, nicht wahr, sie sei sehr froh, durch diese Arbeit einen guten Grund zu haben, ihre Oma und die *Austrian side of the family* richtig kennenzulernen. Übrigens könnten sie natürlich auch fragen, so viel sie wollten.

»Ich glaube nicht, daß ich das kann«, sagte Sefa. »Es macht mir angst.«

Karla nickte. »Wie soll man denn wissen, ob das, woran man sich erinnert, auch wahr ist?«

Beide seufzten. Plötzlich fing Sefa an zu lachen.

Karla schaute beleidigt drein, wollte wissen, was denn jetzt so komisch sei.

»Wir beide«, sagte Sefa. »Man würde glauben, wir stünden

vor einer Prüfung, von der wer weiß was abhängt. Wir sollen doch bloß erzählen, was uns gerade einfällt aus der Zeit, als wir Kinder waren.« Sie drückte die Aufnahmetaste. »Fang du an. Du bist schließlich ihre Großmutter.«

Karla faltete die Hände, senkte den Kopf. Maria Stuart vor dem Gang aufs Schaffott. Schön und tragisch. Das elektronische Rauschen des leer laufenden Geräts war eine lästige Aufforderung, Sefa schluckte mehrmals, hätte sich beinahe geräuspert, um zu beginnen, da breitete Karla die Finger aus, legte die Hände links und rechts vom Recorder auf den Tisch, sagte: »Also ...«, und verstummte.

Sefa beugte sich vor, strich ihre Haare hinter die Ohren.

Karla fuhr Sefa an: »Bei dem Krach kann man sich ja nicht konzentrieren!«

»Ich hab kein Wort gesagt.«

»Eben. Und das sehr laut.«

Sefa stand auf, Karla griff nach ihrer Hand. »Allein mit einer Maschine kann ich erst recht nicht reden.«

Nach dem vierten Versuch ging Sefa in die Küche und stellte Wasser zu. »Vielleicht geht's nach dem Essen besser!« rief sie. Als sie tränenüberströmt zurückkam und der Geruch brutzelnder Zwiebeln ins Zimmer waberte, saß Karla in derselben Haltung da, starrte auf den Recorder. »Ich glaube, so leer wie heute war mein Kopf überhaupt noch nie. Nicht einmal bei einer Prüfung.«

Sefa gelang es, die Antwort hinunterzuschlucken, die sie im Hals kitzelte. Schweigend hörten sie die Nachrichten im Radio, während sie Spaghetti auf die Gabeln rollten. Hinterher hätte keine von beiden sagen können, was sie gehört hatten.

Karla blieb lange im Badezimmer, kam frisch geschminkt zurück. »Jetzt tut es mir direkt leid, daß ich vor zwanzig Jahren das Rauchen aufgegeben habe.«

»Achtzehn. Nach deiner Gallenoperation.«

»Du weißt es natürlich besser«, stellte Karla fest ohne die übliche Schärfe in der Stimme, die nicht zur Haltung einer Dulderin gepaßt hätte. Eine Stunde später war noch immer nichts als ein verlegenes Räuspern gefolgt von kleinlautem »Also ...« auf dem Band.

»Wir brauchen anständige Fragen«, sagte Sefa. »Konkrete.«

»Zum Beispiel?«

Sefa fuchtelte mit den Armen. »Meine Güte, konkrete eben, was hast du an deinem ersten Schultag angehabt oder so.«

»Einen dunkelblauen Mantel. Mit Samtkragen.«

»Siehst du? Du hattest den dunkelblauen Samtmantel!« triumphierte Sefa.

Karla senkte den Kopf, bot der grausamen Welt ihren schönen schlanken Hals, straffte sich plötzlich. »Von Samtmantel war keine Rede.«

»Ich meine doch Samtaufschläge.«

»Gelegentlich könntest du sagen, was du meinst.« Karla stand auf. »Aber es ist eine gute Idee, daß die Fragen nicht zu allgemein sein dürfen.« Sie holte Briefpapier, schrieb konzentriert, Sefa vertiefte sich in die Zeitung, hatte plötzlich ungeheure Lust, das Kreuzworträtsel zu versuchen, doch das wäre eine Provokation gewesen, vor allem an diesem Tag.

»Lauernd kalte Blumen!« rief Karla triumphierend.

»Wie bitte? Was soll das? Nicht schon wieder eines von deinen Anagrammen!«

»Dralle kauen, bluten!«

»Hör schon auf. Ich dachte, du schreibst an Cornelia.«

»Hab ich auch getan. Übrigens war es ganz schön schwer, etwas halbwegs Vernünftiges aus diesen zwei Wörtern zu machen.«

»Vernünftiges?«

»Du weißt ja gar nicht, wovon ich ausging.«

»Nein.«

Karlas Unterlippe schob sich vor, genau wie früher. Nur waren die Lippen nicht mehr prall und die Röte verdankten sie nur dem Lippenstift.

»Du wirst es mir sagen müssen. Ich hab kein Talent für diese Spielchen.«

Fast versöhnt murmelte Karla: »Dunkelblauer Mantel. Ist aber leider nicht sehr ergiebig.«

»Wenn schon, dann hättest du wenigstens das M mit hineintun müssen«, sagte Sefa. Karla lachte zufrieden, packte den Recorder, steckte ihn in die Schachtel und verstaute sie in der Anrichte. Doch auch als das Gerät nicht mehr auffordernd vor ihnen lag, war beiden ständig bewußt, daß sie eine Aufgabe zu erledigen hatten.

»So lange hat sie sich nicht um uns gekümmert, und jetzt das!« sagte Karla vorwurfsvoll. »Ich bin ganz erschöpft.«

Sefa schob ihr den Hocker unter die Beine. Karla lehnte sich zurück, beide Hände auf den Sessellehnen, schloß die Augen. Wie papierdünn und zerknittert ihre Haut heute wirkte, wie schlaff unterm Kinn. Ich sollte sie nicht so ansehen, dachte Sefa, vor allem nicht diesen Ansatz eines Doppelkinns. Jetzt hat sie den auch. Recht geschieht ihr. Ich sollte mich schämen. Sie ging in ihr Zimmer, kniete vor dem Schrank und ordnete ihre Wäschelade. Völlig unverständlich, daß die Stöße so durcheinanderkamen. Diese ausgeleierten Büstenhalter hätte sie auch längst aussortieren sollen.

Eine halbe Stunde später hatte sie zwei Plastiktüten gefüllt und zum Wegwerfen neben die Eingangstür gestellt. Als sie vorsichtig die Wohnzimmertür öffnete, rief ihr Karla entgegen: »Lau dunkelt Leben – arm. Und jetzt gehen wir meinen Brief an Cornelia aufgeben.«

Auf dem Weg zum Postamt kam ihnen ein rotgesichtiger Mann entgegen, der wüst vor sich hin schimpfte. Karla blieb erschrocken stehen, stützte sich an einem Mäuerchen ab. »Wir haben ihm doch nichts getan!«

Der Mann drehte sich nach ihnen um, hob die Fäuste. Sefa stellte verärgert fest, daß auch sie Zitterknie bekommen hatte.

Das Postamt war völlig verändert, zwei Mal stellten sie sich vor dem falschen Schalter an, trauerten sogar dem Geruch des Altöls nach, mit dem der dunkle Bretterboden früher eingelassen worden war, stellten fest, wie fremd sie sich in der glatten gelben neonhellen Umgebung fühlten. Der alte Vorstand war natürlich auch nicht mehr da, war gewiß längst in Pension oder schon gestorben.

»Erinnerst du dich an den strengen Blick, mit dem er jeden Briefumschlag musterte? Wie ein Oberlehrer, der gleich sagen wird: hundertmal abschreiben, aber ordentlich.«

Eine Frau beschwerte sich über einen Brief, der innerhalb der Stadt zehn Tage unterwegs gewesen war. »Unter Maria Theresia ist ein Brief in zwei Stunden vom ersten Bezirk in Hietzing gewesen!«

Die junge Beamtin nickte. »Aber das Porto hat fast so viel gekostet, wie ein Dienstmädchen in der Woche verdient hat.«

Die Frau wandte sich brüsk ab.

Als sie auf die Straße traten, streichelten schräge Sonnenstrahlen jede Nische, jede Stuckverzierung, jede Unebenheit in den Häuserfronten. Die Geranien in einer Fensterbox schienen von innen zu leuchten, in einer Buche tschilpten Hunderte Spatzen. Karla drückte Sefas Arm. Ohne daß ein Wort darüber notwendig gewesen wäre, wandten sie sich gleichzeitig nach links, setzten sich auf eine Bank vor der Kirche, sahen Fensterscheiben rot aufglühen, hörten Satzfetzen Vorübergehender, lächelten einverständig, streckten die Beine von sich, wie sie es zu Hause nie taten, spürten die warme kaum bewegte Luft wie eine Berührung an den Wangen. Ein kleiner schwarzer Hund kam auf sie zugeschossen mit einem Ball im Maul. Er legte die Schnauze auf Sefas Knie, blickte ihr mit schief gelegtem Kopf direkt in die Augen. Sie stand schnaubend auf, warf ihm den Ball, den er sofort zurückbrachte. Minuten später humpelte eine Frau heran, ließ sich auf die Bank fallen und erklärte wortreich, daß sie ja leider mit diesen zwei Stöcken, der verstauchte Knöchel wolle nicht und nicht heilen, die Ärzte könnten sich das auch nicht erklären, daß sie also derzeit keine Bälle werfen könne, was aber Kings ganze Leidenschaft sei, den sie im übrigen als letztes Geschenk von einem lieben Menschen bekommen habe, heiraten habe er sie nicht können, weil seine Ehefrau, diese Hexe, nicht zu einer Scheidung bereit gewesen sei, obwohl sie ihm schon seit Jahren kein einziges Hemd mehr gebügelt und nur Dinge gekocht habe, von denen sie wußte, daß der liebe Rudolf sie nicht ausstehen konnte. Hier machte sie zum ersten Mal zwar keinen Punkt, holte aber gerade lange genug Atem, um Sefa Gelegenheit zu geben, aufzustehen und zu sagen, sie müßten nun leider gehen, alles Gute noch. Karla hatte Mühe, auf die Beine zu kommen.

In den folgenden Tagen wurde das Warten ihre Hauptbeschäftigung. Schon beim Frühstück horchten sie hinaus ins Stiegenhaus, öffneten immer wieder die Tür in der Meinung, sie hätten die Briefträgerin gehört. Da gab es doch ein Lied, in dem ein Ohr auf der Treppe saß und lauschte, meinten sie, aber es fiel ihnen nicht ein, von wem es sein könnte. Karla begann sich Sorgen zu machen, daß Cornelia über ihren Brief verärgert war, Sefa schimpfte über die Unverläßlichkeit der Post. Seit es all diese Faxen und E-Mails gebe, hielten die wohl einen normalen Brief für unwichtig. Sie jedenfalls finde nach wie vor, daß ein richtiger Brief etwas ganz anderes sei als solche elektronische Spielereien, und was die Faxen betreffe, so sage ja schon der Name, wie ernst sie zu nehmen seien. Mama habe nicht umsonst davor gewarnt, immerzu Faxen zu machen, irgendwann könne man nicht mehr aufhören damit.

»Das heißt Faxe, nicht Faxen«, korrigierte Karla.

Sefa machte eine abschätzige Handbewegung. »Wer sagt, daß die recht haben mit ihrem komischen Plural? Faxen paßt besser.«

»Rainer hat auch schon ewig nicht angerufen«, sagte Karla mit unschuldigem Mitgefühl, als Sefa ihr eine Tasse heiße Schokolade brachte.

Stocher du nur herum in meiner empfindlichen Stelle, dachte Sefa. Wenn es dir Spaß macht. Laut sagte sie: »Ich glaube, er ist wieder auf Reisen.«

Karla hob die Brauen, erst die rechte, dann die linke, und blickte auf ihre Hände herab. Ein Schulterzucken gestattete sie sich nicht. Früher hatte sie gesagt, Sefa dürfe sich nicht gefallen lassen, wie Rainer sie behandle. Das hatte jedesmal zu Streit geführt, bösem Streit. Du mußt ihn doch nicht verteidigen. Ich verteidige ihn auch nicht. Und dann stand der Achtjährige vor ihr, den sie hätte verteidigen müssen, und sie war zu träge gewesen, zu beeinflußbar, zu wer weiß was, und sie hatte mit den anderen gelacht, statt sich vor den Sohn zu stellen, und sie wußte, daß er ihr das nie verzeihen würde. Selbst wenn er es vergessen haben sollte, verzeihen kann er das nicht, dachte sie.

Zwei Wochen später kam ein Brief von Teresa. *Ich bin sehr happy, daß Oma und großartig Tante arbeiten mit mir. Ich will nicht politisch Analyses, nur persönlich emotion, denken und experience. Bitte entschuldigung für Fehler. Mummy in Arbeit, keine Zeit für correction. Frage die erste: Wie ihr erlebt Depression? Die zweite: Wie ihr erlebt März 38. Die dritte: Wie ihr erlebt beginn von World War II? Mit die vielen Umarmungen Love Teresa.*

Karla schüttelte immer wieder den Kopf beim Lesen. Sefa fand es mutig, daß Teresa sich nach so kurzer Zeit immerhin bemühte, deutsch zu schreiben. Sie holte den Recorder, stellte ihn vor Karla auf den Tisch, schaltete ein.

»Papa war ja Beamter, da hat es unsere Familie nicht direkt betroffen. Ich war noch in der Schule, Zeitungen durften wir nicht lesen, die Eltern fanden, da stünden Dinge, die nichts für uns wären. Ich erinnere mich nur ...« Sie streckte die Hand aus, drückte den Pausenschalter.

»Was ist?« fragte Sefa.

»Mir ist gerade eingefallen, daß Mama gesagt hat, jetzt kann man sich wenigstens die Dienstmädchen aussuchen. Da bekommt Teresa doch den Eindruck, Mama wäre eine herzlose Person gewesen!«

Sie müßten die Scheren im eigenen Kopf wegwerfen, meinte Sefa, sonst habe das Ganze keinen Sinn. »Wir dürfen nicht für Teresa denken, das muß sie selbst tun.«

»Ich will aber nicht, daß sie eine schlechte Meinung von unseren Eltern bekommt!«

»Hast du eine so schlechte Meinung von ihnen, daß du dich in acht nehmen mußt?«

»Nein!« So laut hatte Karla selten geschrien. Sie rang die Hände, bemühte sich um einen ruhigen Ton. »Du drehst einem wieder einmal das Wort im Mund um! Sie kennt ja die

Zusammenhänge nicht, hat keine Ahnung, wie es damals war ...«

»Die Bachmann hat gesagt: Die Wahrheit ist dem Menschen zumutbar«, beharrte Sefa.

»Welche Wahrheit?« fragte Karla. »Deine? Meine?«

Sie verstrickten sich immer mehr in eine Diskussion, die beiden weh tat, keinen Ausweg offenließ, bis Karla plötzlich erklärte: »Wahrscheinlich gibt es Wahrheit nur im Plural.« Sie machte eine kleine Pause, wartete offenbar auf Beifall, während Sefa überlegte, wo sie das schon gehört oder gelesen hatte, dann fuhr sie fort: »Jetzt bist du baff, gelt? Ich hab selbst nicht erwartet, daß ich jemals etwas so Kluges sagen werde!«

Sefa stand auf. »Darauf trinken wir!«

»Später!« Karla schob ihr den Recorder hin. »Mach du weiter. Du warst ja damals schon älter und entsprechend weiser.«

Das weiße Rauschen des leer laufenden Bandes hatte eine seltsam hypnotische Wirkung. Depression. Ja, ich hab meine Depressionen gehabt, aber um die geht es hier nicht. Plötzlich sah sie den Mann vor sich mit der Tafel: Suche jede Arbeit. Hatte sie ihn wirklich gesehen, oder nur das Foto? Bettelnde Kinder auf dem Schulweg, manchmal hatte sie ihnen ihr Pausenbrot gegeben, jetzt saßen wieder Bettler auf den Stufen zur Stadtbahn, die nun U-Bahn hieß, eine auf Karton geschriebene Tafel vor sich, die Hände ausgestreckt, daß ihnen die Hände nicht zitterten, ob sie die Arme ausschüttelten, wenn gerade niemand kam? Die grauen Gesichter, damals hatte sie geglaubt, die Leute würden sich nie waschen. Die Hausmeisterin, die jeden Tag kam und die Essensreste der Hausparteien abholte in einem Blecheimer.

Eine Mitschülerin – wie hatte sie noch geheißen? Marianne? Margarete? – war im Turnunterricht bewußtlos zusammengefallen, große Aufregung, Professorinnen umringten das

Mädchen, auch die Frau Direktor, diese besondere Art von Geflüster, von dem die Schülerinnen auch damals wußten, daß sie fürchteten, das Mädchen könne schwanger sein, obwohl sie keine wirkliche Vorstellung davon hatten, wie man schwanger wurde, und dann stellte sich heraus, daß sie vor Hunger ohnmächtig geworden war. Marianne, ja doch, Marianne war dann abwechselnd bei einigen Mitschülerinnen zum Mittagessen eingeladen worden, bis sie eines Tages nicht mehr in die Schule kam. Niemand fragte, wo sie geblieben war.

»Haben wir wirklich so – behütet gelebt? Nichts wahrgenommen?« fragte Sefa.

Karla zuckte zusammen, als wäre sie weit weg gewesen. »Scheint so.«

In dem Hietzinger Gymnasium wären eben durchwegs Mädchen aus vergleichbaren Familien gewesen, Töchter von Beamten, Ärzten, Anwälten, Kaufleuten. Im Grunde seien sie kaum je aus dem Bezirk herausgekommen, gerade noch in die Stadt gefahren mit den Eltern, um in die Oper zu gehen oder ins Konzert, zwei-, dreimal im Jahr, nicht öfter. In Ottakring wäre es gewiß anders gewesen, aber in Hietzing ...

Reich waren sie wirklich nicht gewesen. Ein Beamter hat zwar nichts, das aber sicher, hatte es geheißen, und Mama war so stolz auf ihre Sparsamkeit, die galt als eine der wesentlichsten Tugenden einer Frau.

»Immer hab ich deine Sachen auftragen müssen. Wie hab ich dich beneidet, wenn du wieder ein neues Kleid bekommen hast!«

»Höchstens einmal im Jahr, und von der Hausschneiderin genäht. Mit viel Platz zum Reinwachsen. Und da hast du fast immer auch eines bekommen! Damit jeder gleich sehen konnte, daß wir Schwestern waren.«

»Ich hab mir ein rotes Kleid gewünscht, da hat Mama völlig

verstört reagiert, ich weiß noch, wie sie abends zu Papa sagte: Stell dir vor, deine Tochter will ein knallrotes Kleid haben.«

»Wahrscheinlich dachte sie, mit einem roten Kleid würdest du ganz gewiß in der Gosse landen.«

Karla kicherte. »Das mit der Gosse kam später, da waren wir schon Backfische. Meinst du, daß die Teenager von heute das Wort überhaupt kennen?«

»Vermutlich denken sie dabei nur an Fischstäbchen. Die Gattung Backfisch ist ausgestorben, ich glaube nicht, daß man ihr nachtrauern müßte.«

»Hast du dein Poesiealbum noch?« fragte Karla.

Sie müsse nachschauen, meinte Sefa. Irgendwann habe sie gezählt, wie oft *Edel sei der Mensch, hilfreich und gut* darin gestanden sei, jedenfalls weit öfter als *Schiffe ruhig weiter* und *Sei wie das Veilchen im Moose.*

»*Ich schreibe mich aufs letzte Blatt*«, zitierte Karla. »Und dann kam immer noch eine, die auf den Umschlag schrieb. Eine sogar außen, die mußte immer das letzte Wort haben, aber wie sie hieß, hab ich vergessen.«

»Und 's Wort hab ich vergessen«, summte Sefa. »Das Wort und wie viele andere?«

Karla hievte sich aus dem Sessel, trat ans Fenster, schüttelte den Kopf, schlurfte hinaus in die Küche – in der Wohnung bemühte sie sich längst nicht mehr, die Füße beim Gehen zu heben –, rüttelte an der Tür zum Klopfbalkon. Sefa ging ihr nach, drückte die Tür mit Mühe auf. Ruß und Staub bedeckten in einer dicken Schicht Boden und Geländer.

»Kannst du dir vorstellen, daß da unten einmal Musik gemacht wurde?« fragte Karla.

Fast jeden Tag war einer gekommen mit Akkordeon, Geige, Trompete, Klarinette oder Mundharmonika, einer hatte sogar Cello gespielt, manche kratzten und quäkten auf ihren Instrumenten, daß man ihnen Geld gab, nur damit sie aufhörten, manche aber spielten wunderschön. Die Leute hatten Münzen in Zeitungspapier gewickelt und hinuntergeworfen. Dem jungen Geiger, der immer Schubert spielte, hatte Mama nie Geld zugeworfen, Karla hatte es ihm bringen müssen. Es hatte sie so verlegen gemacht, sie wußte nie, ob sie es in den Geigenkasten legen oder ihm in die Hand geben sollte, wenn er fertiggespielt hatte und den Bogen in einer Kurve in die Höhe führte, die ihr Herzklopfen machte. Da oben verharrte der Bogen einen Moment, senkte sich dann langsam, und gleichzeitig senkte der junge Geiger den Kopf. So genau hab ich ihn angesehen, zeichnen könnte ich ihn noch heute aus der Erinnerung, nur kann ich leider nicht zeichnen, aber nie hab ich gedacht, daß die extreme Schlankheit, die mir so vornehm schien, einfach vom Hunger kam.

»Wenn man lange genug brütet, kommt man drauf, daß man doch etwas gemerkt hat«, sagte Karla. »Oder wenigstens etwas hätte merken müssen, weil man es ja doch gesehen hat.«

Was man alles versäumt hat. Nicht nach dem, was wir getan haben, werden wir gerichtet, sondern nach dem, was wir unterlassen haben. Unterlassene Hilfeleistung ist ein Vergehen, oder sogar ein Verbrechen? Und unterlassene Denkleistung?

Sefa nickte. »Mir kommt vor, wir haben nicht einmal gewußt, daß wir etwas gesehen haben, solange niemand danach gefragt hat. Und dabei hab ich mir auch noch wer weiß was eingebildet auf meine Sensibilität.«

»Aber wem hilft es, wenn wir jetzt ein schlechtes Gewissen haben?« fragte Karla.

Darum geht es nicht, ach Gott, wenn ich nur wüßte, worum es geht.

Heute, meinten sie, wäre ja alles völlig anders, heute brächte das Fernsehen alles ins Haus, fast noch bevor es passierte, nicht nur die Tatsachen, sondern gleich die Erklärungen dazu. Sie selbst hätten vielleicht Bilder im Kopf, aber was diese Bilder bedeuteten, in welchen Zusammenhang sie zu stellen seien, dafür brauche man ein Raster.

»Mir kommt vor«, sagte Karla, »als sollte ich ein Puzzle legen, wo die Bilder alle nach unten gedreht sind, irgendwo hab ich so ein weißes Puzzle gesehen, wie kann man da wissen, wo ein Teil hingehört? Irgendwie hab ich das Gefühl, ich werde in Geschichte geprüft und hab keine Ahnung. Ich bin schon richtig sauer auf Cornelia, ich hab den Verdacht, sie hat Teresa diesen Floh ins Ohr gesetzt.«

»Möglich. Kann aber auch sein, daß Teresa selbst auf die Idee gekommen ist. Du weißt doch, die Suche nach den Wurzeln scheint ja jetzt modern zu sein. Jedenfalls gibt es uns etwas zu tun.«

»Soll ich mich vielleicht noch bei ihr bedanken?«

»Immerhin zeigt sie Interesse. Wir haben doch erst unlängst darüber geklagt, daß sich unsere Kinder nicht für unsere Geschichten interessieren.«

Die Frage war, ob Teresa sich für die Geschichten interessierte oder ob sie zu Gericht sitzen wollte. Warum hatten sie solche Bedenken davor, welchen Ausgang dieses Verfahren nehmen würde? Waren sie sich trotz aller gegenteiligen Behauptungen einer Schuld bewußt?

Karla schlug mit der Faust auf den Tisch, verzog das Gesicht. »Verdammt noch mal, es muß doch genügen, wenn man sich bemüht hat, jeden einzelnen Tag halbwegs anständig zu leben.«

»Wer sagt denn, daß du das nicht getan hättest? Wir können's auch gut sein lassen, zwingt uns ja niemand, weiterzumachen.«

Sefa rettete sich wieder einmal ins Kochen. Gemüseputzen

bot immerhin eine Zuflucht, da gab es keine Zweideutigkeiten. Eine Zwiebel ist eine Zwiebel ist eine Zwiebel. Sie verzog den Mund. Wie aus einer Rose eine Zwiebel wurde. Ach was, so originell war Virginia Woolf auch nicht gewesen. Moment, das hatte doch Gertrude Stein geschrieben? *A rose smells just as sweet by any other name*, das war früher. Von wem nur? Auch egal. Es gab keine Extrapunkte für richtiges Zitieren. Nach dem Essen saßen sie vor dem Fernseher, dankbar für den Tierfilm.

»Ich möchte bloß wissen, warum heutzutage in allen Tierfilmen Kopulationsszenen zu sehen sind«, ereiferte sich Karla.

»Damit wir uns darüber aufregen können«, erklärte Sefa. »Mir kommt vor, als wir jung waren, haben sogar die Hunde auf der Straße ein gewisses Schamgefühl gezeigt.«

Karla begann zu lachen, verschluckte sich, hustete, bis Sefa sie fest auf den Rücken klopfte. »Weißt du noch, wie Mama uns aus dem Zimmer geschickt hat, weil Omamas weißer Pudel sich so hingebungsvoll mit seinen ... seinen Bällchen beschäftigt hat?«

»Ich glaube, das war der Grund, warum wir keinen Hund haben durften.«

»Kann sein. Mama ist direkt versteinert, wenn Anselmo an ihren Händen geschnüffelt hat. Und natürlich ist er vorzugsweise zu ihr gerannt und hat den Kopf in ihren Schoß gelegt.«

Anselmo hüpfte mit fliegenden Ohren durch ihre Erinnerung. Die kleine Omama, immer im schwarzen Seidenkleid mit hohem Stehkragen, die aussah, als könnte sie gerade noch die Kraft aufbringen, eine Teetasse zum Mund zu führen, die aber noch mit weit über achtzig ihren Haushalt allein versorgte. Nach Lavendel hatte ihre Wohnung geduftet mit einem leicht würzigen Beigeschmack, den Karla erst viel später als den Geruch nelkenbespickter Orangen identifizierte.

»Pomander«, sagte sie, und Sefa nickte.

Omama, in deren Gegenwart sie gar nicht auf die Idee gekommen wären, sich anders als artig zu benehmen, Omama, das Bild einer Dame aus dem neunzehnten Jahrhundert. Und dann kam bei Omamas Begräbnis ein fremder Herr auf Sefa zu, stützte sich auf seinen Stock und verlangte einen Kuß, schließlich sei er ihr Großvater. Großvater, sagte Sefa, sei im großen Krieg gefallen, in dem Krieg, der damals noch nicht Erster Weltkrieg hieß. Der Herr lachte und sagte, es wäre ihm gewiß aufgefallen, wenn er gestorben wäre. Mama war nicht zu sehen, die nahm wahrscheinlich Beileidskundgebungen entgegen, als Sefa ihr am Abend von der seltsamen Begegnung erzählte, wurde Mama schrecklich verlegen und stotterte schließlich heraus, daß Omama sich in einen Klavier spielenden Leutnant verliebt hätte, der bei ihnen einquartiert gewesen sei, und als der Leutnant in Rußland fiel, hätte sie Großvater verlassen und fortan Schwarz getragen. Das Foto mit dem Trauerflor auf dem Klavier war also der Leutnant, sagte Sefa, und ihr habt mich immer glauben lassen, das wäre mein Großvater. Was habt ihr mir sonst noch vorgelogen? Mama holte aus und gab ihr eine Ohrfeige, die erste und letzte. Später entschuldigte sie sich und nahm ihr das Versprechen ab, Karla nichts davon zu erzählen, sie sei mit ihren sechzehn Jahren viel zu jung, um solche Verwirrungen zu verstehen, und Omama habe schwer bezahlt für das kurze Liebesglück – sie sagte wirklich Liebesglück –, habe sich und die Tochter als kleine Angestellte mühevoll durchgebracht, und überhaupt habe sie immer Haltung bewahrt. Bis zu ihrem Tod hatte Mama nie wieder davon gesprochen, wenn Sefa auch nur in die Nähe der alten Geschichte kam, verschanzte sich Mama hinter ihrer Schwerhörigkeit und antwortete auf eine Frage, die Sefa nicht gestellt hatte. Seit Jahren hatte sie überhaupt nicht daran gedacht. Wahrscheinlich hielt Karla den Leutnant mit den großen dunklen Augen immer noch für ihren Großvater. Der alte Herr hatte sich auf dem Absatz umgedreht und war mit sehr geradem Rücken auf seinen Stock gestützt zwischen den Gräberreihen davongegangen. Ich hätte ihm nachlaufen müssen, dachte Sefa. Eine angenehme Stimme hatte er, und buschige Brauen. Rainer hat auch buschige Brauen. Von Friedrich hat er die nicht.

»Ist dir nicht gut?« fragte Karla.

»Doch, doch. Warum?«

»Du schaust so abwesend. Schaust wieder ins Narrenkastel, hat Papa gesagt, erinnerst du dich?«

»Ich bin gar nicht sicher, ob ich das überhaupt will«, sagte Sefa. »Die Erinnerungen machen mit mir, was sie wollen. Übrigens hast du auch den Eindruck gemacht, als wärst du weiß Gott wo.«

»Nicht weiß Gott wo, im Schönbrunner Park war ich, richtig dort, ob du's glaubst oder nicht, der Kies knirscht, Papa hält meine Hand, es zieht im Schultergelenk, seine Schritte sind so groß, ich muß halb hüpfen, halb laufen.« Hohe Schnürschuhe an den Füßen, grau von Staub. Papas Schuhe sind schwarz und glänzend. Ein Herr bleibt stehen, auch seine Schuhe sind schwarz und glänzend, die beiden reden, sie muß aufs Klo, zupft an Papas Ärmel, Papa bemerkt es nicht. Sie kann nichts sagen, vor fremden Herren sagt man nicht: Ich muß Pipi. Sie weiß kein anderes Wort. Zappel nicht so, sagt Papa. Sie kneift die Schenkel zusammen. Irgendwann läuft es warm über ihre Beine. Papa merkt nichts. Beim Weitergehen scheuert ihre Unterhose. Die Kieselsteine sind spitz.

Mama hebt sie auf einen Stuhl, auf dem Stuhl liegen Kissen, viele Kissen, ein ganzer Kissenberg. Der Kissenberg rutscht, wenn sie den Löffel zum Mund führt. Sie klammert sich an die

Sessellehne. Iß doch, sagt Mama. Schau, wie brav Josefa ihre Suppe ißt. Der Boden ist weit unten, und der Kissenberg schwankt.

Eine Tür und sie hinter der Tür an die Wand gedrückt und die Tür kommt auf sie zu, wird sie zerquetschen, sie schreit.

Mit Sefa in der Badewanne, sich selbst sieht sie nicht, nur ihren rechten Fuß, der aus dem Wasser ragt, die runden Zehen wackeln, Sefa mit weißem Seifenschaum auf den Armen lacht mit weit offenem Mund, ihre rosarote Zunge kringelt sich, plötzlich wird Karla hochgerissen, in ein weißes Badetuch gewickelt, Sefa schluchzt, ihr Gesicht ist rot. Mama gibt ihr eine Ohrfeige, Sefa rutscht, verschwindet, das Wasser in der Wanne schwappt hoch. Mama wirft Karla auf ihr Bett, rubbelt sie heftig ab, ihre Haut brennt.

Sefa unterbrach den Redeschwall. »Mich hättet ihr glatt ertrinken lassen!«

»Du bist aber nicht ertrunken. Und du hast mich völlig herausgerissen. Gerade noch hatte ich richtige Bilder vor mir, jetzt sind sie weg. Einfach weg.«

Sefa drückte den Rücklaufschalter. Karla hörte mit weit aufgerissenen Augen zu, nickte, schüttelte den Kopf.

»Ich hab gar nicht gewußt, daß der Apparat an ist. Sehr lustig ist das aber nicht.«

»Nein«, sagte Sefa. »Hast du wirklich geglaubt, es würde lustig sein?«

»Natürlich! Wir hatten eine glückliche Kindheit!«

»Aber gewiß doch.«

»Wenn du nicht willst, mußt du ja nicht mitmachen. Aber dann misch dich bitte auch nicht ein.«

Schweigen kroch über den Tisch, ergoß sich über den Teppich, füllte den Raum, kratzte im Hals, drückte gegen die

Schläfen. Karla schnüffelte, putzte sich die Nase, quetschte ihr Taschentuch in der Hand.

Schade, daß sie nicht zum Theater gegangen ist, dachte Sefa. Obwohl heutzutage diese großen Gesten so unmodern geworden sind wie das Tremolo der Burgtheatermimen von vor – mein Gott, das sind inzwischen hundert Jahre, glaub ich. Sie erinnerte sich, wie Alexander Moissi auf einer von Papas Schellackplatten den ›Erlkönig‹ rezitierte. Die Platte war irgendwann zerbrochen, einfach in zwei Teilen in der Papierhülle gelegen, aber vor kurzem hatten sie sie im Radio wieder gespielt.

»Ich habe Weihnachtskekse aus der Speisekammer gestohlen, eine ganze Handvoll, und sie unter der Decke gegessen, da kommt Mama, findet mein Bett voller Brösel und fragt, ob ich genascht habe. Ich doch nicht, sage ich und bleibe dabei, auch als sie sagt, sie will nur die Wahrheit wissen.« Karlas Wangen zitterten. »Sie hat zu weinen begonnen, jetzt kann sie mir nie wieder vertrauen, hat sie geklagt. Die Strafe war nicht so schlimm, schlimmer war, daß ich jetzt überzeugt war, es hätte nie ein so durch und durch schlechtes Kind gegeben wie mich. Erinnerst du dich an das Märchen von der Hand, die aus dem Grab wuchs, weil die Tochter – oder war es ein Sohn? – diese Hand gegen die Mutter erhoben hatte? Da war ich gemeint!«

Sefa fuhr auf. Das war doch ich, dachte sie, gibt es das, daß sie das gleiche erlebt hat?

»Bist du sicher?«

»Was soll das wieder heißen? Natürlich bin ich sicher. Ich bin doch nicht blöd!«

Sefa schluckte. Die Vergangenheit bekam immer mehr Risse, durch die Risse sickerte eine Bedrohung ohne Namen, ein Etwas, das sich ausbreitete wie Rost auf Eisen, wie Schimmel im Brot, wie Fäulnis im Fleisch, das die Vergangenheit auffraß und damit einen Teil von dem, was dem eigenen Bild Struktur verlieh. Sie hatte das Gefühl, sich selbst zu entgleiten wie ein Spiegelbild im aufgepeitschten Wasser. Vielleicht war das der Anfang vom Ende, man zerrann langsam, bis nichts mehr da war. Wie lange war es her, seit die Tage endlos gewesen waren und die Monate viel zu kurz? Jetzt waren die Tage kurz. Sie schüttelte sich, stand auf.

»Wohin gehst du?« fragte Karla.
»Weiß ich noch nicht.«
»Stört es dich, wenn ich mitkomme?«
»Warum sollte es?«

Im Schatten dieser Bäume waren sie in die Schule gegangen. Gut, der eine oder andere war vielleicht ersetzt worden, aber im Grunde waren es die Bäume von damals, auch die Häuser hinter ihren Vorgärten, in denen Rosen blühten, vielleicht nicht die selben, aber die gleichen. Eine Frau im Badeanzug schob einen Rasenmäher über einen Streifen Gras. Ihre Großmutter hätte das Gras mit der Sichel geschnitten, es war nicht genug Platz, um mit einer Sense auszuholen, und sie hätte ein Kleid getragen, ein leichtes Baumwollkleid mit verblaßtem Blümchenmuster wahrscheinlich, denn ein neues Kleid zog man nicht zur Arbeit an. Vielleicht hätte sie eine Kittelschürze darüber angehabt, wie sie die Frauen im Dorf auch heute noch trugen. Eine schwarze Katze rieb ihre Nase an einem blankgeputzten Fenster. Durch das Blattwerk warf die Sonne gesprenkelte grünliche Schatten auf Karlas Gesicht.

Karla blieb stehen, stützte sich an einer niedrigen Mauer ab. »Weißt du noch, sooft wir hier vorbeigekommen sind, sagte Mama, das Haus hätten sie beinahe gekauft, und dann haben sie statt dessen Kriegsanleihe gezeichnet.«

Sefa nickte. »Ich glaube fast, um das Haus hat es ihr weniger leid getan als um das Salettel im Garten. Schau, das haben sie frisch gestrichen. Ich hatt' schon Angst, sie würden es abreißen.«

Aus ihrer alten Schule stürzten Buben und Mädchen in einem wilden Haufen auf die Straße, füllten sie mit Lachen und Geschrei, rannten ein Stück, als fürchteten sie, man könnte sie zurückholen, blieben in Knäueln stehen. Die Älteren kamen etwas langsamer nach, schlenderten in kleinen Gruppen davon.

»Es kommt mir immer noch komisch vor, daß jetzt auch Buben in unsere Schule gehen«, sagte Sefa.

Karla stellte fest, wie hübsch die jungen Mädchen waren. »Obwohl sie sich ja alle Mühe geben, sich zu verschandeln. Allein die Frisuren! Es juckt mich richtig in den Fingern, eine Bürste zu nehmen …«

»Da wären sie dir gewiß von Herzen dankbar.«

Sie gingen langsam weiter, vermieden es, nach links zu blicken, wo ein häßlicher Sicherheitszaun und ein ebenso häßlich kahler Garten ein Botschaftsgebäude umgaben, fanden die Zubauten zur Schule durchaus akzeptabel, erinnerten sich an die Namen einzelner Lehrerinnen, stellten wortlos fest, daß es heute nicht schwierig war, die eigene Schrittlänge an die der Schwester anzupassen, und freuten sich darüber. Als ihnen in einer offenen Toreinfahrt in der Lainzerstraße ein dunkelroter Oleander entgegenleuchtete, kehrten sie ein, saßen auf wackeligen grünen Gartensesseln und prosteten einander zu. Sie spielten mit dem Gedanken, für ein paar Tage wegzufahren, nicht weit, vielleicht auf den Semmering. »Erinnerst du dich, wie die Pension geheißen hat, in der die Eltern ihren letzten Urlaub verbrachten? Sie haben sich so gefreut, als wir sie dort zu Vaters Geburtstag besuchten.«

»Ich könnte hingehen, vom Bahnhof links hinauf und dann die erste, nein zweite Abzweigung rechts …«

»Links!«

»Nein, rechts, da bin ich ganz sicher. Ich seh das Haus vor mir mit den prachtvollen Fuchsien. Mindestens zwanzig verschiedene Sorten hatten sie.«

»Stell dir vor, wir rufen bei der Auskunft an und fragen nach der Telefonnummer einer Pension auf dem Semmering, die vor zwanzig Jahren Fuchsien vor den Fenstern hatte!«

Mitten im Lachen sagte Karla: »Kannst du mir erklären, warum wir ständig nur in der Vergangenheit unterwegs sind?«

»Das fragst du?«

»Ja. Natürlich hängen Vergangenheit und Zukunft zusammen, von der einen haben wir viel, von der anderen fast nichts...«

Sefa war nicht einmal sicher, ob sie die Vergangenheit wirklich in Besitz genommen hatten, dafür hätten sie doch die eigenen Erfahrungen in einem größeren Zusammenhang sehen müssen, und da hätten sie ja beide kläglich versagt.

»Meinst du, es lohnt sich, wenn wir darin herumwühlen? Ergibt es einen Sinn?«

»Sinn? Ich weiß nicht. Aber es ist bestimmt noch sinnloser, es nicht zu versuchen. Außerdem haben wir nun einmal damit begonnen, und altmodisch wie wir sind, müssen wir's dann wohl fertigmachen...«

»Ich weiß, was auf dem Teller liegt, wird aufgegessen. Das gilt heute übrigens auch nicht mehr.«

»Ich sag doch, wir sind altmodisch.«

»Du vielleicht!«

Karla bekam ihren abwesenden Blick. Auf den Spitzen der Oleanderblütenstände klebten winzige grüne Fliegen. Sefa überlegte, ob sie die Kellnerin darauf hinweisen sollte, doch die lehnte an der Hausmauer und betrachtete konzentriert ihre langen rechteckig geschnittenen Fingernägel.

»Mit Zukunft und Vergangenheit ist nichts anzufangen«, schimpfte Karla. »Der einzige Satz, den ich gefunden habe, ist der reine Unsinn.«

Sefa tat ihr den Gefallen, nach dem Satz zu fragen.

»Vieh kann Freude gut nutzen.«

»Wir auch«, sagte Sefa. »Wir auch. Aber da fehlt ein g.«

»Ich dachte, du hättest nichts für solche Spielchen übrig.«

»Hab ich auch nicht.«

Auf dem Heimweg sahen sie kleine Mädchen im Park mit sehr ernsten Gesichtern in einem mit roter Kreide auf den Asphalt gemalten ›Himmel-und-Hölle‹-Spielfeld hüpfen. Sie blieben stehen. Die Mädchen klatschten, wenn eine im Himmel angelangt war und triumphierend den Stein zurückbrachte. Die Zuschauerinnen störten sie offenbar nicht.

»Die Kleine im roten Leiberl könnte deine Enkelin sein«, flüsterte Karla. »Sie sieht dir viel mehr ähnlich als Fiona.«

Sefa schüttelte den Kopf. »Schon eher die Urenkelin.« So hübsch war sie nie gewesen. Und auch nie so gelenkig. Wenn sie auf dem linken Bein hüpfen sollte, hatte sie allzuoft das Gleichgewicht verloren und war auf beiden Beinen gelandet.

Karla hätte gern gewußt, ob sie auch noch ›Laßt die Räuber durchmarschieren‹ spielten.

Auf dem Heimweg warfen sie einander die Liedanfänge zu, die sie mit den anderen Mädchen im Haus gesungen und dazu getanzt hatten: *Dornröschen war ein schönes Kind, Hänsel und Gretel verliefen sich im Wald, Lieschen saß im grünen Gras, wie auf einem Throne, pflückt sich Gänseblümchen ab, träumt vom Königssohne ...*

»Mag nicht tanzen, danke schön, wart auf einen König«, sang Karla. Eine Frau drehte sich nach ihnen um und lächelte.

»Glaubst du, daß sie immer noch auf einen König warten?« fragte Sefa. »Ich hab den Eindruck, sie sind klüger geworden.«

Karla lachte auf. »Aber wo. Sie warten immer noch auf den König, und landen immer noch beim Schweinehirten.«

Schöne Aussichten, darüber waren sie sich einig. *Kommt ein Schweinehirt daher, Johann Christoph Stoffel, hat nicht Schuh noch Strümpfe an, trägt nur Holzpantoffel.* So vieles hatten sie vergessen, aber das Lied stand fest und unverrückbar da. *Lieber Stoffel, tanz mit mir, auf der grünen Wiese! Und der Stoffel tanzt mit ihr, mit der dummen Liese...* Wie lange war es her, seit sie zum letzten Mal getanzt hatten?

»Eigentlich ganz gut, wie selten man weiß, daß man etwas zum letzten Mal tut«, murmelte Karla. »Zum letzten Mal Kaffee trinkt, zum letzten Mal spazierengeht, zum letzten Mal einen Film sieht...«

»Zum letzten Mal Kirschen ißt«, fügte Sefa hinzu, als sie die prallen roten Herzkirschen am Kiosk vor der Verbindungsbahn sah. Sie zückte ihre Geldbörse.

Im Weitergehen hängte sie der Schwester ein Kirschenpaar ans linke Ohr. Karla nahm es nicht ab, schritt vorsichtig aus, trug den Kopf hoch. Wenn Entgegenkommende sie anstarrten, setzte sie ihr süßestes Lächeln auf.

»Erinnerst du dich, wie wir vom Kinderzimmerfenster aus Kirschkerne geschnippt haben?«

Wenn sie es schafften, mit einem Kern das Blechdach des Pissoirs im Park gegenüber zu treffen, jubelten sie. Wenn dann ein Mann herauskam, zum Himmel aufblickte und kopfschüttelnd seinen Weg fortsetzte, gab es hundert Punkte. Die Angst davor, Mama könnte sie dabei erwischen, gab dem Spiel zusätzliche Würze.

Nach dem Abendessen stellte Karla seufzend den Recorder auf den Eßtisch. Der bloße Anblick friere ihr das Hirn ein, erklärte sie. Sefa rutschte auf ihrem Stuhl hin und her, eine Falte im Rock störte sie, sie erhob sich, strich den Rock glatt, setzte sich wieder. Auch das half nicht. »Also gut«, sagte sie schließlich. »Lassen wir die Depression. Wie haben wir den März 38 erlebt, das war doch die zweite Frage. Auf dem Heldenplatz sind wir jedenfalls nicht gewesen.« So oft waren Schuschniggs Abschiedsworte im Radio gebracht worden, sein »Gott schütze Österreich«, daß sie unmöglich sagen konnte, wie es im März 1938 in ihren Ohren geklungen hatte, als sie die Rede zum ersten Mal hörte. Mit großer Anstrengung rief sie sich den Radioapparat in Erinnerung, der im Wohnzimmer gestanden war, die ganze Breite des kleinen Rauchtischs einnahm, das glänzend polierte Gehäuse aus Holz, die Bespannung aus grobem Leinen, das grün leuchtende magische Auge. Sie blinzelte. Jetzt sah sie das Auge deutlich, in der Mitte ein wenig dunkler als außen, und auch die beleuchtete Skala mit dem roten Strich, den Papa immer wieder ein klein wenig verschob, wenn der Empfang seinen Vorstellungen nicht ganz entsprach. Da war auch der dünne Metallrahmen zwischen Holz und Stoff und die beiden eierschalfarbenen Bakelitknöpfe mit Messingrand. Wann hatten die Eltern den Apparat weggegeben? Darum ging es jetzt nicht. März 1938. Sie hatte so viele Fotos gesehen, es war schwer, die eigene Erinnerung hinter den Bildern auszugraben. Gewiß hatte Papa Nachrichten gehört, er duldete keine Störung während der Nachrichten, saß steif in dem dunkelblauen Fauteuil, die Arme auf die Lehnen gestützt. Plötzlich war das Bild da, Papa in seinem Sessel, die Hände vors Gesicht geschlagen.

»Armes Österreich, hat Papa geflüstert, armes, armes Österreich. Das haben sie jetzt davon, daß sie die Monarchie zerschlagen haben. Es wird Krieg geben, und er wird weit schlimmer sein als der Weltkrieg.«

»Glaubst du, er war Monarchist?« fragte Karla.

»Mama sagte oft, er sei erst nach 1918 Monarchist geworden, weil er meinte, ein Monarch sei weniger gefährlich als ein Diktator. Ein Diktator müsse machtbesessen sein, ein Monarch nicht unbedingt.«

Ja, sagte Karla, sie erinnere sich, daß er bei jeder Krise nach dem Ende des Zweiten Weltkriegs fürchtete, es könne wieder zu einer Diktatur kommen. »Und bei jeder Krise verlangte er, daß wir einen Vorrat an Grundnahrungsmitteln anlegen. Was habe ich Reis und Nudeln und Konserven angeschleppt.«

»Erinnerst du dich an die Motten?«

Karla schüttelte sich. In allen Schränken, hinter jedem Bild, auf jedem Regal klebten die weißen Würmer, nein, Raupen waren es, natürlich Raupen, in jeder Mehldose, im Grieß, im Reis hingen weißlich klebrige Fäden, fanden sich schwarze Pünktchen. Mama hatte die Hände gerungen, wie schade um die guten Sachen, haben wir ganz umsonst so viel Geld ausgegeben, bis Sefa verärgert fragte, ob es ihr lieber gewesen wäre, der angekündigte Notfall wäre eingetreten.

»Eine herzlose Person hat sie mich genannt!«

»Wie kommst du jetzt darauf?« fragte Karla.

»Bitte wovon reden wir?«

»Ja, wovon reden wir?«

Karla massierte ihr linkes Bein.

»März 38«, sagte Sefa streng und drückte die Aufnahmetaste.

Wieder einmal verstummten sie. »Ich war ja noch in der Schule«, begann Karla zögernd. »Aber doch, da war der Physiklehrer, der das Parteiabzeichen am Revers trug, der Ruth nicht mehr aufrief, auch wenn sie die einzige war, die sich meldete, da waren die Zwillinge, die nicht mehr in die Schule kamen, ihre Plätze in der dritten Bank an der Fensterreihe blieben leer, niemand setzte sich dorthin, bis die Neue kam aus Detmold, wie hieß die noch … Rote Locken hatte sie und Sommersprossen überall, auch auf den Fingern.«

Die letzte Deutschstunde mit Frau Professor Jerusalem. Jede Schülerin sollte ein Gedicht vorlesen, das sie besonders liebte, und ihre Wahl kurz begründen. Irmgard hieß die Neue, ja, ganz bestimmt Irmgard. Imgard also steht auf, sehr gerade steht sie da. »Man darf deutsche Gedichte nicht besudeln, indem man sie einer Jüdin vorliest.« Nach kurzer Zeit schmerzt der angehaltene Atem in der Brust, Karla hält sich die Hand vor den Mund, als sie vorsichtig ausatmet, dennoch hat sie das Gefühl, daß die Luft mit lautem Knall aus ihrem Mund explodiert. Die Professorin schweigt, sieht Irmgard nur an. Nie zuvor und nie danach hat Karla einen Blick als etwas so Greifbares, Körperliches erlebt. Sie hätte sich nicht gewundert, wenn eine aufgestanden und in diesem Blick hängengeblieben wäre. Irgendwann hüstelt jemand in der letzten Bank. Irmgard setzt sich, ihr Stuhl scharrt über den Boden.

Verstohlen wendet Karla den Kopf, Irmgard hat den Kopf gesenkt und starrt auf einen Punkt auf ihrem Pult. Frau Professor Jerusalem sagt mit völlig normaler Stimme: »Wer von euch will den Anfang machen?« Niemand meldet sich. Die Lehrerin blickt die Reihen entlang, verweilt auf keinem Gesicht. Dann schlägt sie das Klassenbuch zu, nicht lauter als sonst. Sie sammelt die Notizblätter ein, die sie wie immer auf dem Katheder verstreut hat, klopft sie zu einem ordentlichen Stapel zurecht, legt sie in die schwarze Mappe, steckt die Mappe in ihre abgewetzte Schultasche, dabei senkt sie zum ersten Mal den Kopf. Gleich darauf hebt sie ihn, blickt noch einmal die Reihen entlang, öffnet den Mund, sagt aber nichts und geht aus der Klasse. Die Tür schließt sie so behutsam, daß nicht einmal das Einschnappen des Schlosses zu hören ist. Irmgard steht auf, hebt die rechte Hand. »Heil Hitler! Bald wird diese Schule judenrein sein!« Niemand rührt sich, niemand sagt ein Wort. Wieso sehe ich alles so deutlich vor mir, ich hatte doch nie mehr daran gedacht, wie ein Film läuft es ab, jetzt bleibt das Bild stehen, eingefroren. Ein Standfoto im Schaukasten des Gedächtnisses. Zweiunddreißig versteinerte Gesichter, ohne jeden Ausdruck. Das Bild beginnt zu verschwimmen, wird wieder klar. Eva springt auf, wie kann man in Zeitlupe springen?, steht neben Irmgard, gibt ihr eine Ohrfeige. Der Film reißt.

Karla schlug die Hände vors Gesicht.

Sefa legte ihr eine Hand auf den Unterarm, stellte keine Fragen, wartete einfach, bis Karla fragen konnte: »Erinnerst du dich an unsere Deutschlehrerin?«

»An die Jerusalem? Natürlich.«

»Sie muß gedacht haben, wir wären alle einverstanden gewesen mit Irmgard. Selbst das mit Eva kann sie nicht gewußt haben. Die ist dann auch verschwunden, noch vor der Matura, und ich hab nie nach ihr gefragt.«

Sefa wußte nicht, wovon Karla sprach. Stockend erzählte sie, was nach so vielen Jahren gegenwärtig geworden war.

»Du hast nie ein Wort davon gesagt!«

»Ich muß mich schon damals geschämt haben, denke ich. Obwohl ich ...« Karla begann lautlos zu weinen. »Irmgard hat mir so imponiert. Sie war so hübsch, so selbstsicher ...«

Gegen Abend rief Sefa Elvira an, brachte wie zufällig das Gespräch auf die Lehrerin. Sie sei in Ravensbrück umgekommen, sagte Elvira, oder war es ein anderes KZ? Eine eindrucksvolle Persönlichkeit. Übrigens sei sie gerade dabei, die Einladungen für das nächste Klassentreffen zu schreiben. In ihrem Alter müsse man die Treffen in kürzeren Abständen ansetzen, sie würden doch von Mal zu Mal weniger.

Umgekommen, sagte sie, als wäre es ein Unfall gewesen, ein Naturereignis, ein Zufall. Nicht sie allein, die meisten Leute scheuten sich davor, *ermordet* zu sagen. Umgekommen.

Nachdem sie aufgelegt hatte, sagte Karla: »Furchtbar. Irgendwie besonders schrecklich, daß wir es erst heute erfahren haben.«

Sefa wiegte den Kopf hin und her. »Nein. Es ist besonders schrecklich, daß wir erst heute gefragt haben.«

Sie hätten eben gelernt, Fragen zu vermeiden, wehrte sich Karla, besonders Fragen, die unangenehm sein könnten. Warum müsse man das als Desinteresse werten, es könne doch auch Diskretion sein?

»Eher doch Trägheit. Trägheit des Herzens, hab ich irgendwo gelesen. Ich glaube, das trifft es. Wir werden nicht gerichtet für das Böse, das wir getan, sondern für das Gute, das wir unterlassen haben. Das steht auch irgendwo. Vielleicht in der Bibel?«

»Was steht nicht in der Bibel?« Karla lachte verlegen. »Und der Parsifal kommt auch nur in die Bredouille, weil er zu blöd ist, um zu fragen.«

Wir retten uns ins Zitieren, dachte Sefa. Vielleicht sollten wir dankbar sein, daß wir wenigstens das gelernt haben. Eine leichte Übelkeit machte ihr zu schaffen, spielte ihr Kreislauf wieder verrückt? Sie bemühte sich, tief einzuatmen, langsam und bewußt auszuatmen.

»Ist dir nicht gut?« fragte Karla.

»Nur ein bißchen schwindlig.«

Karla stand ungewohnt schnell auf, machte sich in der Küche zu schaffen, brachte nach kurzer Zeit Tee und belegte Brote. Sie aßen vor dem Fernseher.

»Total unkultiviert«, stellten sie gleichzeitig fest, und jede hörte die Befriedigung in der Stimme der anderen.

Wieso hast du dich heute so fein gemacht?« fragte Karla beim Frühstück.
»Heute ist doch Friedrichs Geburtstag.«
»Mein Gott. Natürlich. Der 87.«
Sefa konnte sich Friedrich nicht mit 87 Jahren vorstellen, beim besten Willen nicht. Sie hatte es versucht. Er wäre ein schöner alter Mann geworden, ganz sicher, mit einem Schock weißer ungebärdiger Haare, sein schmales Gesicht hätte durch die Falten zusätzlich Kontur gewonnen. Ob sein Adamsapfel so prominent geworden wäre wie der des Mannes unlängst in der Straßenbahn? Als sie noch jung war, hatte sie Adamsäpfel anstößig gefunden, so entblößt, es war ihr peinlich gewesen, daß Adamsäpfel so oft genau in ihrer Augenhöhe gewesen waren.

»Erinnerst du dich an das Fest zu Friedrichs Sechzigstem?« fragte Karla. »Was haben wir da gelacht!«

Du vielleicht. Mir ist das Lachen vergangen. Geschämt habe ich mich für dich.

Karla gluckste, dieses melodische Glucksen, das sie sich als junges Mädchen angewöhnt hatte. Hielt es wohl immer noch für reizend.

»Ich glaube, das war das letzte Mal, daß ich getanzt habe«, fuhr Karla mit entrücktem Blick fort. »Ganz sicher war es das erste Mal seit dem Tod von Julius.«

Rangeschmissen hast du dich an jeden Mann, aber ganz besonders an Friedrich, hast dich an ihn gepreßt, richtig schrubben mußte ich, um deinen knallroten Lippenstift aus seinem Hemd rauszukriegen, die Waschmaschine hat das nicht geschafft, widerlich war das, aber ich konnte ja nichts sagen, konnte mich doch nicht auch noch lächerlich machen als eifersüchtige Ehefrau, es hat mir weiß Gott gereicht, die Blicke unserer Gäste zu sehen, lüstern und befremdet zugleich die Männer, pikiert die Frauen. Und dieses ekelige Mitleid voll Schadenfreude, mit dem sich die Damen von mir verabschiedet haben, als Friedrich dich nach Hause brachte und eine Stunde später noch immer nicht zurück war. Ich hatte schon alles weggeräumt, Gläser und Teller gespült, die Aschenbecher geleert, die Weinflecke auf der Anrichte mit Möbelpolitur behandelt, den Staubsauger hatte ich ins Zimmer getragen, da fiel mir ein, daß ich nicht um zwei Uhr morgens staubsaugen konnte. Den Staubsauger ließ ich mitten im Wohnzimmer stehen, als Friedrich endlich kam, ist er darüber gestolpert und der Länge nach hingefallen, hat noch ein Tischchen umgeworfen, an dem er sich festhalten wollte. Verletzt war er nicht, aber wütend, sagte, ich hätte ihm absichtlich eine Falle gestellt. Als wir dich drei Wochen später zufällig im Konzert trafen, hast du getan, als wäre nie etwas gewesen, hast wie üblich die Luft neben meiner Wange geküßt und gelächelt, es ist dir überhaupt nicht aufgefallen, daß ich geschwiegen habe, du hast geplaudert und deine Tonleiter rauf und runter gelacht, nur Friedrich war befangen, und ihr habt euch nicht zum Abschied umarmt wie sonst. Das war für mich fast ein Beweis. Warum zum Kuckuck ist es heute noch wichtig, was damals geschehen ist? Vor siebenundzwanzig Jahren. Sonst denke ich ja auch nicht daran, verteidigte sie sich, aber weil sie es auch ansprechen muß, anscheinend hat sie wirklich kein Schamgefühl. Sefa stand auf, trug Tassen und Teller in die Küche. Karla kam ihr mit einem Marmeladeglas nach. Konnte sie nicht ein einziges Mal Ruhe geben?

»Gehen wir gleich auf den Friedhof oder willst du lieber bis Nachmittag warten?«

Sefa ließ Wasser in die Tassen laufen, drehte sich nicht um. Ich will nicht wieder sehen, wie du dich an den Grabstein lehnst. Nicht heute.

»Was ist dir wieder über die Leber gelaufen?«

»Nichts.«

»Aber du hast was.«

»Nichts hab ich.«

»Doch, du hast etwas.«

Bis zehn zählen. Besser bis hundert. Bis tausend.

»Du mußt nicht mitkommen.«

»Bitte, wenn du nicht willst.« Karla zog sich ins Wohnzimmer zurück, ließ die Tür offen. Als Sefa vorbeiging, saß Karla in dem Sessel am Fenster, die Hände im Schoß gefaltet, ein Bild sanfter Ergebenheit. Jetzt neben sie treten, sie schütteln und endlich die Frage stellen, mit einer Verspätung von siebenundzwanzig Jahren. Sinnlos, völlig sinnlos. Natürlich würde sie empört verneinen, was immer damals geschehen war, und würde sich selbst glauben, Sefa aber würde ihr nicht glauben, auch nicht, wenn sie ausnahmsweise die Wahrheit sagte. Friedrich hatte einmal festgestellt, daß Karla höchst kreativ mit der Wirklichkeit umginge, und das, hatte er gesagt, sei ein Teil ihrer Überzeugungskraft. Jeder Kollege könne einem leid tun, der sie als Kronzeugin im Zeugenstand befragen müsse. Ein Fehlurteil wäre unvermeidlich. Damals hatte ihm Sefa widersprochen und ärgerlich gefragt, ob er damit sagen wolle, sie lüge. Keineswegs, hatte er geantwortet, sie lüge nie, sie sage immer die Wahrheit, allerdings ihre eigene. Warum habe ich dich nicht gefragt, Friedrich? Sie gab sich selbst die Antwort.

Gelacht hätte er, und gesagt, sie komme auf die abstrusesten Ideen, Eifersucht passe ganz und gar nicht zu ihr, sie sei doch im Gegensatz zu ihrer Schwester eine vernünftige Frau. »Du hattest ja keine Ahnung von mir – und vielleicht war das gut so.« Sie fuhr mit dem Finger über den Rahmen des Fotos. Friedrich blickte streng. Sefa zuckte mit den Schultern und ging ins Wohnzimmer zurück.

»Ich denke, es ist doch besser, jetzt schon zu fahren. Wenn mein Rheuma sich nicht irrt, könnte es nachmittags ein Gewitter geben.«

Karla lächelte.

An diesem Tag gingen sie direkt zu Friedrichs Grab. Sämtliche Rosenknospen waren aufgegangen, auf jeder einzelnen Blüte saßen Bienen, ihre schwirrenden Flügel tauchten den Strauch in goldenen Schimmer. Karla legte eine Hand auf den Grabstein. »*Happy birthday*, lieber Friedrich!«

Nein, es konnte nichts zwischen ihnen gewesen sein, sonst würde sie ihm doch nicht so unbefangen einen Kuß in die Luft schmatzen. Oder lag es daran, daß sie keine Gewissensbisse kannte, kein Bedauern für das, was sie getan hatte? Wenn sie es denn getan hatte. Der Verdacht war häßlich, aber er ließ sich nicht abschütteln. Sefa drückte mit beiden Zeigefingern an ihre Stirn.

Karla schnippte eine welke Blüte hinter den Grabstein. Sie müßten dankbar sein für die guten Jahre, gute Jahre seien immer zu kurz. Sefa biß sich auf die Lippen. Jedes Wort war gefährlich, konnte im Mund explodieren, in den Ohren und im Kopf der anderen Schaden anrichten, der nicht wiedergutzumachen war. Karla kramte in ihrer Handtasche, reichte Sefa ein Aspirin. »Das läßt sich ganz leicht schlucken, auch ohne Wasser«, sagte sie.

Sefa kämpfte gegen ein Lachen an, das sie wie ein Hustenkrampf schüttelte. Aspirin als Mittel gegen Zweifel und Angst. Karla musterte sie besorgt, meinte, sie solle in nächster Zeit zum Arzt gehen, es gäbe doch Medikamente zur Aufhellung trüber Stimmungen, schließlich sei es keine Schande, sich helfen zu lassen, und jetzt würde sie vorschlagen, da sie nun einmal keine Geburtstagstorte für Friedrich gebacken hätten, im Café gegenüber eine Torte zu essen. »Ich lade dich ein.«

An einem Ecktisch saß ein junges Pärchen, beide weit über den Tisch vorgelehnt, Stirn an Stirn. Er trug ein ärmelloses, weit ausgeschnittenes T-Shirt, das seine Muskeln zur Geltung brachte. »An dem hätte jeder Bildhauer seine Freude«, sagte Karla. »Kannst du ihn dir nicht vorstellen, den ganzen Körper glänzend von Öl? Mit den goldgefärbten Haarspitzen gäb er einen herrlichen Hermes ab.«

Sefa begann zu kichern. »Du weißt doch, was an allen Hermesstatuen dran war, auch wenn sie nur aus Kopf und Säule bestanden?«

Der Mann griff nach den Brüsten des Mädchens, es sah aus, als schätze er ihr Gewicht in seinen Händen. Sie lachte, beugte sich noch weiter vor. Mit einer abrupten Bewegung drehte er sich zu Sefa und Karla. »Is was, Oide?«

»Laß sie doch«, sagte das Mädchen.

Karla setzte ihre hoheitsvolle Miene auf. »Schade. Bevor er den Mund aufgemacht hat, war er richtig hübsch.«

Der Mann wirkte sprungbereit. Sefa stand auf. »Komm, gehen wir.«

»Warum?« fragte Karla und schob die Unterlippe vor. In diesem Augenblick kam der Kellner, das Mädchen schüttelte den Kopf, der Mann warf noch einen drohenden Blick auf Karla, dann zog er das Mädchen auf seinen Schoß. »Die Alte ist doch nur eifersüchtig«, sagte das Mädchen absichtlich laut.

Karla musterte sie beide von oben bis unten, stand langsam auf, warf »Schade, wirklich schade« über die Schulter zurück. Der Ober hielt ihr mit einer Verbeugung das Gartentor auf.

»Mußt du immer provozieren?« fragte Sefa auf dem Weg zur Haltestelle. »Das hätte böse ausgehen können.«

»Er hat mich einfach gereizt.«

»Ach?!«

»Nicht so, wie du glaubst.«

»Gibt es für dich eine andere Form von reizen?«

»Ach, Schwesterchen …« Ekelhaft, wie herablassend sie das sagte, die Wissende zur Ahnungslosen.

Sefa zwang sich, mit ihr zu lachen, war froh, daß Karla die falschen Töne nicht hörte, oder jedenfalls nicht registrierte.

»Ist es nicht komisch«, sagte sie später, »wie manche Jahreszahlen so voll von Bedeutung sind und andere nichts weiter als ein Datum? 18, 38, 68. 88 war doch das Bedenkjahr, wenn ich nicht irre, und weil wir damals unsere Hausaufgabe nicht gemacht haben, müssen wir uns heute mit der Erinnerung herumschlagen. Wenn die Reihe weitergeht, müßte dann 2008 wieder etwas Besonderes werden.«

»Ohne mich«, erklärte Karla. »Ganz bestimmt ohne mich, das ist sicher, auch wenn sonst alles offen ist.«

Teresa schickte eine neue Kassette. Diesmal hatte Cornelia offenbar den Text korrigiert. Karla fand das schade, Teresas eigenwilliger Umgang mit der deutschen Sprache machte ihr Spaß, und Sefa hatte sich als *großartig Tante* durchaus aufgewertet gefühlt, jetzt war sie nur schlichte Großtante. Politik und Sex seien vermutlich gleich schwierige Themen, meinte

Teresa, wahrscheinlich gebe es deshalb eine Beziehung zwischen den beiden, die sich bei Wahlen so besonders deutlich zeige, wo der Kandidat mit dem größeren Sexappeal weit bessere Chancen hätte als der mit den besseren Argumenten.

»Armes Österreich«, seufzte Karla. »Man merkt, daß wir ein Kleinstaat sind.«

Wer sie aufgeklärt habe, wollte Teresa wissen und wie sie ihre erste Regel erlebt hätten, und ob das erste Mal für sie enttäuschend gewesen sei.

»Also wirklich!« empörte sich Karla.

Sefa verteidigte die Großnichte. Das sei doch leicht zu beantworten. Frage 1: Niemand, Frage 2: Schrecklich, Frage 3: Ja. Außerdem handle es sich doch um rein wissenschaftliches Interesse, nicht um Indiskretion.

»Heißt sich Wissenschaft!« höhnte Karla. »Unser alter Hausarzt hat doch schon immer gesagt, die Medizin ist eine Kunst und keine Wissenschaft. Und wenn die Sexualität zur Wissenschaft wird, ist die Erotik beim Teufel.«

»Gewisse Bischöfe wären mit dir durchaus einer Meinung, daß die Erotik beim Teufel ist oder jedenfalls vom Teufel kommt.«

Karla bekam diesen fernen Blick, der Sefas Mißtrauen ins Unermeßliche steigerte, plötzlich drückte sie die Aufnahmetaste heftig. »Wir hatten Pech. Einmal waren wir zu jung, einmal zu alt, als wir im richtigen Alter waren, war die große Prüderie angesagt. Die wilden zwanziger Jahre haben wir im Kindergarten verbracht, die wilden siebziger im Altersheim. Ungerecht, findest du nicht?«

Sefa hatte eigentlich nie den Eindruck gehabt, Karla führe ein klösterliches Leben, aber das würde sie jetzt nicht sagen.

»Also wenn ich je im Altersheim gewesen wäre, wüßte ich es. Und übrigens heißt es jetzt Seniorenheim.«

»Deine Großtante nimmt wieder einmal alles zu wörtlich«, fuhr Karla ungerührt fort. »Ich habe nur das Alter gemeint. Übrigens waren wir auch nicht im Kindergarten, das war damals nicht üblich in … Familien wie unserer. Wir hatten keine Ahnung, das stimmt, aber das heißt noch lange nicht, daß wir das Kribbeln nicht spürten, das hängt ja nicht vom Wissen ab. Vielleicht sogar ganz im Gegenteil.«

Karla lächelte, rief sich sichtlich zur Ordnung. Natürlich hätten sie Probleme gehabt, die Sexualität sei nun einmal ein Problem, und wenn jemand behauptete, heute sei das nicht mehr der Fall, sei er ein Lügner oder wisse nicht, wovon er rede. Schwierig sei gewesen, daß sie keine Wörter gehabt hätten. Nicht einmal das schöne Wort *kuscheln,* soweit sie sich erinnern könne, habe es das nur im Zusammenhang mit einem kuscheligen Pullover gegeben. Die Kinder hätten nur Stofftiere, keine Kuscheltiere gehabt, das sage doch wohl ziemlich viel, oder? Gleichzeitig lächelte sie auf eine Art, die jedes Wort umzukehren schien, geradezu lasziv, dachte Sefa. Es habe immer wieder Zeiten gegeben, fuhr Karla fort, die meinten, sie hätten die Erotik und die erfüllte Sexualität für sich gepachtet und die anderen, die vor ihnen kamen, hätten nicht gewußt, wo Gott wohnt. »Einmal ganz abgesehen davon, daß wir das sowieso nicht wissen, ich nicht und du nicht und auch sonst keiner, hat's wahrscheinlich immer solche und solche gegeben. Wir haben geglaubt, alle anderen sind restlos keusch und nur wir haben manchmal so verwerflich sündhafte Wünsche, heute glauben die jungen Leute, alle hätten das wunderbar aufregende Leben, die erfüllte Sexualität, und nur sie selbst gingen leer aus. Das sind doch bloß zwei Seiten derselben Medaille!«

»Da könntest du recht haben.«

Karla preßte die Knie aneinander und klopfte abwechselnd

mit den Fußspitzen auf den Boden. Sefa blickte schräg an ihr vorbei, peinlich berührt. Plötzlich fing sie an zu lachen, konnte gar nicht mehr aufhören.

»Sag einmal, bist du verrückt geworden?«

»Mir ist nur eingefallen, daß wir die reinsten Voyeure waren.«

»Wieso Voyeure?« Karla blickte besorgt, Sefa streckte einen Arm aus, hob ihn hoch, senkte ihn.

»Mein Gott ja! Erinnerst du dich an ihre rote Mähne? Keine andere Frau hat ihre Haare so offen getragen, den halben Rücken hinunter, sie muß unwahrscheinlich dichtes Haar gehabt haben und so rot. Nie hat sie einen Hut aufgehabt, im kältesten Winter nicht. Das allein war schon ein Ärgernis. Ihre Blusen waren so eng, daß der dritte Knopf immer geklafft hat. Dabei war doch ihr Mann Augenarzt.«

»Internist.«

»Gar nicht wahr. Röntgenologe, jetzt weiß ich's wieder. Aber ist doch egal. Jedenfalls ein höchst angesehener Mann. Riesengroß und dick.«

»Groß ja, dick nicht. Stattlich.«

»Trotzdem ist sie immer zu diesem Schrankenwärter gegangen in das Häuschen neben den Gleisen. Manchmal hat es ewig gedauert, bis er endlich den Schranken hochgekurbelt hat.«

»Oben auf der Brücke über die Verbindungsbahn sind wir gestanden im Dampf der Lokomotiven und haben uns die Hälse ausgerenkt. Ein Wunder, daß niemand runtergefallen ist. Zu fünft oder sechs haben wir versucht, einen Blick auf die beiden zu erhaschen.«

»Einmal hab ich die roten Haare hinter den Fenstern gesehen. Wie eine Fahne. Wenn der Schranken wieder hochgegangen ist, sind wir die Stiegen hinuntergerannt. Eiserne Treppen, erinnerst du dich, wie sie geklirrt haben. Die wilde Leidenschaft, hast du einmal gesagt und nicht gewußt, wovon du geredet hast.«

»Das war nicht ich, das war die, wie hieß sie noch, die Tochter des Glasermeisters, die kurz darauf an einem Blinddarmdurchbruch gestorben ist. Susanne. Nein, bestimmt nicht Susanne, Annemarie? Marianne?«

»Bei dir heißen alle Marianne. Was hast du mit dem Namen? Lieselotte hat sie geheißen!«

»Auf jeden Fall waren wir schrecklich aufgeregt und bekamen rote Wangen, und im Weitergehen haben wir es ängstlich vermieden, einander anzuschauen.«

»Wir haben auch nie darüber geredet«, beendete Sefa das Duett.

Sie konnten sich nicht genug darüber wundern, wie vieles in ihren Köpfen auf Abruf bereit war, wenn man zufällig den richtigen Knopf drückte.

»Erinnert an die Chirurgen, die irgendeine Stelle im Hirn berühren und plötzlich sind verschüttete Erinnerungen da. Eigentlich unheimlich.«

»Kann man denn gar nichts vergessen? Richtig vergessen, meine ich, auf Nimmerwiedersehen?«

»Keine Ahnung. Vielleicht gibt's da oben eine Deponie, und das Zeug will und will nicht verrotten.«

»Bei manchen Dingen wäre ich froh, wenn ich wüßte, wo der Knopf ist, den man nur drücken muß. Manche Filme aus dem Archiv da oben hätte ich mir gern wieder angesehen.«

»Unlängst erst war da doch ein Bericht, wie viele Filme kaputtgegangen sind. Ich weiß nur nicht mehr, warum.«

»Da geht's um andere Filme.«

»Was du nicht sagst.« Schon wieder hält sie mich für dumm, dachte Karla. Ihr unverrückbares Bild von mir. Dumm und ein bißchen lasziv. Dabei hat es mir doch immer genügt, dieses Flackern in den Augen der Männer zu sehen, die Möglichkeit einer Möglichkeit, mehr wollte ich gar nicht, ehrlich gesagt war es auch das, was ich von Julius wollte, das andere, nun, das andere war eben eine Begleiterscheinung, wichtig für ihn, ich hatte ja auch nichts dagegen, aber wichtig war es nicht. Nur sagen werde ich ihr das nie. Ich denke gar nicht daran. Ziemlich gemein von mir. Aber mir tut es auch weh, daß sie mich für dumm hält. Irgendwie muß man sich schadlos halten.

Sefa griff nach einem Radieschen, als Karla ohne ihr übliches einleitendes Räuspern sagte: »In der Eitelbergergasse war eine Synagoge.«

»Wie kommst du darauf?«

»Ist mir eben eingefallen. Wir sollen doch Erinnerungen sammeln.«

Nach dem Abendessen gingen sie die Hietzinger Hauptstraße hinunter, scheinbar ohne Ziel, blieben stehen, um einen Vorgarten zu bewundern und dabei, wie zufällig an ein Gitter gestützt, kurz zu rasten. Wenn sie stehenblieben, war es nicht so kränkend, daß sie ständig überholt wurden. Da haben die gewohnt, da haben jene gewohnt. Alle schon tot. Auf dem Friedhof haben wir mehr Bekannte als unter den Lebenden. Eine junge Frau grüßte im Vorübergehen, sie rätselten lange darüber, wer sie sein konnte. Eine Tochter, eine Enkelin, vielleicht sogar eine Urenkelin.

Wir sind übriggeblieben, dachte Sefa, und als Karla nickte, blitzte die Angst auf, sie hätte laut gesprochen, ohne es zu merken.

Die Strecke von einer Seitengasse zur nächsten war schon

wieder länger geworden, hatte sich mindestens verdoppelt. Karlas Schirm bog sich bei jedem Schritt.

»Es gibt doch so hübsche Stöcke«, sagte Sefa. »Erinnerst du dich an die Ludwig als Marschallin? Da steht sie doch in der letzten Szene mit dem Hut auf dem Kopf, auf den Stock gestützt – einen Silbergriff hatte er, glaub ich – und sieht wirklich hinreißend elegant aus.«

»Ich brauche keinen Stock.«

»Willst du umkehren?«

Karla verzog den Mund, schüttelte den Kopf. »Du sollst mich nicht behandeln.«

»Ich behandle dich nicht.«

»Glaubst du.«

Endlich die Eitelbergergasse. Links und rechts gepflegte Häuser, viele frisch renoviert, die Stuckelemente weiß oder farbig hervorgehoben, Gegensprechanlagen ohne Namensschilder, säuberlich geschnittene Hecken, leuchtend grüner Rasen, Rosenbüsche. Zwei neue Wohnhäuser, keine Baulücke, keine Tafel, die auf eine Synagoge hinwies.

Als hätte es sie nie gegeben.

Karla zeigte auf die Häuser in der friedlichen Gasse. »Kannst du dir vorstellen, daß da noch Leute wohnen, die damals Steine geworfen haben?«

»Steine werfen können sie jedenfalls bestimmt nicht mehr. Höchstens im übertragenen Sinn.«

»Die waren gewiß von anderswo«, erklärte Karla mit großer Bestimmtheit.

Sefa sagte nichts.

Sie fuhren mit der Straßenbahn zurück. Als sie an der Verbindungsbahn auf den Bus warteten, kam ein alter Mann, sehr bedächtig einen Fuß vor den anderen setzend, als müsse er jeden Schritt genau planen. Er war schon vorbeigegangen, als Karla ausrief: »Das war doch der Fritz! Der Friedrich Atgens!«

Sefa starrte auf den gebeugten Rücken, die Hose, die Falten warf, als wäre kein Hintern unter dem ordentlich gebügelten Stoff. »Also den hätte ich nie erkannt.«

»Er uns offenbar auch nicht.«

»Er hat aber nur auf seine Füße geschaut«, tröstete Sefa die Schwester. »Sonst hätte er dich bestimmt erkannt. Er ist doch ständig um dich rumgeschwänzelt, mit Blümchen angetanzt gekommen...«

»Eigentlich ist es mir lieber, daß er mich nicht erkannt hat. Der erinnert sich vielleicht noch an die, die ich war. Was fängt er an mit der, die ich bin?«

»Was fängst du an mit dem, der er ist?«

Karla kicherte. »Rumgeschwänzelt. Stell dir bloß vor...«

»Lieber nicht«, sagte Sefa. »Weißt du, daß du auf deine alten Tage ziemlich ... anzüglich geworden bist?«

»Anzüglich läßt sich schlecht schwänzeln«, stellte Karla fest. Ein Herr, der ebenfalls auf den Bus wartete, warf ihr einen Blick zu. Sie legte den Kopf schief und lächelte ihn an. Sefa machte ihr die Freude zu sagen, sie sei wirklich unmöglich.

In der Badewanne betrachtete Karla ihr linkes Bein, die blauen Besenreiser, den geschwollenen Knöchel. Die Jahresringe der Bäume fielen ihr ein, konzentrische Kreise, die von fetten und mageren Jahren erzählten. Warum konnte man diese verdammten lila-blauen Verästelungen nicht schön finden, als Muster betrachten? So viele junge Menschen ließen sich Bilder in genau dieser Farbe in ihre glatte, pralle Haut tätowieren. Eine Schulter tauchte auf, nur die Schulter und ein breit angesetzter und dann überraschend schmaler Hals. Wie ein Vasenfuß, dachte sie, und wo hab ich den gesehen? Auf die Schulter war eine Eidechse kunstvoll tätowiert wie auf alten Stahlstichen und diese Eidechse wurde lebendig mit jeder Bewegung der Muskeln, streckte sich, zuckte. Sie hatte Lust, dieses Tier zu berühren, diese Schulter zu streicheln, wußte plötzlich, daß sie die Schulter in der Straßenbahn gesehen hatte, der junge Mann war direkt vor ihr gesessen, und sie hatte gespürt, wie ihre Hände feucht wurden, wie eine fast vergessene Hitze ihren Hals hinaufkroch. Sie hatte sich abgewendet und zum Fenster hinausgestarrt und nicht widersprochen, als eine Frau sich neben sie setzte und sagte, wie schrecklich diese Tätowierungen seien und sie würde sich ganz gewiß nie so verunstalten lassen. Der junge Mann war aufgestanden und hatte sie mit einem fast mitleidigen Blick gestreift, bevor er mit wiegenden Schritten zur Tür ging und ausstieg. Sie hatte ihm nachgeschaut, viel zu schnell war die Straßenbahn angefahren. Sobald sie die Szene in ihrer Erinnerung festmachen konnte, war die Schulter verschwunden. Sie zog sich hoch, duschte den Schaum ab. Der kalte Wasserstrahl kribbelte auf ihrer Haut.

Im Bademantel ging sie ins Wohnzimmer, um Sefa eine gute Nacht zu wünschen.

»Was ist denn mit dir los?«

»Was soll mit mir los sein?« Gleich würde Sefa sagen, daß man eine Frage nicht mit einer Gegenfrage beantwortete. Nein, diesmal verkniff sie es sich.

»Du siehst ganz echauffiert aus.«

»Hab wohl zu heiß gebadet.«

Du weißt genau ... Natürlich weiß ich ... Dein Blutdruck ... Gegenseitige Bevormundung, die sich als Fürsorge tarnte. Sefa brachte eine angebrochene Flasche Wein und Mineralwasser.

»Worauf trinken wir?«

»Auf Teresa«, sagte Sefa.

»Wieso? Ich dachte, du nimmst es ihr übel, daß sie mit ihren Fragen so vieles aufrührt.«

Sefa zuckte mit den Schultern. »Jedenfalls wird uns nicht mehr langweilig. Wir warten nicht mehr, daß es später wird.« Sie bedauerte, daß sie Wein geholt hatte, wollte eigentlich ins Bett gehen, wollte ein paar Seiten lesen, fühlte sich der Schwester und ihrem offensichtlichen Bedürfnis zu plaudern ausgeliefert.

Karla kicherte. »Wenn ich denke, daß ich den Fritz fast geheiratet hätte! Wenn nicht Julius dazwischengekommen wäre.«

»Dann wärst du heute nicht Witwe. Aber ich kann noch immer nicht glauben, daß er es war.«

»Hast du seinen Hintern gesehen? Besser gesagt, die leere Hose, wo sein Hintern hätte sein müssen?«

»Sag einmal, bist du betrunken?«

»Da braucht es schon mehr als einen Gespritzten!« erklärte Karla hoheitsvoll. »Und übrigens hatte Fritz einen sehr knackigen Hintern, besonders im Tennisdreß.« Sie bekam einen verträumten Gesichtsausdruck. »Du willst doch nicht behaupten, daß du einem Mann nie auf den Hintern geschaut hast? Da hättest du wirklich etwas versäumt.«

»Also ehrlich …« Sefa verstummte vor dem Grinsen, das Karla nicht eben überzeugend unterdrückte. Oder vielleicht war es gerade das, was sie wollte: zeigen, wie sie sich bemühte, ihr Grinsen zu unterdrücken.

»Ist dir eigentlich schon aufgefallen, daß die wenigsten Leute die Wahrheit sagen, wenn sie betonen, daß sie ehrlich sind?«

Sefa wollte aufstehen und das Zimmer verlassen, doch dann

fiel ihr ein, wenn sie jetzt zeigte, wie wütend sie war, würde Karla nur feststellen, daß sie offenbar ins Schwarze getroffen hatte.

»Was wetzt du so herum?« fragte Karla mit Mutters Stimme. »Ist doch nichts dabei, wenn man Freude an einem knakkigen Männerpopo hat. Zu unserer Zeit konnte man das ja nicht so deutlich sehen wie jetzt. Obwohl, diese ganz engen Hosen finde ich schon wieder weniger schön. Die genauen anatomischen Details will ich gar nicht wissen.«

An manchen Tagen mußte sich Sefa sehr genau konzentrieren, um die Schwester zu verstehen. Jetzt, wo sie abzuschalten versuchte, hörte sie jedes Wort überdeutlich. Das schlimmste war, daß sie sich selbst lächerlich und prüde fand. Man würde glauben, sie hätte ihr Leben im Kloster verbracht.

Karla tätschelte ihre Hand. »Komm, trinken wir noch einen Schluck. Bis morgen ist der Wein hinüber.« Sie verteilte den Wein mit großer Genauigkeit auf die beiden Gläser, kümmerte sich nicht um Sefas abwehrende Geste. Hartnäckig blieb sie bei ihrem Thema, schilderte genüßlich die unterschiedlichen Formen menschlicher Gesäße, versteigerte sich zu der Behauptung, daß so mancher Hintern mehr Charakter zeige als das dazugehörige Gesicht, bis ihr Sefa vorwarf, sie sei ja völlig darauf versessen und Karla einen Lachkrampf bekam. Versessen, gluckste sie, als sie endlich wieder reden konnte, sei ja nun wirklich der passende Begriff. Sie hob ihr Glas zum Mund, senkte es, goß Mineralwasser ein. »Im Ernst – kannst du nicht lachen über Hintern und Schwänze und die ganze Anatomie?«

»Ich habe nicht so gründliche vergleichende Studien angestellt wie du.« Sefa ärgerte sich, wie pikiert sie klang, direkt puritanisch. Sie lachte gekünstelt. »Entschuldige, ich wollte dich nicht beleidigen.«

»Komm, komm, das ist doch keine Majestätsbeleidigung! Langsam habe ich das Gefühl, daß du wirklich auf mich eifersüchtig bist.«

Sefas Magen begann zu krampfen, sie hatte plötzlich Angst davor, daß sie eine Frage stellen, und noch mehr, daß sie Antwort bekommen würde und mit dieser Antwort nicht umgehen könnte. Sie versuchte aufzustehen, ihr linkes Bein knickte ein. Sie hielt sich am Tisch fest. »Verzeih, ich bin schrecklich müde. Ich muß ins Bett.« Sie humpelte durchs Zimmer, als sie die Türklinke hinunterdrückte, fing sie einen Blick Karlas auf, in dem sie Mitleid zu lesen meinte, das ihre Wut anfachte, bis sie kaum mehr atmen konnte. Beim Zähneputzen vermied sie es, in den Spiegel zu blicken.

Sie fand keinen Platz im Bett, drehte sich hin und her, warf die Decke weg, fror, stieß mit dem Ellbogen an die Nachttischkante, als sie die Decke wieder heraufholen wollte. Lächerlich, sagte sie sich, was für eine läppische, kindische Reaktion. Und worauf? Auf ein Nichts. Sie hörte Schritte, hörte die Kühlschranktür einschnappen, hörte die Klospülung, hörte Wasser rauschen, meinte sogar, das Summen der elektrischen Zahnbürste und Karlas Gurgeln und Ausspucken zu hören. Die freiliegenden Zahnhälse, der rosarote Schaum der Zahncreme in den Mundwinkeln, die Unterseite der Zunge, feucht und schrundig, standen vor ihr, als hätte sie ihr Leben damit verbracht, sie zu studieren. Ich hasse dich, dachte sie, ich hasse, hasse, hasse dich. Morgen melde ich mich im Pensionistenheim an. Lieber ein Haus voll fremder alter Weiber als deine Nähe ertragen. Nähe? Sind wir einander je nahe gewesen? Doch. Du holst alles aus mir heraus, was ich an mir nicht leiden kann. Ich will das nicht, ich will … Was ist denn schon geschehen? Nichts ist geschehen. Weißt du, daß du eine häßliche Zunge hast? Eine wirklich besonders abstoßende. Die Uhr im

Wohnzimmer schlug, schlug überraschend bald wieder. Sie mußte also doch irgendwann eingeschlafen sein. Plötzlich hatte sie Angst um die Schwester. Sie stand auf, schlich ins Vorzimmer, lauschte an Karlas Tür, bis sie endlich einen halb geseufzten Atemzug hörte.

Am Morgen waren sie besonders freundlich zueinander, bis Karla mit der flachen Hand auf den Tisch schlug. »Es ist doch wirklich lächerlich, wie wir um den Brei tanzen. Gib doch zu, daß du schockiert warst.«
»War ich nicht.«
»Und deswegen wirst du noch im nachhinein rot?«
»Werde ich nicht!«
Karla sprang auf, als wäre sie plötzlich um ein Jahrzehnt jünger geworden, zerrte Sefa zum Spiegel. »Schau selbst!«
Es war nicht nötig, in den Spiegel zu blicken, Sefa fühlte die Hitze vom Hals in die Schläfen hochsteigen. »Kein Wunder, wenn du derart rabiat bist. Nächstens wirst du mich noch verprügeln.«
Karla stellte trocken fest, daß ihr das ziemlich schwerfallen würde, angesichts des Größen- und Gewichtsunterschiedes, womit sie zweifellos recht hatte. Gegen ihren Willen mußte Sefa lachen.
»Auf einen tätlichen Angriff war ich nicht gefaßt«, murmelte sie.
Karla drehte an ihrem Ehering, zog ihn bis zum Knöchel hoch, schob ihn hinunter. »Tut mir leid.«
»Ist schon gut.«
»Nein, ist nicht gut. Es reizt mich nur, wenn du so ahnungslos tust. Herr im Himmel, du warst schließlich verheiratet und hast einen Sohn geboren.«

»Damit hat der Herr im Himmel nichts zu tun.«

»Das hab ich mir allerdings fast gedacht«, sagte Karla. »Noch einen Schluck Kaffee?«

Nach jedem Streit tranken sie, je nach Tageszeit entweder Kaffee oder Wein, spülten damit nicht nur den schlechten Nachgeschmack weg, vielleicht auch die Möglichkeit, endlich zu dem einen klärenden Gespräch zu kommen? Es war so viel einfacher, Dinge auszuklammern, man lebte sich leichter damit. Warum blieb dann diese schreckliche Sehnsucht nach einer umfassenden Ehrlichkeit? Als würde dann alles gut sein, als wäre alles nicht nur vergeben, sondern ausgelöscht. Eine magische Erneuerung, eine Erlösung von allem, was sie belastete. Als Kind hatte sie sich vorgestellt, daß ihre Seele nach der Beichte eine strahlend weiße durchscheinende Puppe war, ihr vollkommen gleich und doch ganz anders.

»Trauerst du auch manchmal um die Zeit, als wir jeden Sonntag in die Kirche gingen?« fragte Sefa.

Karla schüttelte den Kopf, nickte, schüttelte wieder den Kopf. »Würde ja doch nichts bringen. Erinnerst du dich an die Schwester Assunta? Wenn eine von uns eine Frage stellte, auf die sie keine Antwort wußte, sagte sie sehr traurig, wir hätten eben den richtigen Glauben nicht und könnten nicht ins Himmelreich eingehen. Aber sie versprach dann jedesmal, sie würde für uns beten. Kannst du noch beten?«

Als Friedrich im Sterben lag, hatte Sefa sich am Vaterunser festgehalten, endlos wiederholt. »Ich glaube, mir fehlt die Übung.«

Karla nickte »Erinnerst du dich an das Flugzeugunglück an dem Tag, als Cornelia nach Amerika flog? Ich wußte nicht, ob sie in der Maschine war, und ich hab den ganzen Tag lang immer wieder geflüstert. Müde bin ich geh zur Ruh. Mir ist einfach sonst nichts eingefallen. Sie hat erst am nächsten Tag angerufen, und ich hab sie angeschrien.«

»Wie gut ich das verstehe. Vielleicht kommt es gar nicht darauf an, was man sagt, es ist doch nur ein Hilfeschrei irgendwohin. Müde bin ich, das sitzt sehr tief drin, denke ich. Meinst du, der Friedhof hat in unserer Familie die Kirche ersetzt?«

»Kann sein.« Karla schüttelte sich. Sie habe immer Schwierigkeiten, sagte sie, wenn in einer Wirtsstube ein Kreuz hing. Unter einem gequälten Gekreuzigten Schnitzel zu essen, das sei doch schrecklich, oder? Als suche man sich ausgerechnet den Platz unterm Galgen für ein Picknick aus. Und im übrigen müßten sie endlich mit den Fotos weitermachen, diese Häufchen auf der Anrichte seien auch kein schöner Anblick. Entschlossen zog sie einen Stapel an sich und begann Bilder einzukleben. Du weichst aus, dachte Sefa, und im Grunde bin ich froh, daß du ausweichst, wir befinden uns wieder einmal auf gefährlichem Boden. Als sie später in die Küche ging, kam ihr Karla nach.

»Weißt du, wann du deinen Glauben verloren hast?«

»Nicht einmal das weiß ich.«

»Da haben wir endlich wieder etwas gemeinsam«, sagte Karla. »Was hältst du davon, nach dem Essen nach Schönbrunn zu gehen?«

»Viel. Aber schaffst du es?«

»Würde ich es sonst vorschlagen?«

»Doch. Gerade dann.«

Langsam gingen sie zwischen den grünen Wänden der Allee, Sefa im schmalen Schattenstreifen, Karla in der Sonne. Zwei Tagpfauenaugen torkelten mehr als sie flogen. Vom Tiergarten her tönte lautes Kreischen, brach plötzlich ab. Danach war die Stille träger und umfassender als zuvor. Der Kies, der unter jedem Schritt knirschte, verstärkte sie nur, gab ihr Gestalt.

Beim Schönen Brunnen machten sie Rast. Am Ende der Allee sahen sie die Scharen von Touristen in das Schloß strömen und herausquellen. Sefa hatte große Lust, Schuhe und Strümpfe auszuziehen und in den Brunnen zu steigen. Sie stellte sich vor, wie die Leute schauen würden, wenn eine alte Frau mit blau geäderten Beinen im Brunnen herumplanschte. In einem Film wäre eine solche Szene möglich, da würde jeder Wassertropfen glitzern, Fontänen würden aufspritzen und sprudelnde Löcher im Becken kreiseln lassen, und die alte Frau würde die Arme ausbreiten und auf und ab bewegen wie Flügel. Fellini hätte das filmen müssen, da wäre die alte Frau ganz und gar nicht lächerlich gewesen. Sefa schnippte mit Daumen und Mittelfinger einen kleinen Wasserstrahl ins Bassin.

»Einmal hab ich sechs junge Leute im Donnerbrunnen gesehen«, sagte Karla. »Die haben sich gegenseitig über und über angespritzt. Die Mädchen in den nassen Hemden waren nackter als nackt.«

Wenn diese jungen Frauen einmal alt waren, konnten sie ihren Enkelinnen davon erzählen, und die würden davon ganz und gar nicht beeindruckt sein. Außer natürlich, das Pendel schwang wieder zurück.

»Wie wär's mit einem Gespritzten?« fragte Karla.

»Wunderbar. Aber kannst du noch bis zum Schloß gehen?«

»Heute schon.«

Sie bekamen den letzten Tisch im Halbschatten. Es dauerte lange, bis die Kellnerin mit dem langen braunen Zopf kam. Sie entschuldigte sich mit einem Akzent, den Sefa für tschechisch, Karla für polnisch hielt, jedenfalls für besonders reizvoll. Sie brachte die Gläser, außen beschlagen, Kohlensäurebläschen stiegen auf, platzten an der Oberfläche.

Ein Herr trat zu ihrem Tisch, fragte mit einer Verbeugung, ob er sich zu ihnen setzen dürfe, es sei sonst nichts mehr frei. Karla knipste ihren ganzen Charme an. »Aber bitte, gern.« Minuten später unterhielten sie sich angeregt, es ging zwar nur um die Hitze, die ihm zu schaffen machte, Karla aber neue Lebensgeister schenkte, um die Touristen und das sommerliche Kulturangebot, aber das Gespräch plätscherte sehr vergnügt, bis Karla mit der Hand an ihre Stirn schlug. »Lieber Himmel, jetzt hätte ich fast vergessen, daß wir um drei Besuch erwarten.«

Der Herr stand sofort auf. »Ich hoffe sehr, daß ich Sie nicht vertrieben habe!«

»Ganz im Gegenteil«, flötete Karla. »Ich hoffe, daß wir uns wieder einmal begegnen.«

Der Herr zog eine Visitenkarte aus der Brieftasche. »Verzeihen Sie, ich habe mich nicht einmal vorgestellt. Gustav Vasicek. Ohne Hatschek. Es wäre mir eine große Freude, Sie wiederzusehen.« Er verschluckte keine Endsilbe, was mehr noch als der leise Anklang eines fremden Akzents verriet, daß er kein Wiener war, so klar sprach man hier nicht.

Karla kramte in ihrer Handtasche, obwohl sie genau wußte, daß sie keine Visitenkarten hatte. Sie hatte schon lange keine mehr gebraucht. »Tut mir leid«, sagte sie. »Aber ich schreibe Ihnen gerne unsere Adresse und Telefonnummer auf, vielleicht kommen Sie nächste Woche einmal zu uns zum Tee?«

Sie reichte ihm die Hand. Sein Handkuß war formvollendet, drei Millimeter über der Hand. Als sie außer Hörweite waren, flüsterte Sefa: »Wir erwarten doch keinen Besuch!«

Karla lächelte. »Ich wollte nicht, daß er vor uns geht. Und so ist es doch sehr gut gelaufen!«

»Raffiniertes Biest«, sagte Sefa anerkennend.

Schon am nächsten Tag klingelte das Telefon. Sefa hob ab. Gustav Vasicek hoffte nicht zu stören, wollte nur sagen, wie sehr ihn die nette Begegnung gefreut habe, und fragen, ob er die Damen zu einer kleinen Fahrt ins Grüne einladen dürfe.
»Gern.«
Karla hob die Augenbrauen. »So schnell hättest du nicht zusagen dürfen. Zumindest hättest du mich fragen müssen.«
»Ich wußte doch, daß du willst! Wie lange waren wir schon nicht im Wienerwald. Meinst du nicht, daß wir zu alt sind für solche Spielchen?«
»Du hast wirklich keine Ahnung von Männern.«
»Mag sein.« Du dafür um so mehr? Prahlst du schon wieder? Oder stocherst du in der Wunde meiner läppischen Eifersucht? Sefa zerrte den Staubsauger ins Zimmer, schlug den Teppich zurück, sah, daß Karla redete, komisch sah das aus, als würde sie Luft schnappen, aber über dem Lärm des Staubsaugers war kein Wort zu hören, und das war gut so. Karla stand auf, raffte die Fotos zusammen, die sie auf dem Eßtisch ausgebreitet hatte, und verdarb ihren Abgang, indem sie ein paar Bilder fallen ließ. Sefa lief zu ihr, ohne den Staubsauger abzustellen, hob die Fotos auf und reichte sie ihr. Karlas wütendes »Danke!« zeigte, daß die Kränkung angekommen war, aber Sefa konnte den Sieg nicht genießen. Sie wischte die Fensterbretter ab, polierte die Riegel auf Hochglanz, schob sogar die Anrichte vor, um die Wand dahinter abzustauben, und hatte schließlich jene wütenden Kreuzschmerzen, die das schlechte Gewissen fast zum Schweigen brachten. Stöhnend schleppte sie den Staubsauger zurück ins Vorzimmer.
Karla öffnete ihre Tür. »Schwelle Drachenstich!«
»O nein, nicht schon wieder!«
»O doch. Weißt du, wie lange ich daran herumgerätselt habe? Ich wollte etwas mit *Der Scheich wachte* machen, ging

aber nicht, und mit *Schweif*, da war ich nicht sicher, ob du wieder moralisch entrüstet reagieren würdest …«

Widerwillig grinste Sefa, Karla klatschte in die Hände. »Endlich!«

Karla zog sich dreimal um, als es klingelte, war sie noch damit beschäftigt, Rouge aufzulegen. Gustav Vasicek wartete neben einem offenbar frisch gewaschenen Wagen, dunkelblau, nicht zu klein, nicht zu groß. Die Schwestern nickten einander zu. Genau richtig, fanden sie.

Gustav Vasicek schlug vor, nach Perchtoldsdorf zu fahren, und vielleicht über das Helenental zurück, natürlich nur, wenn es den Damen recht sei. Es war ihnen recht. Als er den Wagenschlag öffnete, entspann sich eine lange Diskussion darüber, wer vorne sitzen solle. Schließlich gab Karla mit einem kleinen melodischen Auflachen nach und nahm auf dem Beifahrersitz Platz, ließ sich von Herrn Vasicek angurten.

Ist doch schön, wenn du bekommst, was du willst, und noch dazu tun kannst, als hättest du dich gefügt, dachte Sefa, mußte aber zugeben, daß sie hinten ebenso bequem saß. Sie lehnte sich zurück, genoß das satte Brummen des Motors, die Kühle im Wagen, das Gefühl, unterwegs zu sein. Sie hörte nicht zu, was die beiden vorne redeten, betrachtete die Häuser, die Gärten, die Menschen auf der Straße, alles schien ihr neu, wie frisch gewaschen. Wie viele Jahre war es her, seit sie mit Friedrich nach Perchtoldsdorf gefahren war? Er war so gern zum Heurigen gegangen in der Nähe der Kirche, wie hieß sie doch, Sankt … Othmar? Wie sie gefroren hatte, weil Friedrich nicht genug bekommen konnte in seiner Begeisterung für das Kreuzgewölbe. Danach hatte er einen steifen Hals vom Hochblicken, er setzte sich draußen auf eine Bank in der Sonne, sie stellte sich hinter ihn und massierte seinen Nacken, bis die harten Stränge der verkrampften Muskeln nachgaben und weich wurden. Anstrengend war das gewesen, aber auch sehr befriedigend, wenn ihre Daumen und Handballen keinen Widerstand mehr spürten. Sein Nacken war so jung geblieben, bis zuletzt.

Plötzlich sah sie sich als Acht- oder Neunjährige mit dem Großvater in der Straßenbahn sitzen. Der 365er war das gewesen, der von Mauer bis Mödling fuhr. Einen grün-weiß karierten Faltenrock hatte sie an und eine neue grüne Bluse, schwarze Strümpfe und hohe schwarze Schnürschuhe. Sehr schön kam sie sich vor und sehr erwachsen neben dem Großvater. Er erzählte ihr etwas – warum wollte ihr nicht einfallen, was? Sie hörte seinen Tonfall, das leichte Zögern, wenn er nach einem Wort suchte, aber sie konnte sich an keinen Satz erinnern, als hätte er in einer fremden Sprache geredet. Sie wußte nur, daß sie sehr glücklich gewesen war, und stolz, den Nachmittag mit ihm allein zu verbringen, ihn ganz für sich zu haben. Später waren sie in der Konditorei gesessen und sie hatte ein Stanitzel mit frischen Erdbeeren und Schlagobers bekommen, doch das wußte sie nur, sie hatte so oft davon gesprochen, es war keine echte Erinnerung mehr, war in Wörter zerronnen. Herr Vasicek parkte am Rand der Heide, sie gingen ein Stück bergauf. Der Duft nach warmer Erde, nach trockenem Gras, nach Thymian wurde immer stärker. Heuschrecken hüpften kreuz und quer, als wäre das gelbe Gras lebendig geworden. Da tauchte direkt vor ihnen das erste Ziesel auf, stand hochaufgerichtet mit witternder Nase, verschwand blitzschnell in einem Loch. Ein paar Schritte weiter tollten drei Junge auf einem sonnigen Stein. Herr Vasicek zog eine Tüte Erdnüsse aus der Tasche, legte drei davon zwischen die Jungen und sich auf den Boden. Die kleinen Ziesel hoben sich auf die Hinterbeine, ihre Nasen zuckten, ihre Köpfe drehten sich blitzschnell hin und her, plötzlich ließen sie sich fallen, schnellten vor, jedes packte eine Erdnuß und tauchte ab in eines der vielen Löcher im Boden. Kurz darauf erschien wieder eine kleine Schnauze und das Spiel begann von neuem. Karla tupfte mit dem Taschentuch über ihre Stirn, lächelte dazu wie eine, die sich ihrer eigenen Tapferkeit bewußt ist. Herr Vasicek blickte sofort schuldbewußt, schlug vor, den Rückweg anzutreten.

Im Schatten eines riesigen Kastanienbaumes tranken sie Wein, aßen Liptauerbrote, plauderten. Herr Vasicek erzählte amüsant von seinen Reisen als Verlagsvertreter, von Begegnungen mit exzentrischen Buchhändlern, leider gebe es nur mehr wenige von ihnen, die meisten hätten aufgeben müssen, weil sie der Konkurrenz der Ketten nicht gewachsen wären. Es sei ihm letztlich leichtgefallen, in Pension zu gehen, für Gespräche über Bücher hätten die jungen Geschäftsführer keine Zeit gehabt, oft sei ihm vorgekommen, es sei ihnen gleichgültig, was sie verkauften, solange die Kasse stimmte. Manchmal frage er sich, ob nicht auch junge Menschen Freude hätten an einer richtig altmodischen Buchhandlung mit diesem unverwechselbaren Geruch. Seiner Ansicht nach sei es ein Fehler, wenn man meine, mit anderen Medien in Konkurrenz treten zu müssen, dabei offenbarten sich nur die Schwächen der Bücher und ihre Stärken blieben ungenützt. »Aber ich langweile Sie bestimmt schon.«

Beide Schwestern schüttelten energisch die Köpfe. Keineswegs, versicherten sie ihm. Er erzählte von einem Antiquar, den er besonders gern besuchte, obwohl dort kaum ein Geschäft zu machen war, weil nur wenige Neuerscheinungen den strengen Maßstäben des alten Herrn genügten. »Aber jedes Mal legte er ein besonderes Buch vor mich hin, manchmal eines mit schönen Stichen, manchmal eines, an dem er mir zeigte, wie sorgfältiger Bleisatz einem Gedicht Gestalt gibt. Ich hab mir den Besuch bei ihm immer für das Ende eines Arbeitstages aufgehoben, oft haben wir noch ein Glas Wein zusammen getrunken, danach waren sogar die schrecklichen Hotelzimmer leichter zu ertragen.«

Karla fragte, warum er denn in schrecklichen Hotels abgestiegen sei. Er habe sich fast immer als Fremder gefühlt, erklärte er, nur ganz selten als Gast. Trotzdem habe ihm der Beruf Freude gemacht, auch wenn das völlig widersprüchlich klinge. Doch ohne Widerspruch gebe es keine Wahrheit, er habe zwar vergessen, wer das gesagt habe, aber das sei nun ausnahmsweise eine Behauptung, der er beim besten Willen nicht widersprechen könne. Wenn er lächelte, veränderte sich sein Gesicht völlig, die tief eingeschnittenen Längsfalten wurden in einem Netz von Querfalten aufgefangen.

Im Auto saß Sefa hinter ihm, stellte fest, wie kantig die Sehnen sich an seinem Hals abhoben. Einen hübsch gezeichneten Haaransatz hatte er, unter der schütteren Stelle am Hinterkopf schimmerte die Haut rosa. Sefa verschränkte die Finger auf ihren Knien. Du wirst langsam aber sicher verrückt, sagte sie sich. Dement, wenn dir das Wort lieber ist. Karla plauderte, lachte melodisch, manchmal lachte Gustav Vasicek mit, sein Lachen klang angenehm. Menschen verrieten sich durch die Art, wie sie lachten, bei den meisten schwang ein falscher Ton mit oder ein ostentatives Hört-her-ich-lache. Meckerndes Lachen war besonders schwer auszuhalten.

»Schläfst du, Sefa?«
»Nein, warum?«
»Ich hab dich was gefragt.«
»Was?«

Karla mußte zugeben, daß sie vergessen hatte, was sie fragen wollte. Dann war es wohl nicht besonders wichtig gewesen. Karla drehte sich um und blickte für den Rest der Fahrt nur mehr geradeaus. Sefa war das recht. Auf den Böschungen leuchteten Mohnblumen zwischen Salbei und Margeriten. Denn im Sommer da blüht der rote, rote Mohn ... War das am Ende auch ein Nazilied gewesen? Unlängst war ihr aufgefallen, wie viele von den Liedern von damals sie behalten hatte, obwohl sie sie nie gesungen hatte. Einen Moment lang hatte sie gefürchtet, so ein Lied könnte aus irgendeiner Falte ihres Unterbewußtseins auftauchen, wenn sie zum Beispiel in Narkose auf einem Operationstisch lag, und was würden die Ärzte dann denken? Lächerlich. Genau wie die Drohung ihrer Schulfreundin Lotte, wenn sie wieder einmal das Knöpfchen am Strumpfband verloren und durch einen Groschen ersetzt hatte: Stell dir bloß vor, du hast einen Unfall und wirst ins Krankenhaus eingeliefert und die Ärzte sehen, daß du einen Groschen im Strumpf hast! Damals war ihr schlecht geworden bei dem Gedanken, es war ihr nie eingefallen zu antworten, daß die Ärzte vermutlich andere Sorgen haben würden. Strumpfhosen waren eine der besten Erfindungen, ein Grund dankbar zu sein. Diese gräßlichen hinten geknöpften Leibchen mit Strapsen dran und später die engen Strumpfgürtel, die so häßliche Striemen hinterließen, wenn man sie auszog. Sie spürte, wie sie rot wurde. Friedrich hatte so gern die Wülste an ihrem Bauch zwischen Zeige- und Mittelfinger geknetet. Ihr war das peinlich gewesen, aber er hatte gelacht und gesagt, er liebe ihre Schnozerln. Auch so ein Wort, das Fiona bestimmt nicht verstand. Ganz abgesehen davon, daß sie keine hatte.

»Wollen Sie nicht eine Tasse Tee mit uns trinken?« fragte Karla, als Gustav Vasicek mit einiger Mühe seinen Wagen in einen Parkplatz direkt vor dem Haus manövriert hatte. Er sagte so schnell zu, als hätte er auf die Einladung gewartet und fürchte, sie könnte zurückgenommen werden.

Im Wohnzimmer entschuldigte er sich, daß er so neugierig herumschaute, es sei einfach zu schön hier. Er betrachtete die Fotos auf der Anrichte. »Das muß um 1917 aufgenommen worden sein«, sagte er und erklärte auf Karlas Frage, woher er das wisse, daß er ein Bild seiner Eltern in genau derselben Pose besitze. Der Teekessel pfiff. Als Sefa aus der Küche zurückkam, saß Gustav Vasicek in Papas Sessel. Verwundert stellte sie fest, daß es sie überhaupt nicht störte.

Das Gespräch plätscherte mit schöner Selbstverständlichkeit. Nach einer guten halben Stunde verabschiedete sich Gustav Vasicek mit seinem perfekten Handkuß. Beide Frauen begleiteten ihn zur Tür, warteten, bis er im Aufzug verschwunden war.

Sefa pflückte ein weißes Haar von dem blauen Mohair, zwirbelte es zu einem winzigen Knäuel und schnippte es aus dem Fenster. Die weißen Vorhänge bauschten sich im Wind.

Karla schaltete den Fernsehapparat ein und schien völlig konzentriert auf die Nachrichten, kommentierte die jüngsten Aussagen des Herrn Bush und die unvorteilhafte Kleidung der neuen Nachrichtensprecherin, lästerte über die Albernheiten der Seitenblicke und zitterte bei der dritten oder vierten Wiederholung eines James-Bond-Films um den ohnehin feststehenden guten Ausgang. Beim Schlafengehen sagte sie: »Ein wirklich netter Mensch.«

Schemen winkten Irrlichte«, grüßte Karla am Morgen. »Ich wollte etwas mit Retter machen, aber die drei i waren einfach nicht unterzubringen.«

»Jedenfalls ist es eine ernsthaftere Eroberung als dein junger Autobuschauffeur«, sagte Sefa. Karla hob die Brauen so hoch, daß ihre Nasenlöcher aufgebläht wirkten. Später fragte sie, ob Sefa sich eine neue Freundschaft vorstellen könne.

»Wieso ich?«

Karla lachte schallend. Sie gluckste noch, als das Telefon läutete, wurde aber sofort ernst. Ihre Schulfreundin Dagmar liege im Krankenhaus mit einem Oberschenkelhalsbruch, berichtete Leonore und fragte an, ob Karla und Sefa sie besuchen könnten, Dagmar habe ja keine Verwandten und sie selbst könne nicht mehr als ein paar Schritte gehen.

Dagmar, eine der wenigen aus Sefas Klasse, die fertig studiert hatte, was niemand von ihr erwartet hatte, weil sie so wild war, so hungrig auf Erfahrungen. Wenn ich mir den Schädel anschlage, hatte sie immer gesagt, so weiß ich wenigstens, daß ich einen habe. Alle hatten die Köpfe geschüttelt über ihre Eskapaden, alle hatten sie insgeheim bewundert und beneidet. Die Nacht vor ihrer letzten Prüfung hatte sie durchgetanzt und durchdiskutiert, jemand hatte erzählt, sie hätte dem Vorsitzenden der Kommission heftig widersprochen, er hätte sie angeschrien, daß er sie leider nicht durchfallen lassen könne. Mathematik hatte sie studiert, sie brauche ein Gegengewicht gegen den Wahnsinn der Welt, hatte sie gesagt. Ihr Freund war standrechtlich erschossen worden, wegen Fraternisierung mit dem Feind. 1943 mußte das gewesen sein. Kurz darauf hatte sie die Schule verlassen müssen, weil sie sich weigerte, mit Heil Hitler zu grüßen, hatte in einer Munitionsfabrik arbeiten müssen. Leonore hatte behauptet, sie hätte dort Sabotage betrieben, offen mit den russischen Zwangsarbeiterinnen geredet, extra dafür Russisch gelernt. Eigentlich, dachte Sefa, wollte sie wohl erwischt werden, den Gefallen, sich umzubringen, tue sie den Nazis nicht, aber leben wollte sie auch nicht mehr. Nach dem Krieg arbeitete sie an der Universität, bewarb sich aber nie für einen Lehrstuhl. Erst in den letzten Jahren war sie zu Klassentreffen gekommen, hatte lächelnd zugehört, was die anderen redeten. Einmal hatte Karla gefragt, woran sie gerade arbeite. Sie hatte kein Wort verstanden, obwohl Dagmar sich redlich bemühte. Schließlich hatte sie gelacht und gesagt, sie sei offenbar in ihre Bücher abgetaucht und gar nicht mehr imstande, anders als mit Hilfe mathematischer Formeln zu kommunizieren. Aber auf einem der Fotos von der großen Demonstration gegen Rassismus und Fremdenhaß war sie mitten unter den Jugendlichen zu sehen gewesen, mit aufgelöstem Haar und weit offenem Mund.

»Da müssen wir wohl gehen«, sagte Sefa.

»Natürlich müssen wir.«

Es war nicht nötig zu sagen, daß sie beide Angst hatten. Karla wollte ein Taxi nehmen, Sefa war dagegen, nicht nur wegen des Geldes, es sei schließlich auch ein Stück Selbständigkeit, mit der Straßenbahn zu fahren, zugegeben, die Strecke sei ein Umweg, aber sie hätten schließlich Zeit und die paar Schritte in der Anlage würden ihnen guttun.

Vor ihnen saßen zwei alte Frauen, nickten bei jedem Satz, den die andere sagte, und ihre Dauerwellenlöckchen nickten mit. Sie schienen so vergnügt, so einverstanden mit sich. »Also mein Seliger hat schon immer gesagt«, erklärte die eine. Der Rest ging im Klingeln der Straßenbahn unter. »Mein Seliger«, wiederholte Sefa leise. »Wie lang hab ich das schon nicht mehr gehört.« – »Früher oft«, stimmte Karla zu. Die beiden rafften ihre diversen Tüten und Taschen zusammen und stiegen aus, trippelten davon. Nach ihrem Tod wurden Ehemänner zu Seligen, stellte Sefa fest, irgendwann sogar zu Heiligen. Waren die besten, fürsorglichsten, zärtlichsten Männer gewesen. Über lebende Ehemänner wurde oft mit dem leicht genervten Ton geredet, der sonst schwierigen Kindern galt.

Karla kicherte. »Die Männer würden sich wundern, wenn sie hören könnten, wie ihre Witwen über sie reden. Die würden glatt meinen, daß es um jemand anderen geht.«
Wir haben eigentlich kaum je von unseren Männern gesprochen, dachte Sefa. Weder als sie lebten noch jetzt. Das haben wir ausgeklammert, wie so vieles. Ich glaube eigentlich schon, daß Karla und Julius gut miteinander lebten, aber ich weiß es nicht. Und ich werde mich hüten, danach zu fragen.

Rosarote Hängegeranien blühten üppig am Balkon des Pavillons. Die alten Bäume im Park warfen gesprenkelte Schatten auf den Rasen. Der Aufzug knarrte und quietschte auf dem Weg in den dritten Stock. Einige Fliesen auf dem langen Flur waren gesprungen, aber sie glänzten weiß. Es roch nur ganz leicht nach Spital. Am Ende des Ganges stand ein Krankenbett, die alte Frau hatte die Decken abgestrampelt, das kurze Anstaltshemd war hochgerutscht, ihre Scham freigelegt. Ihre Augen starrten weit offen, aus dem Ständer neben dem Bett schmierte eine gelbliche Flüssigkeit in ihren linken Arm. Sefa grüßte im Vorübergehen, die Frau reagierte nicht. Karlas Schirmspitze klopfte auf den Boden.

Sie bogen rechts ab, vorbei an offenen Türen. Ziehender Atem, regelmäßig zischender Sauerstoff aus den Schläuchen hinter den Betten, so viele Köpfe fast ohne Haare, eingesunkene Wangen, so viele blau geäderte verkrüppelte Füße, die unter den gelben Decken herausragten.

Dagmar lag mit geschlossenen Augen im Bett neben dem Fenster. Ihre Nachbarin jammerte vor sich hin in einem auf- und absteigenden Singsang, begann zu zittern, als sie die Besucherinnen erblickte, zog die Decke über den Kopf. Sefa redete ihr beruhigend zu, das Zittern wurde stärker, das Jammern durchdringender. Eine Schwester schaute herein, erklärte, das habe nichts zu sagen, richtete die Decke, tätschelte der Frau die Wangen. »Ist schon gut, Oma.«

Gar nichts war gut. Karla trat zu Dagmars Bett. »Grüß dich, Dagmar.« Dagmar öffnete das rechte Auge, dann mit deutlicher Mühe das linke. »Setzen«, flüsterte sie. »Wir haben uns dem Problem zu stellen ...« Ihre Stimme verlor sich in unverständlichem Gemurmel.

»Wie geht es dir, Dagmar?« fragte Karla. »Erkennst du mich? Wir haben uns lange nicht gesehen.«

»Zehen gestehen, verwehen, begehen mit Rehen, krächzen die Krähen ...« Dagmar verfiel in einen Singsang, wiederholte die Wörter in anderer Reihenfolge, lächelte plötzlich, kicherte. »Gut, was?« Gleich darauf bildeten sich Tränen in ihren Augenwinkeln, standen lange da, wuchsen riesig, bevor sie ihr über die Wangen liefen. Mit einer ärgerlichen Geste wischte sie darüber. »Es ist ... alles so ... widrig. Die Wörter ... stecken im Loch. Un-ge-hö-rig. Alle mit Stachel.«

Die Schwester kam zurück und winkte von der Tür her.

Sie sei sehr froh, sagte eine junge Ärztin, endlich mit Angehörigen von Frau Dr. Kestler sprechen zu können. Den Einwand, daß sie nur ehemalige Schulfreundinnen seien, wischte sie weg. Der Unfallschock habe offenbar eine psychische Krise ausgelöst, sie wolle und könne sich da nicht auf eine Diagnose festlegen, auch keine Prognose stellen, es sei weder eine Spontanheilung ausgeschlossen noch eine weitere Verschlechterung des Zustands, aber es müßten Vorkehrungen getroffen werden, eine Einweisung in eine Pflegeanstalt müsse jedenfalls ins Auge gefaßt werden, und derzeit sei Frau Kestler keineswegs in der Lage, selbst Entscheidungen zu treffen. Sie hat sich noch nicht daran gewöhnt, solche Dinge sagen zu müssen, dachte Sefa, es belastet sie, darum redet sie so geschwollen. Sie hatte Lust, der Ärztin die Hand zu tätscheln.

»Eine Schulfreundin hat uns angerufen«, sagte Sefa. »Sie ist gehbehindert, darum konnte sie selbst nicht kommen.« Die Ärztin nickte. Das müsse die Dame sein, deren Telefonnummer man als einzige in Frau Kestlers Handtasche gefunden habe. Am Telefon habe sie keine näheren Auskünfte geben wollen, man wisse ja nie. Nein, stimmte Karla zu, man wisse wirklich nie, soviel sei sicher. Ob es denn keine Verwandten gäbe, einen Partner, eine Partnerin? »Es gab einen Bruder, der wurde über England abgeschossen, und einen Freund, den haben die Nazis umgebracht«, sagte Karla und wunderte sich über die Brutalität, mit der sie das der jungen Ärztin ins Gesicht warf, als sei es deren Schuld. Die Ärztin senkte die Augen. Sie werde sich mit der Sachwalterschaft in Verbindung setzen, sagte sie. Hieß das, daß Dagmar nun eine Sache war? Sefa hatte plötzlich ein schlechtes Gewissen, bedankte sich bei der Ärztin für das Gespräch und bedauerte, nicht helfen zu können. Die Ärztin nickte. Es sei schlimm, Angehörigen schlechte Nachrichten sagen zu müssen, erklärte sie, aber wenn keine Angehörigen da seien, sei es fast noch schlimmer.

»Man bleibt sozusagen sitzen mit seinen schlechten Nachrichten, wird sie nicht los, denk ich«, meinte Karla auf dem Weg zurück zu Dagmar. Sefa fand die Bemerkung irgendwie unpassend und hoffte, daß die Ärztin sie nicht gehört hatte, die mit schnellen Schritten den Gang hinuntereilte.

Dagmar lag wieder mit geschlossenen Augen. Karla setzte sich auf ihr Bett, nahm ihre Hand und streichelte sie. Nach einiger Zeit flackerte ein Lächeln über Dagmars Gesicht.

»Man hat nicht einmal unterscheiden können, ob es Männer oder Frauen waren, die da in den Betten lagen«, sagte Karla in der Straßenbahn.

»Vielleicht kommt es nicht mehr darauf an?« überlegte Sefa.

Karla schüttelte den Kopf. »Es kommt immer darauf an«, erklärte sie mit Überzeugung. Sie nahm die Straßenbahnzeitung zur Hand und kommentierte die einzelnen Artikel.

Erst zu Hause sagte sie: »Wenn ich denke, daß das alles ist, was wir noch vor uns haben, dann ... möchte ich lieber heute als morgen sterben. Aber vorher will ich noch die neue Universum-Folge sehen.«

»Manchmal bist du unbezahlbar«, stellte Sefa fest.

»Nein«, entgegnete Karla. »Unbezahlbar bin ich immer!«

Die Unterwassergärten von Fidschi boten Zuflucht vor ihren Gedanken. Hinter den Tentakeln dieser rosarot und tiefblau leuchtenden Qualle, die wie eine kostbare Blüte aussah, könnte man sich gut verstecken. Nein, nicht Tentakeln: Wimpern. Auch gut. Jedenfalls giftig. Einen Nesselausschlag, der entsetzlich juckte, hatte sie bekommen, als eine Qualle sie streifte in der Bucht von Kephalonia, und hohes Fieber. Vom Balkon ihres Hotelzimmers aus hatten sie allabendlich die Kerzen gesehen, die die alten Frauen auf den Gräbern anzündeten. Ein gelber Fisch flitzte über den Bildschirm, gleich darauf ein Schwarm metallisch blauer Winzlinge. Im Hintergrund tanzten die Wimpern der Qualle.

Karla rief Gustav Vasicek an und lud ihn zum Kaffee ein.

»Das hättest du mir aber auch vorher sagen können. Findest du nicht, daß er es als zudringlich mißverstehen könnte?«

»Er hätte ja auch ablehnen können«, erklärte Karla vergnügt. »Hat er aber nicht. Er hat sich sogar richtig gefreut. Ich glaube, er ist sehr einsam. Worauf willst du warten?« Sie summte vor sich hin, ging in die Küche und begann Teig zu rühren. Sefa bügelte die Knickfalten aus dem lindgrünen Tischtuch, polierte die Kuchengabeln. Mit rosigen Wangen kam Karla ins Zimmer, berichtete, daß der Kuchen vielversprechend aufgehe, und Sefa könne ruhig den Tisch decken, sie würden ausnahmsweise in der Küche essen, dann müßten sie sich nicht hetzen.

»Paß auf, daß du nicht wieder die Tasse mit dem Sprung erwischst«, mahnte sie im Hinausgehen.

»Sollen wir wirklich das Augarten nehmen? Dann denkt er doch, wir tun es seinetwegen.«

»Na und?« Aufreizend, wie Karla lachte. Siegessicher. Natürlich kam er ihretwegen, aber mußte sie sich so produzieren? Wie leichtfüßig sie heute ging, als hätte sie nie über Schmerzen in den Beinen geklagt.

»Hast du deine Tabletten genommen?« rief Sefa in die Küche.

Im Radio spielten sie ein frühes Haydn-Quartett, zum Weinen schön. Sefa ging in ihr Zimmer, wischte auch dort Staub. Friedrich blickte streng. »Schon gut«, murmelte sie, hauchte eine matte Stelle auf dem Glas an, polierte es mit dem Zipfel ihrer Bluse.

Sie aßen kurz nach zwölf, Nudeln mit Parmesan und grünem Salat, das ging schnell.

Der Nachrichtensprecher berichtete von einem neuen Selbstmordattentat in Tel Aviv, Karla stürzte ihren Sandkuchen auf eine Platte, betrachtete ihn liebevoll und trug ihn, den Triumphmarsch aus ›Aida‹ summend, ins Wohnzimmer. Dann verschwand sie im Bad.

Das Telefon läutete. Wer rief um diese Zeit an? Sefa war immer noch der Meinung, daß Telefonieren vor acht, zwischen zwölf und drei und nach sieben Uhr schlechten Stil und Mangel an Kinderstube verriet. Wenn sich Rainer jetzt ansagte, wäre es ihr gar nicht recht. Was ging es ihn an, wenn sie Besuch hatten? Erst beim dritten Klingeln hob sie ab. Es war

Leonore, die sich nach Dagmar erkundigte. Während Sefa berichtete, sah sie den langen Gang vor sich, die Menschen, die nicht einmal mehr Frauen und Männer waren, Dagmars maskenhaftes Gesicht. »Ihr werdet sie doch wieder besuchen?« fragte Leonore. Saß da in ihrer gepflegten Wohnung mit Blick in die Kronen der Kastanien im Hof des Schottenstifts, das Telefon auf dem Tischchen neben sich, ein geschliffenes Wasserglas, die Porzellanglocke, um der Pflegerin zu läuten, und spielte auf dem Klavier des schlechten Gewissens anderer.

Sie war Dagmars Freundin gewesen, hatte jedenfalls mit ihr genügend Kontakt gehabt, daß Dagmar ihre Nummer mit sich trug. Und warum ausgerechnet Karla und ich? Da gibt es doch andere, Beate hat sogar ein eigenes Auto. Wie eine Spinne im Netz sitzt sie da mit ihrem Telefon und kommandiert andere herum.

»Karla hat Probleme mit den Beinen«, sagte sie.

»Schlimmstenfalls mußt du eben allein gehen. Ich würde wer weiß was dafür geben, wenn ich selbst ...«

Das Krankenhaus hat einen Lift, dachte Sefa, und du hast eine Pflegerin, die dich im Rollstuhl hinführen könnte. »Wir machen das schon«, sagte sie. Leonores überschwengliche Dankbezeugungen verursachten einen Juckreiz an ihren Armen. »Verzeih, meine Zwiebeln brennen gleich an.« Falls sie sich wunderte, warum Sefa um zwei Uhr Zwiebeln röstete, sollte sie sich ruhig wundern.

Karla fragte, warum sie so unfreundlich zu Leonore gewesen war. »Leonore war immer schon eine Weltmeisterin im Delegieren. Und hat sich alles, was andere getan hatten, als eigenes Verdienst gutgeschrieben.«

»*So what's new?*« Karla würde nie lernen, ein englisches W richtig auszusprechen.

Sie lächelte. Unerträglich war sie, war immer unerträglich

gewesen. Falls dieser Vasicek irgendwelche Absichten haben sollte, dann hatten sie nichts mit ihr, Sefa, zu tun. Was nun ganz gewiß nicht ihr Problem war. Wie sich die Dinge wiederholten. Kaum tauchte ein Mann am Horizont auf, verfiel Karla in ihre alten Spielchen und merkte nicht, wie unpassend ihre Andeutungen waren. Peinlich. Und wie sie in die Gegensprechanlage flötete, als Vasicek klingelte. Doch dann saßen sie sehr einträchtig beim Kaffee, er lobte den Kuchen, sie plauderten wie alte Freunde.

Urkomisch, dachte Karla, sie merkt wirklich nicht, daß er ihretwegen kommt. Wie er sie ansieht. Das müßte ihr doch guttun, aber man könnte wirklich glauben, sie wäre *frisch aus dem Kloster*. Gott ist das eine schöne Arie, und die Ludwig als Marschallin, da konnte man nie verstehen, wie der dumme kleine Octavian sie aufgibt für so ein Gänschen. Dabei waren wir nie in einer Klosterschule. Friedrich könnte mir direkt leid tun, wenn ich das recht überlege, obwohl … Wenn ich denke, damals an seinem Geburtstag, jeder andere Mann hätte mit beiden Händen zugegriffen, aber er hat sich hingesetzt und über – worüber hat er eigentlich gesprochen? Etwas ausgesprochen Uninteressantes jedenfalls. An mir lag's nicht, ich wäre ausnahmsweise durchaus in der Stimmung gewesen … aber eigentlich bin ich jetzt froh, daß es nicht dazu kam. Was immer ich sage, so ganz *mit leichten Händen geben und mit leichten Händen nehmen,* das kann ich doch nicht wirklich, tu nur so. *Und wer das nicht kann, den liebt nicht Gott und straft das Leben.* Ich glaube schon, daß das stimmt. War wohl eine richtige Jungfrau, der gute Friedrich, obwohl er ja wirklich verboten gut aussah. Ich werde tatsächlich lasziv auf meine alten Tage. Es wäre ihnen doch beiden zu wünschen, daß es klappt zwischen ihnen. *Better late than never.* Meine große Schwester, so ein ahnungsloser Engel. Ich glaube, sie ist ein kleines bißchen in ihn verliebt, aber sie kann es natürlich nicht zugeben, moralisch wie sie ist. Ich bin ja ziemlich sicher, daß sie einen Verdacht hat, was Friedrichs Geburtstag betrifft.

»Darf ich noch Kaffee bringen?« fragte sie lächelnd.

Sefa blickte verwirrt. Gustav Vasicek sprang auf. Er müsse sich leider verabschieden, er habe einen Termin, und habe ihre Gastfreundschaft ohnehin schon über Gebühr strapaziert.

Als Sefa am nächsten Tag vom Einkaufen zurückkam, flötete Karla ins Telefon, sie würden sich freuen, und fünf Uhr passe ganz ausgezeichnet.

»Er holt uns um fünf ab, wir gehen eine Kleinigkeit essen und schauen uns dann den Opernfilm auf dem Rathausplatz an. Unlängst erst hab ich gedacht, es ist höchste Zeit, daß wir das einmal tun. Wir versäumen wirklich alles, was in Wien los ist.«

»Wieso wir? Wie kannst du für mich zusagen? Ich darf doch vielleicht noch eine eigene Meinung haben, oder? Woher willst du wissen, daß ich nicht andere Pläne habe?«

Wie sie den Kopf senkte, ihren schönen Hals der Guillotine anbot. Wenigstens fragte sie nicht, um welche anderen Pläne es sich handeln könnte. Wie perfekt sie es verstand, Sefa ins Unrecht zu setzen.

»Verzeih. Ich mag es nur nicht gern, wenn man über mich verfügt. Und ich glaube nicht, daß ich mich besonders gut zur Anstandsdame eigne.«

Karla senkte den Kopf noch tiefer. »Wenn du willst, rufe ich ihn an und sage ab.«

»Warum solltest du absagen? Warum gehst du nicht allein?«

»Er hat uns beide eingeladen. Aber bitte ...« Sie zog das Telefon zu sich herüber.

»Ach, laß das.«

Karla hatte wieder einmal gewonnen. Natürlich hatte sie gewonnen. Was für ein lächerliches Affentheater. Sefa ging in ihr Zimmer, sammelte die Deckchen auf der Kommode ein. Die waren schon wieder angegraut und labberig. Diese Sprühstärke war nicht das richtige. Friedrich hatte wieder einmal einen Zug um den Mund, der ihr nicht gefiel. Als wollte er sich über sie lustig machen.

Sie zog die Wäschelade auf, da fiel ihr ein, daß sie erst vor kurzem alles neu gefaltet und geordnet hatte. Gut, dann würde sie eben lesen. Sich am hellichten Tag aufs Bett legen und lesen. War das Geschirrgeklapper in der Küche? Tatsächlich, Karla richtete offenbar Mittagessen für sie beide. War das nun ein Versöhnungsangebot oder eine Kriegserklärung?

Rhythmisch schlug das Messer gegen das Holzbrett, Karla schaffte es, aus dem Handgelenk heraus zu hacken, Sefa hatte diese selbstverständliche Eleganz nie geschafft, so sehr sie sich auch bemüht hatte. Mühe, das war es. Bei ihr fiel jede Bewegung mühevoll aus. Das war wohl der größte Unterschied zwischen ihnen beiden. Zugegeben, sie konnte noch ziemlich schnell gehen, während Karla bei jedem Schritt zögerte, aber selbst ihr Zögern hatte einen gewissen Reiz, wie eine Note aus einer fremden Tonart in einer Melodie. Die Gemüseschnipsel in dem weißen Weitling aus derbem Steingut waren bunt und knackig.

»Der Weitling erinnert mich immer an Theres, wie sie breitbeinig dasitzt und Germteig abschlägt«, sagte Sefa.

»Hör auf! Ich krieg gleich Heimweh nach ihren Buchteln.« Der Weitling war zu schwer für Karla, Sefa faßte mit an. Langsam ließen sie das Gemüse in den Wok gleiten.

»Plastik ist entschieden leichter«, stellte Karla fest. »Aber dafür wird es schnell räudig und altert nie so würdevoll wie dieses gute Stück. Schau dir nur die Risse in der Glasur an, direkt künstlerisch, wertsteigernd.«

Gustav Vasicek brachte zwei gleiche Biedermeiersträußchen, so klein, daß es unmöglich war, ihm daraus einen Vorwurf zu machen, und so perfekt komponiert, daß sie offensichtlich aus einem sehr guten Geschäft stammen mußten. Karla ging Vasen holen, kaum war sie aus dem Zimmer, rief sie nach Sefa. »Zieh doch bitte wenigstens eine andere Bluse an!«
Gleichzeitig kamen die Schwestern ins Wohnzimmer zurück. Gustav Vasicek sprang sofort auf, Karla entschuldigte sich dafür, ihn allein gelassen zu haben. Er winkte ab. »Sie haben keine Ahnung, welche Freude es mir macht, in diesem Raum zu sitzen. Er ist so harmonisch.«
»Wir leben in einem Museum«, stellte Karla fest. »Nicht, weil die Sachen so wertvoll wären, aber jedes Ding hat eine Geschichte. Man wird fast zerquetscht von so vielen Geschichten.«
»Und trotzdem sind wir durchgefallen bei der Geschichtsprüfung durch Teresa«, sagte Sefa. Erst jetzt fiel ihr auf, daß Teresa nicht wieder geschrieben hatte. Eigentlich schade. Vielleicht hätten sie doch von den Geschichten zur Geschichte gefunden, angestachelt durch Teresas Fragen. Haben wir mit zu viel Familiengeschichte gelebt, um Geschichte zu erleben? dachte sie. Zwischen zu vielen Dingen, zu viel Meublage, zu wenig Inhalt?

Sie fuhren mit der U-Bahn in die Stadt, Gustav Vasicek reichte zuerst Karla, dann Sefa die Hand beim Aussteigen, Sefa stellte fest, daß ihr seine perfekten Manieren einerseits das Gefühl gaben, etwas Besonderes zu sein, andererseits aber auf die Nerven gingen. Allzu auffällig erwies er beiden genau die gleiche Aufmerksamkeit. Sie mußte schlucken, um nicht zu sagen, er solle sich doch um Himmels willen nicht so viel Mühe machen, sie wisse schon Bescheid. Beim nächsten Mal würde sie jedenfalls unter irgendeinem Vorwand zu Hause bleiben. Sie blieb ein paar Schritte zurück, tat, als feßle ein Plakat auf der Litfaßsäule ihre ganze Aufmerksamkeit. Als Gustav Vasicek sich nach ihr umdrehte, spürte sie seinen Blick wie eine flüchtige Berührung.

Lächerlich, dachte sie, absolut lächerlich. Entschlossenen Schrittes überholte sie die beiden, wenn sie im Volksgarten vor einer Rose stehenblieben, ging sie daran vorbei und roch an einer möglichst weit entfernten. Auf einer Bank saß eine junge Frau, den Oberkörper weit zurückgelehnt, die Bluse bis unten aufgeknöpft, die Augen geschlossen. Ihre kleinen braunen Brustwarzen starrten allen Vorübergehenden mitten ins Gesicht.

Kreuzkümmel-, Masala- und Oreganodüfte, aber auch der Geruch von heißem Fett wehten von den Buden auf dem Rathausplatz herüber. Karla fand es spannender, sich durch den Orient zu essen als in einen Gasthausgarten zu gehen. So saßen sie mit Papptellern auf einer Bank, tranken Bier aus Plastikbechern und musterten die bunte Menge. Touristen, Kinder, Jugendliche, Rentner wanderten herum, am Rand des Platzes schüttete eine alte Frau Maiskörner auf den Weg, sofort stürzten sich Tauben darauf, ein flatternder, streitender, gurrender, mit den Schnäbeln hackender Haufen. Hunde rannten hin und her. Karla schaffte es, ihre Finger in perfekter Damenhaftigkeit abzuschlecken. Gustav Vasicek entschuldigte sich kurz und kam mit einer Packung zitronenduftender Erfrischungstüchlein zurück. »Wissen Sie, was Ihr Fehler ist?« fragte Karla.

Er lachte. »Da gäbe es einiges aufzulisten.«

Sie zeigte mit dem Finger auf ihn. »Sie sind einfach zu perfekt.«

»Herzlichen Dank!«

Karla schüttelte den Kopf. »Nein, im Ernst. Das ist ein schwerer Fehler.«

Gustav Vasicek war bereit, sehr viele Fehler zuzugeben, nur diesen einen nicht. Sefa fand das Geplänkel zwischen ihm und Karla läppisch und war froh, als der Film begann. Anfangs störte es sie, daß zu Puccinis Musik geredet, gebellt, nach Kindern gerufen wurde, daß Autos hupten, Straßenbahnen klingelten, Fiaker vorbeitrabten, daß Leute sich setzten und Minuten später wieder aufstanden, daß es so penetrant nach Essen roch. Dann gelang es ihr, die störenden Geräusche und Gerüche auszuschalten. Im Geist sang sie die Arien mit. Papa hatte sie als ebenso süßes wie gefährliches Gift bezeichnet, das die rationalen Fähigkeiten ausschalte. Und wenn schon. Sie ließ sich hineinfallen.

Karla stupste sie an. »Schläfst du?«

Jetzt mußte sie feststellen, daß der Ansatz der Turandot nicht ganz rein war, kein Vergleich zu Birgit Nilsson, die sie in der Rolle gehört hatte, daß Kalaf allzu selbstverliebt auf seinen hohen Tönen sitzen blieb, aber vielleicht paßte das zu der Rolle. Sie hatte Kalaf immer für einen herzlosen Egoisten gehalten. Wie konnte er das Opfer der Liu hinnehmen und diese widerwärtige, grausame Turandot lieben? Wenn das denn Liebe war. Irgendwann würde sie ihre Krallen in ihn hacken, wozu schärfte man Krallen, doch gewiß, um sie zu verwenden? Recht geschah ihm. Trotzdem, *Nessun dorma* war eine himmlisch schöne Melodie. Wenn nur die Leute ringsum auch schliefen. Seit Karla sie gestört hatte, drang wieder jedes Geräusch in ihr Bewußtsein, einen zweiten Filter konnte sie nicht aufbauen. Sie zog ihren Schal fester um die Schultern.

Gustav Vasicek schlug vor, mit dem Taxi zurückzufahren, Sefa bestand darauf, die U-Bahn zu nehmen, daß Karla sich darüber offensichtlich ärgerte, bestätigte sie nur in ihrer Ablehnung.

»Du bist schon wie die Mama«, sagte Karla, als sie die Schuhe im Vorzimmer abstreifte. »Die ist auch nur zu Hochzeiten und Begräbnissen mit dem Taxi gefahren. Glaubst du, du bekommst Extrapunkte für Selbstverleugnung? Oder wolltest du nur mir eins auswischen, weil du weißt, wie schwer mir das Gehen fällt?«

Sogar du mußt lernen, daß nicht alles auf der Welt nur in bezug auf dich existiert, dachte Sefa. »Laß den Unsinn«, sagte sie. »Es ist spät. Gute Nacht.« Sie hätte gern noch ein Glas Wein getrunken, aber dann hätte sie mit der Schwester reden müssen und die hätte garantiert nur ein Thema gehabt.

Neben Sefas Teller lag ein Zettel, auf dem stand *Ei, da schlug Glanz fast.*

Sefa hob die Brauen. »Du warst auch schon einmal besser.«

Karla nickte bescheiden. »Richtig poetisch, ich weiß. Aber damit ließ sich nicht viel anfangen. Außerdem geht es hier um etwas anderes. Du sollst dich ein bißchen plagen, sonst nimmst du nicht zur Kenntnis, was ich dir sagen will, verbohrt wie du bist. Übrigens habe ich mir erlaubt, ein extra a einzufügen.« Sie klang ausgesprochen liebevoll im Gegensatz zur Bedeutung der Worte.

Seufzend nahm Sefa Zettel und Bleistift. *Falls Neid Schatz?* Nein, da blieben zwei g übrig, ein u und ein s. *Schlaf gut?* Nicht am frühen Morgen, und was war mit dem Rest? *Flasche?* Ganz falsch. Moment, das konnte es sein. Ja: *Du liegst ganz falsch.*

»Und du liegst natürlich richtig?«

»Aber sicher. Bei Männern kenne ich mich aus. Einigermaßen.« Wie selbstgefällig sie ihr Haar zurechtstrich. Sie legte beide Hände flach auf den Tisch. »Merkst du wirklich nicht, wie er um dich herumstreicht? Der arme Mensch reißt sich doch ein Bein aus, nur um dir zu gefallen.«
»Blödsinn!«
Karla lächelte. »Also er ist dir auch nicht gleichgültig.«
»Wie kommst du darauf?«
Karla faltete die Hände. »Weil du so heftig reagierst, mein Schatz.«
Nenn mich nicht Schatz, bitte. Und vor allem, mach dich nicht über mich lustig.
»Ich weiß, ich hab ihn ein bißchen angeflirtet. Nur um in Übung zu bleiben. Aber er ist nicht mein Typ, viel zu brav.«
Weil er nicht dein Typ ist, kann ich ihn haben? Meinst du das so? Ich bin gemein. Wie kommt es, daß ich plötzlich so gemein bin?
Karla tätschelte Sefas Arm. »Mach dir nichts draus. Das kommt davon, wenn man so außer Übung ist wie du.«

Am Nachmittag läutete das Telefon, während Karla noch schlief. Sefa hob erst nach dem fünften Klingeln ab, hörte nur mehr das widerliche Tuten. Recht geschieht dir, dachte sie. Kurz darauf kam Karla aus ihrem Zimmer. »Soso«, sagte sie. »Dann gehen wir beide zum Friseur.«
Sie hatten Glück, bekamen gleich einen Termin. Wie immer begrüßte er Karla mit einem Küßchen an der linken Wange vorbei, machte ihr extravagante Komplimente, wie immer kicherte sie über seine Witzchen. Er war so jung, so geschmeidig in seinen Bewegungen, wenn er Haare schnitt, tänzelte er rund um den Sessel. Sefa kam sich hölzern vor. »Wie wär's mit ein bißchen Farbe?« fragte er. »Wir könnten ja zuerst einmal eine

Tönung probieren. Sie haben so prachtvolles Haar!« Sefa lehnte entrüstet ab, der Friseur und Karla zwinkerten einander zu.

Kaum waren sie zu Hause, rief Rainer an. Er habe sich schon Sorgen gemacht, mindestens fünf Mal habe er es schon versucht und sie nie angetroffen. »Wo treibt ihr euch denn herum?«

»Du klingst wie dein Großvater«, sagte Sefa.

Rainer lachte nicht. Jetzt sei es zu spät, jetzt könne er nicht mehr vorbeikommen, übermorgen fliege er zu einem Kongreß nach Lissabon, er sei froh, daß es ihnen offensichtlich gutgehe, sonst wären sie nicht so viel unterwegs, sie sollten es nur nicht übertreiben, in ihrem Alter sei die Hitze doch recht belastend. Sefa setzte mehrmals an, nach Fiona zu fragen, aber er redete weiter, als hätte er einen Text auswendig gelernt und müsse ihn nun abspulen, und als er damit fertig war, erklärte er, seine Sitzung beginne gleich.

Sefa legte den Hörer auf die Gabel.

»Sei nicht traurig«, sagte Karla.

»Bin ich nicht. Ein bißchen enttäuscht, ein bißchen erleichtert. Komisch, nicht? Ich freue mich immer so sehr auf ihn ...« Und ich hab Angst vor ihm, dachte sie, aber das sagte sie natürlich nicht. Das Gefühl, daß er mich zu Recht bestraft für etwas, das ich getan oder versäumt habe. War ich ihm überhaupt eine Mutter? Ich hab ihn geliebt und ich liebe ihn jetzt, aber vielleicht war es nicht die richtige Liebe für ihn. Was ist die richtige?

»Wir gehören nicht mehr zu ihrem Leben.« Karlas Stimme klang sachlich und fest. »›Es geht dir doch gut?‹ fragen sie, und wenn du die Prüfung bestehen willst, strahlst du und nickst. Wenn du krank bist, nimmst du zu viel Platz ein. Sie haben keine Zeit, sich um dich zu sorgen. Sie wollen wissen, daß wir da sind, das schon, ich denke, sie glauben uns zu lieben. Soweit es ihr Terminkalender zuläßt, tun sie es wohl auch. Vielleicht werden sie uns mehr Raum geben, wenn wir tot sind, aber das ist noch lange kein Grund, sich aufs Sterben zu freuen. Auch kein Grund, sie nicht zu lieben, aber ein Grund, sich nicht von ihnen abhängig zu machen.« Sie lachte. »Hab ich dich jetzt schockiert?«

»Nein«, sagte Sefa. »Ich hab nur immer gedacht, du nimmst das leichter.«

»Es hilft ja nicht, wenn wir Trübsal blasen. Übrigens, dein Haarschnitt ist wirklich gut.« Sie stand auf, betrachtete Sefa von allen Seiten. »Du solltest immer schauen, daß die Haare am Hinterkopf nicht zu glatt anliegen.«

Am Abend spielten sie Scrabble, gerieten mehrmals um die Orthographie in Streit, weil Karla behauptete, seit der Rechtschreibreform werde das Wort anders geschrieben, während Sefa nur Friedrichs alten Duden als Autorität akzeptierte. Karla bestand darauf, ihren Sieg mit dem Sekt zu feiern, der schon seit Monaten im Kühlschrank lag, weil sie den Spezialkorken nicht finden konnten, leerten sie die ganze Flasche. Sefa behauptete zwar, daß ein Löffelstiel das Ausrauchen verhindern würde, doch Karla hielt es für leichtsinnig, darauf zu vertrauen.

In dieser Nacht träumte Sefa von dem jungen Mann aus dem Bestattungsinstitut. Er saß vor ihr, die Hände auf einem Kissen aus blauer Seide, sie feilte seine Nägel. und er erzählte ihr etwas, aber in einer kehligen Sprache, von der sie kein Wort verstand.

Wir waren schon ewig lange nicht auf dem Friedhof«, stellte Karla beim Frühstück fest. Die arme kleine Rose brauche bestimmt Wasser, auch die Geranien würden durstig sein. Sie könnten doch Herrn Vasicek bitten, sie zum Friedhof zu fahren, und anschließend zu Hause Kaffee trinken. Sefa wiegte den Kopf hin und her. Es sei doch sehr intim, ihn zum Grab der Eltern zu führen, nach so kurzer Bekanntschaft. Karla lachte schallend. »Du meinst, das ist, als wollte man ihn den Eltern vorstellen? Ein Friedhofsbesuch ist doch keine Antrittsvisite!« Sie ließ sich nicht von ihrem Vorhaben abbringen. Sefa verließ das Zimmer, während sie telefonierte.

Karla berichtete, er habe sich sehr über den Anruf gefreut und würde um zwei Uhr fünfundvierzig vor dem Haus warten.

Sefa stolperte beim Einsteigen, war froh, daß Gustav Vasicek ihren Arm nahm, ärgerte sich, wie befangen sie sich fühlte. Sie war schließlich kein Schulmädchen. Auf dem Friedhof schleppte er Gießkanne um Gießkanne heran, einmal schwappte Wasser auf sein scharf gebügeltes graues Hosenbein. Auf manchen Gräbern wucherte hohes Gras, da zirpten Grillen, hüpften Heuschrecken, brummten Hummeln in den Kelchen der Glockenblumen.

»Die vernachlässigten Gräber sind die lebendigsten«, sagte Karla. Wenn sie allein gewesen wären, hätte Sefa gefragt, ob sie deswegen auf der pünktlichsten Pflege der eigenen bestand. Der neue kleine Stock am Grab der Eltern ließ die Blätter hängen, erholte sich aber nach einer Kanne Wasser. Ob die Fotos der Brüder jetzt auch durchnäßt waren? Die Rose an Friedrichs Grab neigte ihre Zweige bis zum Boden. Sefa stach sich in den Finger, als sie die Ranken trennte und hochband. Ein Admiral landete kurz auf ihrem Blusenärmel, faltete die Flügel, senkte den Rüssel, schüttelte sich und flog davon. Während sie ihm noch nachschaute, sah sie plötzlich die sechs Mahagonikästen in dem dunklen Wohnzimmer von Friedrichs Eltern. Es hatte sie gegraut vor dem Anblick der toten Schmetterlinge. Friedrich und sein Bruder hatten um die Sammlung gestritten, sie war heimlich erleichtert gewesen, als Heinrich die Beute davontrug.

Nach der Hitze auf dem Friedhof war das Wohnzimmer mit den zugezogenen grünen Vorhängen still und dämmrig. Sefa fiel auf, daß sie alle drei die Stimmen senkten, die Pausen zwischen den Sätzen lang wurden. Wenn ein Löffel das Glas mit dem Eiskaffee ganz leicht berührte, wirkte das wie lautes Klirren.

Als Gustav Vasicek aufstand, um sich zu verabschieden, war deutlich, daß er es tat, weil er einen Blick auf die Uhr geworfen und festgestellt hatte, daß er die übliche Zeit für einen Nachmittagsbesuch überzogen hatte. Sefa wunderte sich, daß Karla ihn nicht zurückhielt, war aber zufrieden mit der Entscheidung der Schwester. So ein Nachmittag läßt sich nicht aufspießen wie ein Schmetterling, dachte sie. Das heißt, möglich ist es schon, aber dann ist er tot und die Flügel verlieren ihren Glanz. Als Gustav Vasicek ihre Hand küßte, berührte er sie zum ersten Mal ganz flüchtig mit den Lippen. Sie blieb an der Eingangstür stehen. Wo waren all diese Nervenenden so lange Jahre versteckt gewesen? In welche Nischen hatten sie sich zurückgezogen, und wieso zuckten sie jetzt?

Frau Kandic brachte ein Stück Schafkäse mit, vom Hof ihres Bruders in den Bergen. Sie beträufelte es mit Olivenöl, streute Oregano darüber – wild, auch aus den Bergen, wie sie stolz erklärte. Sie musterte Sefa, schüttelte den Kopf. »Zehn Jahre jünger als vor einer Woche. Wenn so weitergeht, wird Frau ein

Baby.« Sefa lachte verlegen. Sie fühlte sich keineswegs jünger, eher zerschlagen nach einer Nacht, in der sie keinen Platz im Bett gefunden hatte. Die Gleichförmigkeit vergangener Tage schien ihr plötzlich erstrebenswert. Als das Telefon läutete und es nur eine Frau war, die eine Umfrage über Einkaufsgewohnheiten machte, war sie fast erleichtert und gab erschöpfend Auskunft. Karla entwickelte eine ungewohnte Geschäftigkeit, saß am Küchentisch, putzte hingebungsvoll die Gläser und Dosen mit den diversen Grundnahrungsmitteln, während Frau Kandic die Hängeschränke schrubbte. Frau Kandic erzählte von einem Landsmann, der ihrer Schwiegermutter den Hof machte, aber die habe gesagt, sie hätte ihrem Alten die Nägel geschnitten und die Unterhosen gewaschen, jetzt noch einmal einen Alten nehmen, für den sie das tun müsse, nein, also wirklich, sie sei doch nicht blöd. Und ein Junger, der sie nähme, der wäre erst recht blöd, und einen blöden Mann könne sie nicht brauchen. Da bliebe sie lieber allein. Frau Kandic rieb mit Hingabe an einem Kaffeefleck.

Die Briefträgerin kassierte Nachporto für eine Karte aus Lissabon, auf die Rainer herzliche Grüße geschrieben hatte. Herzlich und teuer, stellte Sefa fest. Sie beschloß auf den Markt zu fahren, die Unruhe in der Wohnung machte sie zappelig, sooft sie Karlas wissende Blicke auf sich gerichtet fühlte, hatte sie das Bedürfnis, sich ausgiebig zu kratzen. Ausnahmsweise machte Karla eine schlichte Liste der Gewürze und Kräuter, die ausgegangen oder ausgeraucht waren, diesmal keine Anagramme.

Der Naschmarkt weckte wieder einmal diese unbestimmte Unrast, das Gefühl, wenn sie schon einen Happen Anderssein zu kosten bekam, wollte sie bitteschön gleich eine richtige Portion davon. Tomaten, grüne und gelbe Paprika, Radieschen, Gurken, Karotten mit zartem Blätterschmuck, Artischocken, Karfiolrosen, streng verschlossener Eissalat neben dem Rüschengewirr des Friséesalats, diese pralle barocke Fülle war als Ganzes zu genießen, und die Verkäufer, viele von ihnen mit prachtvollen schwarzen Schnurrbärten, standen da wie Künstler vor ihrem gelungenen Werk. Ein einziges Mal war sie mit Friedrich in Istanbul gewesen, hatte auf dem Markt einen Korb gekauft und ihn mit Gemüse und Obst gefüllt. Als sie in Wien ankamen, war das meiste verdorben. Wo war eigentlich der Korb? Sehr schön geflochten war er gewesen, aber schwer zu tragen. Sie hatte ihn mit Geranien und Fächerblumen gefüllt auf die Terrasse gestellt, fiel ihr ein, unterm Dachvorsprung, damit das Weidengeflecht nicht in der Nässe verrottete. Inzwischen war er bestimmt auf der Müllhalde gelandet. Ein junger Mann mit wilden Rastalocken schleppte eine ganze Kiste Gemüse, der gab wohl heute abend ein Fest oder er hatte eine ungeheuer große Familie. Eine weißhaarige Dame bestand darauf, jeden Paradeiser einzeln zu betasten, bevor er auf die Waage gelegt werden durfte. Ein großer breitschultriger Schwarzer schob sich mit wiegendem Gang durch die Menge. Sefa erwischte sich dabei, wie sie auf seinen muskulösen Hintern in den engen Jeans starrte, plötzlich wurde ihr bewußt, daß sie seit einiger Zeit allen Vorübergehenden auf den Hintern schaute. Früher hatte sie nie bemerkt, wie verschieden Gesäßbacken sein konnten. Manche hatten direkt ein Eigenleben. Ich bin ja schon wie Karla, die sagte doch neulich etwas dergleichen ... Sie schüttelte den Kopf. War das greisenhafte Lüsternheit? Die kam doch nur über Männer, nicht über anständige Frauen. Nein, wehrte sie sich, ich schaue nicht lüstern, ich schaue interessiert. Genau so wie ich eine Statue betrachte. Ein Korb traf sie am Oberschenkel, sie verlor fast das Gleichgewicht. Die Frau mit dem Korb wandte sich um, entschuldigte sich wortreich in einem seltsam singenden Deutsch. Sefa hätte gern gefragt, wo sie herkam, fand aber die Frage zu zudringlich. Langsam mußte sie wirklich die Kräuter besorgen, sonst würde sie zu müde sein und einfach umkehren. Was würde Karla sagen, wenn sie nach Stunden mit leerer Tasche zurückkam?

Der Kräutermann hatte frischen Koriander, Bohnenkraut, Zitronenmelisse, Borretsch, Minze, einfach alles. Sefa widerstand der Versuchung, große Büschel frischer Kräuter zu kaufen, die würden doch nur welk und unansehnlich. Aber die eingelegten getrockneten Tomaten, die gefüllten Weinblätter, die dunkelvioletten Oliven, die riesigen Kapern mußte sie haben. Gruß aus der Levante, würde sie sagen, wenn sie die Schätze auf der Platte anrichtete. Frau Kandics Schafkäse konnten sie dazu essen. Wie hießen diese türkischen Brotringe? Das Wort lag ihr auf der Zunge, wollte nicht hervorkommen. Warum war es ihr so peinlich, das Wort nicht zu finden? Zur Strafe versagte sie sich das Baclavaröllchen, auf das sie so große Lust hatte. Eine schwangere junge Frau trat neben Sefa. Unter dem dünnen Hemd zeichnete sich der hervortretende Nabel ab. Die Frau bückte sich, öffnete den Einkaufswagen, den sie hinter sich hergezogen hatte. Ihr praller Bauch geriet ins Schlingern, eine Erhebung wurde unter dem Hemd sichtbar, verschwand wieder. Die Frau griff mit beiden Händen auf ihren Bauch, streichelte ihn kurz. Sefa spürte, wie ihre Augen naß wurden, gleichzeitig packte sie eine furchtbare Eifersucht. Als sie schwanger war, hatte sie sich geschämt, mit dem dicken Bauch unter Menschen zu gehen, hatte sich unter unförmigen Hängern versteckt. Die Verkäuferin schenkte der Frau ein kleines honiggetränktes Kuchenstück, das sie sofort in den Mund schob. Genüßlich schleckte sie ihre Finger ab, dann die Lippen, lächelte Sefa zu.

Auf dem Weg zur Tramway sah Sefa einen Mann, der in einem der Müllcontainer nach Eßbarem suchte. Sie konnte nicht unterscheiden, ob der furchtbare Geruch von ihm oder aus dem Container kam. So schnell sie konnte, ging sie weiter.
»Du siehst ja erschöpft aus, als kämst du von einer Weltreise zurück«, sagte Karla.
»Komm ich auch.« Sefa verstaute ihre Einkäufe, als sie den Arm hob, fiel ihr ein unangenehmer Schweißgeruch auf.
»Frau Kandic hat gerade das Badezimmer geputzt«, sagte Karla.
»Heißt das, es darf nicht mehr benützt werden?« fragte Sefa.
Karla seufzte und hob die Augen zum Himmel. Manchmal frage sie sich, wie man so empfindlich sein könne, es sei anstrengend, jedes Wort auf die Goldwaage legen zu müssen. Dann fügte sie auch noch hinzu: »Ich verstehe ja, daß du müde bist. Ruh dich erst einmal aus.«
Unter der Dusche fiel der Ärger von Sefa ab, lief mit dem warmen Wasser in den Abfluß, Seifenschaum warf schillernde Bläschen, füllte das Badezimmer mit grünem Apfelduft. Sefa brauste Beine, Arme, Brust und Bauch ab, das kalte Wasser ließ sie nach Luft schnappen. Sie betrachtete die Gänsehaut an ihren Armen, die hochstehenden Härchen. Im Bademantel ging sie bloßfüßig in ihr Zimmer, putzen konnte sie später auch. Die Körperlotion war angenehm auf der Haut. Plötzlich fiel ihr Blick in den großen Spiegel am Kleiderschrank. Es kam ihr vor, als hätte sie sich nie so nackt im Spiegel gesehen. Nackt schon, wenn sie beim Anziehen zufällig den Kopf nach links drehte. Aber nie so bewußt wie jetzt. Wie groß ihre Brustwarzen waren, schlaff und formlos. Sie hob ihre Brüste mit beiden Händen an, berührte dabei die Warzen, die sich zusammenzogen und leicht aufstellten. Von den Schlüsselbeinen liefen Fal-

ten zum Brustbein, trafen sich dort in einer Reihe von Vs, eines über dem anderen. Keine Siegeszeichen, dachte sie. Die Brüste selbst waren überraschend glatt, fast bläulich weiß. Hatten ja auch nie die Sonne gesehen. Zu ihrer Zeit wäre es undenkbar gewesen, mit bloßem Oberkörper baden zu gehen. Zu ihrer Zeit. Was für eine dumme Phrase. Wann war ihre Zeit gewesen? Als sie noch die schmale Taille hatte, auf die sie so stolz gewesen war? Jetzt hing das Fleisch locker an den Rippen. Fleisch? Fett. Sie kniff hart in die Wülste, eine rote Strieme blieb zurück. Sie streckte die Arme zur Seite. An den Oberarmen zitterte loses Fleisch. Auch ihre Oberschenkel schwabbelten, besonders an der Innenseite. Seit wann sprossen dort so viele Haare? Die Schamhaare waren schütter geworden, braun und grau gemischt. Sie meinte Schritte im Vorzimmer zu hören, riß den Bademantel vom Bett, verhedderte sich im Ärmel. Besser, sich gleich richtig anzuziehen. Zornig stopfte sie ihre Brüste in den BH. Als Karla rief, der Kaffee sei fertig, war sie erleichtert.

Sie tranken zu dritt Kaffee, Frau Kandic entschuldigte sich, daß sie nächste Woche nicht kommen könne, sie müsse zur Hochzeit ihres Neffen nach Hause fahren, endlich einmal ein guter Grund, in den letzten Jahren sei sie immer nur zu Beerdigungen im Dorf gewesen, aber dieses junge Paar wolle nicht weggehen, sondern den Hof des Bruders übernehmen, und für den nächsten Erben sei auch schon gesorgt. Frau Kandic berief sich auf ihre Mutter, die absolut sicher war, daß es ein Bub werden würde. Erstens habe die Verlobte des Neffen einen Spitzbauch, und zweitens werde sie von Tag zu Tag schöner. Es wisse doch jeder, daß Mädchen der Mutter die Schönheit wegnähmen, während der Schwangerschaft jedenfalls. Natürlich werde das ganze Dorf mitfeiern, das sei selbstverständlich. Ihr Sohn, der in Obererlenbach arbeite, werde auch kommen, und sie hoffe doch sehr, daß er seine Freundin mitbringen und sich an seinem Cousin ein Beispiel nehmen werde. Sie stand auf. Zeit zu gehen, sie sei mit ihrem Mann in der Stadt verabredet, sie müßten Geschenke einkaufen. Sefa wollte Frau Kandic gern etwas für das junge Paar geben, während sie noch darüber nachdachte, wie sie das tun könnte, ohne den Eindruck zu erwecken, sie gäbe Trinkgeld oder verteile milde Gaben, verschwand Karla in ihrem Zimmer und steckte dann Frau Kandic ein Kuvert zu. »Mit herzlichen Glückwünschen von meiner Schwester und mir.« Sie wußte ja doch in jeder Situation, was gerade jetzt das Richtige war, und die Blumenbillets, die sie immer vorrätig hatte, paßten zu allen Gelegenheiten.

Als Frau Kandic gegangen war, sagte sie: »Ich bekomme 75 Euro von dir. Das ist doch in deinem Sinne?«

Ausnahmsweise war Sefa diesmal durchaus einverstanden. Sie rechnete kurz um, Euro waren immer noch eine sehr theoretische Größe für sie. Ungefähr tausend Schilling von jeder, ziemlich großzügig angesichts ihrer Pension, aber weniger wäre ihr schäbig erschienen.

Zwei Tage lang hörten sie nichts von Gustav Vasicek. Sefa war gleichzeitig enttäuscht und erleichtert. Sie arbeiteten weiter an den Alben. Plötzlich warf Karla die restlichen Fotos auf den Tisch. »Ich fahre zu Dagmar.«

Ich? Sonst sagte sie immer »wir«, besonders dann, wenn es um etwas ging, mit dem sie Schwierigkeiten hatte. »Du meinst, wir fahren?«

»Wenn du mitkommen willst, freue ich mich.«

In diesem Augenblick wurde Sefa klar, wie oft der Gedanke an Dagmar ganz knapp unter der Oberfläche ihres Bewußtseins gelegen war. Seltsam. Kaum zwanzig Minuten später saßen sie in der Straßenbahn. Sefa stellte fest, daß sie froh war um die lange Fahrt, obwohl die Beklemmung von Station zu Station wuchs. Karla ging es offenbar nicht besser, sie stützte sich im Sitzen so schwer auf ihren Schirm, daß er sich durchbog. Auf dem Weg über den langen Gang mußten sie mehrmals stehenbleiben, um wieder zu Atem zu kommen.

Die Tür zum Zimmer am Ende des Ganges stand offen. Dagmar lag gekrümmt wie ein Fötus. Karla trat zu ihr, begrüßte sie. Dagmar lächelte nach innen. Dort, wo sie war, gab es keine Besuche. Karla und Sefa setzten sich links und rechts von ihrem Bett auf die quietschenden Plastikstühle, hielten ihre Hände. Einmal war Sefa sicher, einen leichten Druck gespürt zu haben. Die Frau im Nebenbett hatte Schläuche in den Nasenlöchern, das Zischen des Sauerstoffs war nach einiger Zeit wie das Ticken einer Uhr. Eine Schwester kam, fühlte Dagmars Puls. »Sie hat keine Schmerzen«, versicherte sie. »Im Aufenthaltsraum gibt es Tee, Sie sind bestimmt durstig bei der Hitze.« Sobald sie vor der Tür standen, sagte die Schwester: »Sprechen Sie mit ihr, auch wenn sie nicht mehr reagiert. Ich sehe immer wieder, daß es ihnen leichter fällt, wenn jemand mit ihnen spricht.«

»Wir kennen sie kaum«, sagte Sefa. »Sie war zwar in meiner Klasse, aber wir hatten nie viel miteinander zu tun, und seither hatten wir uns ganz aus den Augen verloren. Wir sind sozusagen in Vertretung der einzigen, die mit ihr Kontakt hatte, und die sitzt im Rollstuhl und kommt nicht mehr aus dem Haus.«

»Ja«, sagte die Schwester, »aber wissen Sie, die Welt wäre noch kälter, wenn es keine Menschen gäbe, die nicht fragen, wie komm ich dazu.« Die rote Lampe über einer Zimmertür leuchtete auf, die Schwester ging.

Sefa blickte ihr nach. »Wenn ich krank wäre, würde ich mir sie als Pflegerin wünschen.«

Karla nickte. »Und jetzt trinken wir Tee.«

Im Aufenthaltsraum umringte eine türkische Familie eine alte Frau im Rollwagen. Eine Frau kämmte ihr links die Haare, eine rechts, zwei Kinder hielten ihre Hände, zwei Frauen massierten ihre geschwollenen Knöchel, ein junger Mann reichte ihr eine Schnabeltasse. Drei Männer unterschiedlichen Alters standen etwas verloren daneben.

Karla und Sefa traten auf den Balkon. »*Abends wenn ich schlafen geh*«, sagte Sefa, und Karla fiel ein: »*Vierzehn Englein um mich steh'n. Zwei zu meiner Rechten ...*«

»Auch wenn sie keine Englein sind, es muß doch schön sein, so sehr Familie zu haben, so mittendrin zu sein.«

Karla wiegte den Kopf hin und her. »Nie allein zu sein, das ist bestimmt auch schrecklich.« Hinter ihnen wurde einer der Männer immer lauter, hieb mit einer Hand auf den Tisch, nun begann auch eine Frau zu schreien, ganz plötzlich wurde es wieder still.

Sie gingen zurück zu Dagmar. Jede wartete, daß die andere zu sprechen begann. Was konnten sie ihr sagen?

Karla räusperte sich. »Weißt du, Dagmar, es tut mir richtig leid, daß wir nicht früher gekommen sind. Wir hatten ein bißchen Angst vor dir, weil du so einschüchternd gescheit warst. Mir fällt gar nichts ein, was dich interessieren könnte. Ich weiß auch gar nicht, ob du fromm bist, ob du vielleicht möchtest, daß wir mit dir beten?«

Sefa erinnerte sich plötzlich an ein Bett, sie konnte nur die dick aufgeplusterte Tuchent sehen, wußte nicht, wer darunter lag, neben ihr stand Papa riesengroß und hielt ihre Hand. Die Stube war voll mit Menschen, die Rosenkranz beteten. *Heilige Maria Mutter Gottes, bitte für uns arme Sünder, jetzt und in der Stunde unseres Absterbens.* Eine Fliege sirrte an die Fensterscheibe, bis eine Frau aufstand, eine Klesche packte und sie erschlug. Die Fliege blieb am Glas kleben, aus dem zerquetschten Hinterleib quoll Blut. Größer und größer wurde das Bild der Fliege, füllte ihr ganzes Gesichtsfeld. Sefa schüttelte den Kopf, sah sich jetzt von außen wie in einem Film, ein kleines schluchzendes Mädchen und Papa, der ihre Hand nahm und mit ihr vors Haus ging, wo eine kleine rote Katze in der Sonne döste.

»Findest du nicht auch, daß dieser Sommer besonders heiß ist?« fragte Karla. »Im Fernsehen haben sie Bilder gezeigt von der Sonne, da gibt es viel mehr Aktivität als sonst, man hat gesehen, wie überall rote Blitze aufleuchteten. Und der Sonnenwind hat auch zugenommen.« Karla hüstelte, blickte Sefa an. »Jetzt bist du dran.«

In ihrer Hilflosigkeit begann Sefa, den ›Osterspaziergang‹ aufzusagen. Wo sie nicht weiterwußte, übernahm Karla. Sie lächelten einander zu, überrascht, wieviel hängengeblieben war. »*Non scholam sed vitam discimus*«, flüsterte Karla. »Oder war's *scholae* und *vitae*? Auf jeden Fall war es doch nützlich, Gedichte auswendig zu lernen.«

Dagmar lag still da, irgendwann hatten sich ihre Hände geöffnet, die verkrampft gewesen waren. Karla summte etwas Undefinierbares, dann sang sie leise ›Wohin soll ich mich wenden?‹ Sefa stimmte ein. »Wir klingen schon wie die alten Weiber in der Kirche, über die wir uns lustig gemacht haben«, stellte sie fest, als sie beim Schlußgesang angekommen waren. »So richtig schön verschleppt.«

»Wir sind alte Weiber«, sagte Karla. »Na und?«

Die freundliche Schwester kam herein, schüttelte Dagmars Kissen auf, veränderte ihre Lage ein wenig. »Sie sollen sich doch nicht wundliegen«, sagte sie. Sie wischte Dagmars Mund

und Schläfen mit einem feuchten Tuch ab, dann ihre Hände, wünschte ihr eine gute Nacht. Auch Sefa und Karla wünschten ihr eine gute Nacht, berührten ihre Wangen mit den Fingerspitzen.

Auf dem Weg zur Straßenbahn kamen sie an einem Gastgarten vorbei, blieben gleichzeitig stehen. Der Abend war warm, und sie hatten Durst. Schweigend sahen sie den Mücken zu, die unter der Krone des Nußbaums tanzten. Als der Ober zwei Gespritzte brachte, prosteten sie einander zu.

»Ich war so dankbar, daß du angefangen hast«, sagte Sefa. »Merkwürdig – zuerst wollte die Zeit überhaupt nicht vergehen, und dann gab's plötzlich keine Zeit mehr.«

Karla griff über den Tisch und drückte ihre Hand. »Also weißt du, ich habe gleich gespürt, wie du mir applaudiert hast, und da konnte ich weiterreden.« Sie kicherte. »Vielleicht hätte ich doch Schauspielerin werden sollen.«

»Du hättest eine große Karriere gemacht«, sagte Sefa überzeugt.

»Und jetzt wäre ich trotzdem alt und hätte wehe Beine.«

Sie lachten wie über einen besonders guten Witz. Vom Nebentisch blickte ein Pärchen herüber. Karla hob ihr Glas und prostete den beiden zu. »Ich glaub fast, ich bin ein bisserl beschwipst, von einem einzigen G'spritzten.«

»Auf nüchternen Magen zählt er doppelt«, sagte Sefa. Sie nahm die Karte zur Hand, stellte fest, daß es Krautfleckerln gab, die sie sich doch redlich verdient hätten. Außerdem müsse man alle Gasthäuser unterstützen, die sich noch die Mühe machten, Kraut und Zwiebeln bruzzeln zu lassen, bis sie genau die richtige goldbraune Farbe hatten. Solange es Krautfleckerln gebe, sei die abendländische Kultur nicht in Gefahr.

»Irgendwie fühl ich mich richtig gut«, sagte Karla, nachdem

sie die letzten drei Fleckerln aufgespießt hatte. »So gute Krautfleckerln hab ich lange nicht gegessen.«

Sefa nickte ihr zu. »Und ein so gutes Gewissen haben wir auch lange nicht gehabt. Ich glaube, wir sind ein Stück Angst losgeworden.«

Am nächsten Tag rief Leonore an. »Dagmar ist heute nacht gestorben«, berichtete sie. »Die Schwester sagte mir, sie sei sehr friedlich eingeschlafen. Ihr seid doch gestern noch bei ihr gewesen?«

Sefa nickte, dann fiel ihr ein, daß Nicken am Telefon nicht genügte. Gegen den Knoten im Hals ankämpfend erzählte sie kurz vom gestrigen Nachmittag, war leicht irritiert, als Leonore sich dafür bedankte. Was hatte sie sich zu bedanken? Mit ihr hatte das nichts zu tun. Leonore redete und redete, es klang seltsam unnatürlich, schließlich endete sie mit der dringenden Einladung, sie bald, womöglich noch im Laufe der Woche zu besuchen, sie sei ja leider immer daheim, wäre aber für einen Anruf dankbar, damit sie etwas zum Kaffee besorgen lassen könne, Karla habe doch die Grillageschiffchen vom Lehmann immer so gern gehabt.

Wir hätten bleiben sollen, dachte Sefa. Dann wäre sie nicht allein gestorben. Sie trat zum Fenster. Am blassen Himmel löste sich ein Kondensstreifen auf, die Alarmanlage eines Autos jaulte, ein Hund fiel ein.

Ob Leonore wußte, womit sich Dagmar beschäftigt, was ihr Leben ausgemacht hatte? Oder hatte sie sich nur *gekümmert,* weil sie wußte, daß es sonst niemanden gab? *Kümmern* reduzierte einen Menschen zu einem Fall, zu einem Anlaß, die eigene Vortrefflichkeit zu beweihräuchern. Sie selbst waren ja auch hingegangen, um sich zu kümmern, weil sie wußten, daß sie sonst keine Ruhe hätten, weniger vor Leonore, mehr vor sich selbst. Doch in diesen zwei, drei Stunden war eine Beziehung entstanden, die sie sich weder erklären konnte noch wollte. Wäre sie mit ihr allein gewesen, hätte sie die dahindämmernde Dagmar in den Arm genommen, ihren Kopf an ihre Brust gedrückt. Sie hätte ihr Dinge erzählt, die sie niemandem je gesagt, vielleicht sogar Dinge, die sie nicht einmal gedacht hatte.

Als Karla ins Zimmer kam und die Nachricht hörte, sagte sie sofort: »Wir müssen zum Begräbnis gehen, selbst wenn es auf dem Zentralfriedhof ist.«

»Es wird kein Begräbnis geben. Dagmar hat ihren Körper der Anatomie vermacht, ihre Wohnung der Putzfrau, die Sparbücher Amnesty International und Ärzten ohne Grenzen. Ganz konsequent, hat Leonore gesagt.«

Karla setzte sich zum Tisch, stützte die Ellbogen auf. »Ich bin froh, daß wir noch dort waren.«

»Ich bin auch froh.«

Beide stellten fest, daß es zwar äußerst schwierig war, Beileidsbriefe zu schreiben, aber seltsamerweise noch weit schwieriger, wenn es niemanden gab, dem man kondolieren mußte. Als bliebe etwas unerledigt. Vielleicht mußte man sich damit anfreunden, daß so vieles unerledigt bleiben würde. Die junge Ärztin hatte doch etwas Ähnliches gesagt.

Am späten Nachmittag hatten sie beide Fotoalben fertig geklebt und beschriftet. Die Beschriftungen beschränkten sich auf sachliche Angaben. Karlas Handschrift war immer noch rund und zielstrebig, stellte Sefa fest, während ihre eigene fahrig und schmalbrüstig geworden war. Sie fand das einigermaßen amüsant, ein richtiges Kontrastprogramm. Während sie die Alben durchblätterte, las Karla die Zeitung, fragte zwischendurch, wozu sie sich das antue, die Nachrichten seien doch immer dieselben, ein Selbstmordattentat hier, ein Vergeltungsschlag dort, Säbelrasseln, Drohungen, gegenseitige Anschuldigungen. Hier die Guten, dort die Bösen, man müßte sie wie Spielkarten zeichnen, aber nicht spiegelbildlich, sondern eine gute, eine böse Hälfte in der Taille zusammengewachsen.

Vielleicht haben wir als Zeitzeugen versagt, dachte Sefa, weil jede Nachricht so oft wiederholt wird, daß man sie nicht mehr wahrnimmt, man ist wie narkotisiert, sagt höchstens: Ach, schon wieder.

Karla lachte auf. »Hör dir das an! *Der oberste Friedhofsbeamte bittet, man möge doch jene rund 150 Menschen, die in Wien Gräber ausheben, nicht ›Totengräber‹ nennen. Schließlich habe sich auch intern längst ein anderer Terminus durchgesetzt: ›Gräbergraber‹. Sorgen hat der Mann.*«

»Also mir gefällt *Totengräber* entschieden besser. Es ist doch eines der christlichen Werke der Barmherzigkeit, die Toten zu begraben. Weißt du sie noch alle?«

»Die Hungrigen speisen, die Durstigen tränken ... Das klingt, als wären sie eine Herde Kühe, die man zur Tränke führt. Ich weiß noch, wie ich in der dritten Klasse bei der Religionsprüfung sagte: ›Die Durstigen kränken‹. Der Kaplan glaubte, ich hätte einen dummen Witz gemacht und ließ mich den Rest der Stunde im Winkel stehen. Was hab ich mich geschämt!«

»War das der, in den die ganze katholische Jungfrauenschaft verliebt war? Der bei einem bunten Abend in dem Kino in der St. Veit-Gasse eine rote Krawatte trug?«

»Genau! Was gab das für ein Getuschel und Getratsche! Lüsterne moralische Empörung bei den einen, während andere sich die Lippen geleckt haben.«

»Erinnerst du dich an den alten Mann im grauen Arbeitsmantel, der in den Pausen mit der riesengroßen Flintspritze Fichtennadelduft im Kinosaal versprühte?«

Beide stellten fest, daß sie sich an keine einzige Nummer des bunten Abends erinnerten, wohl aber sehr genau an die rote Krawatte, wobei sie sich nicht einigen konnten, ob man die Farbe als intensives Tomatenrot oder doch eher als helles Purpur bezeichnen sollte.

»Matte Not – Tor!« Karla war offensichtlich noch nicht zufrieden, holte Papier und Bleistift, murmelte vor sich hin: »Mit *intensiv* müßte es besser gehen«, kritzelte, strich aus, rief: »Ich hab's: Motive: Satter Sinne Not.«

Sefa applaudierte mit drei Fingern, schnippte ein Papierkügelchen über den Tisch, es landete in Karlas Schoß. Karla rollte es auf der Tischplatte hin und her.

»Ist das nicht komisch? Während wir über die Krawatte reden, wird sie immer gegenwärtiger. Kunstseide, glaube ich. Ich könnte sie schon fast anfassen.«

»Das läßt du besser bleiben! Stell dir den Skandal vor!«

Karla leckte ihren Zeigefinger ab, rollte das Kügelchen fester. »Im Ernst, jetzt weiß ich ganz genau, daß wir auf dem Balkon gesessen sind zwischen Mama und Tante Mathilde, die trug ein schwarzes Kleid mit weißem Spitzenkragen. Auf der anderen Seite neben Mama saß die alte Frau Schwarz, ich sehe ihre Löckchen und das samtene Kropfband mit der Gemme. Erinnerst du dich an ihre Vanillekipferln, und wie sie in der Maiandacht gesungen hat? *Maria Maienkönigin, dich will der Lenz begrüßen* …. Sie hat alle Strophen gekonnt, wenn der Organist aufhören wollte, hat sie die nächste angestimmt, und er mußte mitgehen, ob er wollte oder nicht.«

»Als Mama '45 so furchtbar krank war, ich glaube, es war doch Typhus und nicht nur eine böse Darmgrippe, da hat mir Frau Schwarz eine Packung Zwieback zugesteckt, es muß die letzte gewesen sein, die sie noch im Laden hatte.«

»Wenn es einen Himmel gibt«, sagte Karla, »dann ist sie dort und trägt immer noch eine weiße frisch gestärkte Schürze mit adrett gebundener Masche im Rücken.«

Sefa meinte, die Flügel könnten im Weg sein, wenn man die Schürzenbänder über den Schultern kreuzte. Außerdem würde Frau Schwarz Flügel vermutlich als reine Staubfänger ablehnen. Wenn sie welche hätte, würde sie sie ununterbrochen putzen und bürsten.

Karla kicherte. »Dann würde sie aussehen wie in der Mauser. Sag einmal, findest du nicht, daß wir äußerst respektlos sind?«

»Nein. Wäre doch schrecklich, wenn man nur todernst in Erinnerung bleiben müßte.«

Sefas Blick fiel auf den blauen Sessel. Armer Papa. Schon auf dem Foto, wo er mit dem Tschako auf dem Kopf sein Schaukelpferd ritt, sah man die zukünftige Würde des Hofrats und Familienoberhauptes.

»Werden sie über uns Quatschgeschichten erzählen?« fragte Karla.

»Über dich bestimmt. Bei mir bin ich nicht so sicher. Leider.«

Karla stand mühevoll auf, nahm Kristallgläser aus dem Schrank, betrachtete sie kritisch. »Warum sollen wir sie nicht verwenden?« wehrte sie sich gegen einen Vorwurf, der nur in ihrem Kopf existierte. Sefa holte den Rotwein, den sie eigentlich für Rainer gekauft hatte, aber er hatte erklärt, der Arzt habe ihm Rotwein verboten.

»Worauf trinken wir?«

»Auf die Erinnerung!« sagte Sefa. »Heute früh hat eine Frau im Radio gesagt, es ist das Wesen des Judentums, die Erinnerung zu pflegen. Gibt es überhaupt eine Kultur ohne Erinnerung?«

»Auch keine Religion«, ergänzte Karla.

Sie tranken schweigend, genossen den Wein. Sefa stellte Nüsse auf den Tisch, zündete eine Kerze an, das brauchte sie jetzt einfach, und falls Karla eine spöttische Bemerkung über Sefas romantische Bedürfnisse machen wollte, dann sollte sie nur. Karla aber schaute in die Flamme, die im Windzug vom Fenster her flackerte. Das Spiel von Licht und Schatten machte ihr Gesicht noch lebendiger.

»Worüber man gesprochen hat, das bleibt«, sagte sie nach einer Weile. »Vielleicht schreiben Menschen deshalb Tagebuch, dann haben sie's auch in Worten und es kann nicht so leicht verlorengehen.«

Sefa meinte, was man zu oft erzählt habe, ginge doch auch verloren, sei nur mehr Anekdote, plattgepreßt wie Blumen im Herbarium. Auf eine andere Art verloren als das, was man vergessen habe, aber ohne Saft, ohne Duft, ohne Leben. Wörter könnten Erinnerung auslösen, wie eben vorhin, aber es bestehe doch auch die Gefahr, daß sie die Erinnerung zudeckten.

»Das passiert doch eher dann, wenn man die Erinnerung hübsch auf eine Pointe hin zurechtfrisiert hat bei jeder neuen Erzählung? Wenn die Wörter wichtiger werden als das, was sie bedeuten? Ich denke, es müßte doch auch möglich sein, daß so eine eingetrocknete Erinnerung wieder aufgeht, wenn sie ins richtige Wasser kommt. Wie die Wunderblumen, die wir als Kinder hatten?«

»Jetzt verstehe ich, warum du diese Anagramme machst! Du schaust, was in den Wörtern stecken könnte? Zerlegst sie bis in ihre kleinsten Teile und setzt sie neu zusammen?«

»Wenn du das so sagst, klingt es äußerst ernsthaft. Für mich ist es mehr ein Spiel, ein Spiel mit Möglichkeiten.«

Sefa nickte, fand, daß sie im Grunde das gleiche sagten, wenn auch nicht dasselbe. Sie war plötzlich angenehm müde,

sie konnte sich nicht erinnern, ob sie je Müdigkeit so sehr als etwas Kostbares empfunden hatte.
»Das war ein richtig schöner Abend«, sagte Karla.
Sie umarmten einander.

Mitten in der Nacht wachte Karla auf, stellte verwundert fest, daß sie diesmal nicht verärgert war über den gestörten Schlaf, sondern hellwach. Sie hatte auch kein Bedürfnis, Licht zu machen, zu lesen, Wasser zu trinken, nicht einmal aufs Klo zu gehen, lag einfach da und schaute wohlwollend dem Chaos in ihrem Kopf zu, betrachtete die Bilder, die aufstiegen und verschwanden, horchte Wörtern und Halbsätzen nach, bemühte sich nicht, sie zu ordnen, sie in einen Zusammenhang zu bringen. An irgendeinem Punkt wunderte sie sich, daß sie ganz deutlich ihre Zähne spürte, ihre Zunge tastete nach Ansätzen von Zahnstein an der Innenseite, obwohl sie doch wußte, daß die Prothese im Wasserglas auf dem Nachtkästchen stand, seit vielen Jahren schon. Als Julius starb, hatte sie noch ihre eigenen Zähne gehabt. Sie kicherte. Wie war das, wenn man einen Menschen küßte, der keinen Zahn mehr im Mund hatte? Julius hatte so weiche Lippen, ein aufregender Kontrast zu den kratzenden Bartstoppeln, an denen sie so gern ihr Kinn gerieben hatte. *Die Toten bleiben jung*, das war doch ein Buch von Anna Seghers? Die Feststellung jedenfalls stimmte. Heute wäre ich zu alt für dich, Julius, viel zu alt. Heute bin ich älter als Mama. Fast könnte sie meine Tochter sein. Da hätte ich allerdings früh anfangen müssen. Angeblich fingen die Mädchen heute mit vierzehn oder fünfzehn an. War das ein Fortschritt? Ein Fortschritt war, daß sie Wörter hatten, daß sie darüber sprechen konnten. Wir hatten keine Wörter. Da unten, das war alles. Da unten und pfui. Aber auch Geheimnis, und Geheimnisse waren doch etwas Besonderes? Die Jungen glaubten wohl, wir hätten überhaupt keine Ahnung gehabt. Witzig. Wir dachten, die Erwachsenen hätten etwas, von dem wir nichts wußten, heute glauben sie, sie haben etwas, von dem wir nichts wissen. Sie versuchte, zurückzufinden in den Zustand beim Aufwachen, doch der ließ sich nicht willentlich herstellen. Schade, dachte sie. Da war ich nahe dran. Dran woran? Dran, Punkt. Sie breitete die Arme aus, ließ die Hände an beiden Seiten des Bettes herunterhängen, bis sie einen Zug an der Innenseite der Ellbogen spürte. Das war auch eine der Stellen, die Julius gern geküßt hatte, bis sie strampelte und ihn anflehte, aufzuhören. Sie rollte sich zu einem festen Ball zusammen, umklammerte ihre Knie und befahl sich, einzuschlafen. Seltsamerweise gelang es ihr.

Alles, was man nie habe aussprechen können, sagte Sefa beim Frühstück, sei in Gefahr zu versickern, sich in irgendwelchen Tiefen mit gefährlichen Substanzen anzureichern, sei der Erinnerung nicht zugänglich, könne einen Menschen aber von innen her vergiften. »Ich glaube«, schloß sie, »so geht es uns mit der Zeit, die unsere hätte sein sollen. Wir haben sie nicht zu unserer gemacht, vielleicht nicht zu unserer machen können.«

Karla meinte, sie habe da etliche Schritte ausgelassen, doch darauf komme es wohl nicht an.

»Ich weiß schon, das ist kein neuer Gedanke, im Grunde hat das doch Freud gesagt, oder? Nicht, daß ich ihn gelesen hätte, nur ein paar Ausschnitte, irgendwie hatte ich das Gefühl, ich müßte mich vor ihm in acht nehmen, schon wenn ich nur ein Foto von ihm anschaute. Aber egal, wer etwas vor uns gesagt hat, wenn wir selbst draufkommen, ist es doch unser eigener Gedanke, oder?«

»Natürlich!« stimmte Karla zu. »Ich glaube überhaupt, jede Generation muß das Rad neu erfinden. Die wichtigen Dinge lassen sich nicht weitergeben, höchstens vielleicht das Werkzeug dazu, sie selbst zu machen.« Sie streckte die Hand aus. »Noch Kaffee? Sag einmal, Schwester meine, hast du jetzt die Absicht, nur noch über die großen Fragen zu reden, oder können wir auch überlegen, wann wir den Besuch bei Leonore hinter uns bringen?«

Sefa meinte, sie müßten ein bißchen saubermachen, Frau Kandic komme ja diese Woche nicht. Karla sah sich um, stellte fest, daß sie keine Zeichen von Verwahrlosung entdecken könne, da klingelte das Telefon. Heute klang Cornelias Stimme nicht nah wie beim letzten Mal, sondern weit weg und verhallt, und als Karla antwortete, hörte sie sich selbst mit leichter Verzögerung, ein Echo, das verwirrend, sogar unangenehm war. Es engte sie ein, machte das Sprechen schwer, weil jedes Wort ein Gewicht bekam, das ihm nicht zustand.

»Ist dir nicht gut?« fragte Cornelia.

»Nein, die Verbindung ist schlecht.« Sie konnte doch nicht umständlich erklären, was sie störte, das würde viel zu teuer und Cornelia würde es ohnehin nicht verstehen.

»Was hast du gesagt?« Karla ärgerte sich, weil sie eben geschrien hatte, genau wie Mama, wenn es um ein Ferngespräch ging. Ich bin ja doch von vor-vorgestern, dachte sie.

»Wenn es dir zuviel wird, mußt du es nur sagen, Mami.«

»Es wird mir nicht zuviel, die Leitung ist elend!« rief Karla. »Ich freu mich doch, wenn sie kommt!« Cornelia war wieder einmal überempfindlich, jederzeit bereit, die schlechtest mögliche Interpretation einer Situation für die einzig mögliche zu halten. »Ich freu mich sogar sehr!« wiederholte sie und hoffte, daß Cornelia die leichte Gereiztheit in ihrer Stimme nicht hörte. Es machte sie so ungeduldig, daß die Tochter noch immer Beweise forderte, noch immer nicht glauben konnte, daß sie geliebt wurde. Vielleicht nicht so geliebt, wie sie geliebt werden wollte, aber sie mußte sich eben mit dem begnügen, was Karla zu geben hatte. Unersättlich nach Bestätigung war sie und meinte wahrscheinlich, Karla sei schuld, wenn sie nicht satt würde, schließlich waren Mütter doch angeblich an allem schuld.

»Was hast du gesagt?«

Jetzt meinte Cornelia doch allen Ernstes, Karla sollte zum HNO-Arzt gehen, vielleicht brauche sie ein Hörgerät, das sei schließlich keine Schande in ihrem Alter.

»Die Leitung ist eine Schande!« schrie Karla. »Mein Gehör ist völlig in Ordnung. Sag du Teresa, daß ich mich auf sie freue, und schreibt, wann sie ankommt.«

Cornelia brüllte, daß es Karla in den Ohren weh tat. »Ist gut, Mami! Paß auf dich auf! Ich umarme dich und Tante Sefa.«

Karla stellte fest, daß man von einem solchen Telefonat tatsächlich taub werden könnte. Wenn eine alte Frau über ein technisches Gebrechen klagte, meinten alle sofort, es liege an ihr, sie könne eben nicht mehr richtig hören, sehen, denken. Die reine Niedertracht. Sefa kam ins Zimmer.

»Teresa kommt«, berichtete Karla.

»Und darum schaust du so böse?«

»Fang du nicht auch an!«

»Ist ja gut, ist ja gut«, murmelnd nahm Sefa ein Buch und ging hinaus.

Die wurde auch immer empfindlicher. Angerührt, hatte Mama gesagt. Lag wohl an ihrem Alter. Minuten später kicherte Karla. In ihrem Alter, in meinem Alter, in unserem Alter. Sie nahm Papier und Bleistift. Als sie fertig war, stützte sie sich auf, kam überraschend leicht auf die Beine.

Sefa schob weiße Wäsche in die Maschine. An ihren gebeugten Rücken gewendet, las Karla mit zitterndem Pathos: »Insel-Träumern, Traum Sinn Leere, Tränleins Mure – munter sein real.«
»Weißt du, daß du spinnst?« fragte Sefa freundlich.
»Aber sicher doch!« antwortete Karla.
»Dann ist's ja gut. Willst du jetzt Leonore Bescheid sagen?«
»Und was ist, wenn er anruft?«
»Dann ruft er eben an«, sagte Sefa.
Kopfschüttelnd ging Karla telefonieren. Sefa kam nach, ließ sich auf den Diwan fallen, die Beine weit von sich gestreckt. »Sooft ich die Wäsche sortiere, muß ich an die Waschtage von früher denken. Und wenn Leute von der guten alten Zeit reden.«
»Den riesigen Kupferkessel hab ich einmal gesucht, weil ich ihn für die Terrasse haben wollte, aber er war nicht mehr da.«
Schon am Vortag war Mama nervös gewesen, sie und Theres hatten die Betten abgezogen, die Matratzen geklopft, die Wäsche eingeweicht. Am nächsten Tag kam die Wäscherin, die die rosigste Haut hatte, die die Mädchen je gesehen hatten, und die stärksten Oberarme. Frau Mizzi hieß sie. Finni! Aber nein. Aber doch.
Ich höre noch, wie Mama sagte, wenn ich brav bin, darf ich Frau Mizzi die Würstel zum Gabelfrühstück bringen. Finni. Du wirst doch wenigstens zugeben, daß sie den gemauerten Ofen immer selbst heizte, sie duldete nicht, daß Theres vor ihrer Ankunft Feuer machte. Innerhalb kürzester Zeit war die Waschküche voll Dampf, wenn man die Tür öffnete, brodelten Schwaden hin und her, und irgendwo in den Wolken sah man das Gesicht der Frau Mizzi. Finni! Der riesige Kochlöffel war bestimmt einen Meter lang. Achtzig Zentimeter. Gut, wenn du darauf bestehst, von mir aus achtzig Zentimeter.

Wenn sie damit im Kessel rührte, gab es manchmal ein blubberndes, schmatzendes Geräusch. Ich hab oft gedacht, jetzt werde ich hineingezogen und gesotten. Trotzdem haben wir darum gestritten, ihr helfen zu dürfen. Wie stolz wir waren, wenn wir auf dem Hocker Taschentücher schrubben durften oder sogar die Überzüge von Kaprizpolstern. Mitten in der Hexenküche. Aber sie war eine weiße Hexe mit rosigen Bakken, unheimlich nur, weil sie so stark war. Ganz allein hat sie den Korb mit der nassen Wäsche auf den Dachboden geschleppt. Am Waschtag gab es immer Fleisch zu Mittag, Frau Finni – siehst du, jetzt gibst du selbst zu, daß sie Finni hieß – sagte jedesmal, sie hätte keine Zeit hinaufzugehen, dann holte Mama sie, setzte sich zu ihr an den Küchentisch und trank mit ihr Kaffee. Ich hab ihr so gern beim Essen zugesehen, sie durfte alles tun, wofür wir ausgeschimpft wurden, Ellbogen aufstützen, schmatzen, mit dem Brot spielen, nachsalzen. Sie konnte wunderbar erzählen, fing meist irgendwo in der Mitte an, sprang zurück und wieder vor, aber immer dann, wenn es besonders spannend wurde, erinnerte sich Mama, daß wir unter dem Tisch hockten, und schickte uns hinaus. Wußtest du, daß sie im Krieg in einen Rüstungsbetrieb zwangsverpflichtet wurde? Mama war empört, ich glaube nicht nur, weil sie eine tüchtige Wäscherin verlor. Dann kam auch noch der Prozeß. Davon weiß ich nichts. Doch, du hattest gerade angefangen, bei dem Dr. Prantner zu arbeiten. Frau Finni war beobachtet worden, wie sie einer russischen Zwangsarbeiterin ein Stück Brot zusteckte. Ich hab keine Ahnung, wie Mama davon erfuhr, aber sie wollte, daß Papa mit dem Richter redet, der ein Studienkollege von ihm war. Sie konnte absolut nicht verstehen, daß er sich weigerte, er meinte, das wäre viel zu gefährlich, die ganze Familie würde darunter zu leiden haben, auch die Schwiegersöhne, und der Richter würde ohnehin nichts tun, auch nichts tun können. Frau Finni kam ins Gefängnis, und während sie dort war, schwängerte ihr Mann eine Achtzehnjährige. Wieso war er nicht eingerückt? Er war schon zu alt, das war doch 44, noch vor dem Volkssturm. Die Frau Finni hat ihn gezwungen, die Junge zu heiraten, wie, weiß ich nicht, aber sie hat erklärt, er ist zwar ein Schuft, aber er soll das Kind wenigstens ernähren, wenn er es schon in die Welt gesetzt hat. Kurz nach dem Krieg ist die Frau Finni an der Tuberkulose gestorben, die sie sich im Gefängnis geholt hat. Ich frage mich, warum Mama mir nie etwas davon gesagt hat. Es wird sich nie ergeben haben, manchmal glaubte sie, sie hätte mir etwas erzählt, über das sie mit dir gesprochen hatte.

»Du mußt mich nicht trösten«, sagte Karla.

Um drei Uhr klingelten sie bei Leonore. Die Pflegerin öffnete die Tür, eine dunkelhaarige Frau mit den Augen einer Ikone, die perfektes Deutsch mit schwerem slawischem Akzent sprach und sich als Doina vorstellte. Sie freue sich sehr, daß die Damen zu Besuch kämen, die gnädige Frau sei immer so allein, das sei nicht gut.

Auf der josefinischen Kommode stand in einem schmalen Blondellrahmen ein Foto, auf dem Dagmar und Leonore einander an den Händen hielten und lachten, daneben eine weiße grün angehauchte Rose in einem hohen Glas. Leonore begrüßte die Schwestern mit einer Herzlichkeit, die sie nie zuvor gezeigt hatte, bat sie, Platz zu nehmen. Die vier hohen Fenster des Eckzimmers standen offen, nach der Schwüle auf der Freyung war es angenehm kühl. Die Pflegerin brachte Mineralwasser mit Zitrone in Gläsern, deren Ränder in Zucker getaucht waren. Die geschliffenen Scheiben des Bücherschranks warfen einen rot-grünen Streifen auf den hellen Parkettboden.

Leonore saß sehr aufrecht in ihrem Rollstuhl, bot Salzgebäck an, fragte, ob sie gestern abend das herrliche Konzert im Radio auch so genossen hätten, ob es ihnen recht sei, in etwa einer halben Stunde Kaffee zu trinken, bei der Hitze sei zuerst etwas Kaltes vielleicht erfrischender – die perfekte Gastgeberin. Hätten sich nicht immer wieder ihre Nasenflügel geweitet und sie mitten im Satz kurz innegehalten, bevor sie weitersprach, hätte man nicht geahnt, wie schmerzgeplagt sie war.

Plötzlich trat eine Stille ein, und zwar sehr buchstäblich, alle drei Frauen wandten die Köpfe zur Tür, als wäre tatsächlich jemand gekommen, froren in der Stellung ein, bis es Sefa mit einem Ruck gelang, sich abzuwenden.

»Wie drei alte Hennen«, kicherte sie.

»Wie drei alte Hennen!« wiederholten die beiden anderen und begannen zu lachen, bis ihnen Tränen über die Wangen liefen. Leonore schnäuzte sich lautstark, ein merkwürdiger Kontrast zu ihrer Damenhaftigkeit, was Karla wieder zum Lachen reizte.

Die Pflegerin brachte Mokkatäßchen, die versprochenen Grillageschiffchen, *Petit fours*, winzige braune und weiße Zuckerwürfel in einem silbernen Schälchen, Servietten mit Spitzenrand, alles hübsch arrangiert auf einem Lacktablett. Wenn Leonore nichts weiter brauche, würde sie jetzt einkaufen gehen.

Der Kaffee duftete. Nach dem ersten Schluck sagte Leonore: »Ich bin wirklich sehr froh, daß ihr noch bei Dagmar wart, auch wenn ihr nicht hören wollt, daß ich dankbar bin.« Sie wies auf das Foto. »Wir haben es nicht an die große Glocke gehängt, aber Dagmar war der wichtigste Mensch für mich. Ich mag jetzt nicht erklären müssen, was dann passiert ist, aber wir haben einander viele Jahre lang nicht gesehen, und ich war mehr als überrascht, als die Ärztin anrief und mir sagte, meine Nummer sei die einzige in Dagmars Kalender gewesen. Ich habe seit einem Jahr eine neue Telefonnummer, Dagmar muß also ...« Sie knetete ihre Hände. In die lange Pause hinein sagte Karla, Leonore müsse doch nichts erklären. Leonore fuhr sie an. Natürlich sei sie ihnen keine Rechenschaft schuldig, sie sei überhaupt niemandem Rechenschaft schuldig, was gewesen sei, sei gewesen, und Punktum, Karla müsse auch nicht so belemmert dreinschauen. Sie fuhr zum Fenster, die Räder des Rollstuhls quietschten. Mit einer brüsken Bewegung schob sie den Vorhang zur Seite, kam wieder zurück. Das Sprechen fiel ihr schwer, die Wörter kamen abgehackt. Es tue ihr leid, das habe sie nicht gewollt. Sie hätte dieses Kapitel für abgeschlossen gehalten, der Anruf habe sie verstört, sie habe gedacht, Dagmar würde sie nicht sehen wollen, andererseits aber gehofft, nein, gehofft nicht, aber doch für nicht ganz unmöglich gehalten, daß sie sich nach ihr erkundigen könnte, und dann wäre sie selbstverständlich zu ihr gefahren, es gebe ja wohl einen Lift, man könne kaum erwarten, daß nur gesunde Gehfähige ins Krankenhaus kämen, aber ein Überfall sei nun einmal nicht ihre Art, und es sei doch nicht abwegig, eine ehemalige Klassenkollegin zu bitten, so etwas wie Gemeinschaftsgefühl müsse auch nach all den Jahren noch vorhanden sein. Sie steigerte sich immer mehr in eine Art künstlicher Wut, brach plötzlich ab, fuhr sich mit beiden Händen übers Gesicht, stützte die Ellbogen auf die Armstützen, drückte acht Finger an die Stirn, die Daumen auf die Wangen, nickte mehrmals. »Ihr habt ja recht. Ich wollte, ich wäre zu ihr gegangen. Jetzt ist es zu spät. Ich bin sehr froh, daß ihr es getan habt. Verzeiht mir bitte, es ist wirklich nicht meine Art, so die Fasson zu verlieren. Wahrscheinlich senile Demenz.«

Karla schüttelte den Kopf. »Nein. Trauer um das, was hätte sein können.« Sefa nickte ihr zu. Die Schwester schaffte es doch immer wieder, sie zu überraschen.

Auf den Pflastersteinen im Hof klapperten leichte Schritte einen Rhythmus, der in kein Taktschema paßte, jetzt tönte auch Kinderlachen herauf, zweimal sehr vergnügt, ein Kind klang, als würde das Lachen gleich in Weinen umschlagen.

Leonore suchte im rechten Ärmel nach einem Taschentuch, runzelte die Stirn, fand es im linken, putzte sich gleichzeitig mit Karla die Nase. Beide lächelten. Sefa hätte gern etwas gesagt, irgend etwas, das das Schweigen durchbrach, und schaffte nur ein klägliches Räuspern.

Leonore umklammerte beide Armlehnen, richtete sich auf, schob die Schultern zurück. »So oft habe ich an sie gedacht, so oft habe ich den Hörer in der Hand gehabt und nach der zweiten oder dritten Ziffer wieder aufgelegt.«

Vielleicht besteht das Leben aus versäumten Gelegenheiten, dachte Sefa.

Karla fragte, wieso Leonore Dagmars Verfügungen kannte.

»Weil sie mich zum Testamentsvollstrecker ernannt hat.«

»Damit hat sie dir aber doch etwas mitgeteilt«, sagte Karla.

Leonore zuckte mit den Schultern. »Oder es gab einfach niemanden sonst. Wenn ich denke, wie einsam sie gewesen sein muß ...«

Karla stand auf, nahm das Foto von der Kommode. »Ich glaube schon, daß sie dich gemeint hat. Sonst hätte sie doch den Anwalt beauftragen können, der das Testament aufgesetzt hat. Sie wußte, daß sie sich auf dich verlassen kann.«

Wieder zuckte Leonore mit den Schultern, aber die Falten in ihrer Stirn schienen nicht mehr so tief eingegraben. »Sie hat mir ihre Fotoalben hinterlassen. Der Anwalt wird sie nächste Woche bringen.« Ihre Stimme war klanglos und flach, verriet mehr als lautes Schluchzen.

Die Tür ging auf, Doina kam zurück, fragte, ob sie das Abendessen bringen dürfe. Leonore nickte. Sefa war sicher, daß sie keinen Bissen essen könne, aber als sie an dem weiß gedeckten Tisch saßen, auf dem in kleinen Schälchen eingelegtes Gemüse stand, eine große Käseplatte und eine ebenso große Auswahl von Broten, und Leonore dringend bat, sich doch zu bedienen, nahm sie ein wenig. Ihre Großmutter, erzählte Leonore, habe oft gesagt, jeder Kummer auf der Welt werde mit etwas Gutem im Magen ein bißchen friedlicher. »Großvater war Landarzt, wenn Patienten oder verzweifelte Angehörige kamen, während er Hausbesuche machte, ließ sie immer auftragen und nötigte die Wartenden zum Essen. Sie selbst aß mit, sie müsse den Leuten ja Gesellschaft leisten, sagte sie, und wenn ihre Schwestern warnten, sie würde langsam wirklich zu dick, erklärte sie lächelnd: Ja, aber mein Fett ist beseelt.«

Die ersten Bissen wurden im Mund immer mehr, aber plötzlich kam mit dem Essen der Appetit, und es schmeckte ihnen sogar. Doina schenkte Wein ein.

Leonore hob ihr Glas. »Trinken wir auf Dagmar. Diesen Wein hat sie sehr gern gehabt.«

»Kannst du dich erinnern«, begann Sefa, »wie sie bei der Matura den Vorsitzenden zur Verzweiflung trieb, weil er bei ihren Gedankensprüngen einfach nicht mitkam? Gerechnet hat sie fast nur im Kopf, er zwang sie, jeden Schritt aufzuschreiben, und sie tat es, aber mit einem Gesicht, als müsse sie einem Kindergartenkind Differential und Integral erklären. Einmal habe ich einen Blick unserer Mathe-Lehrerin erwischt, die hat sich königlich amüsiert bei der Prüfung.«

Eine Geschichte ergab die andere. Wie auf Verabredung beschränkten sie sich auf die gemeinsame Schulzeit, auf Dagmars sportliche und mathematische Leistungen, auf ihre Kameradschaftlichkeit, ihren verqueren Sinn für Humor. Einige Male lachten sie, auch Doina lachte mit. Kurz vor zehn blickte Sefa auf die Uhr. »Wißt ihr überhaupt, wie spät es ist?«

»Kommt bald wieder«, bat Leonore. »Es ist wie ein Geschenk von Dagmar, daß wir uns wieder gefunden haben. Ihr wißt gar nicht, wieviel mir euer Besuch bedeutet.«

An dem warmen Sommerabend waren noch viele Menschen unterwegs, Pärchen, Familien, Gruppen. Kinder tollten herum. Zwei junge Männer kamen ihnen entgegen, beide mit winzigen Säuglingen in bunten Tragetüchern vor der Brust. Eine ganz neue Generation von Vätern.

»Mir kommt vor, als hätte ich Leonore erst heute kennengelernt«, stellte Karla fest. »Fast siebzig Jahre zu spät.«

»Ist es wirklich zu spät?« fragte Sefa.

Ohne darüber reden zu müssen, spazierten sie langsam durch die Stadt, ruhten sich kurz auf einer Bank am Graben aus. Über den Häusern hing ein Sichelmond. Ein junger Mann sprach sie an, bat um ein paar Euro, er müsse seine Oma anrufen. Karla gab ihm alle Münzen aus ihrer Börse. »Schönen Gruß an Ihre Oma!« sagte sie lachend. »Sie soll auf ihre Leber aufpassen.« Er tippte mit der Hand an den Rand einer imaginären Kappe und ging davon. Beim Aufstehen stellte Karla fest, daß sie seit Jahren nicht mehr so viel gegangen war wie in den letzten Wochen und daß Dr. Staller seine helle Freude haben würde, wenn sie ihm davon erzählte. »Übrigens hast du recht. Es ist nicht zu spät.«

In der Wohnungstür fanden sie einen Zettel von Gustav Vasicek, er entschuldigte sich, sie schon wieder zu belästigen, er habe mehrfach anzurufen versucht und wünsche noch einen schönen Abend. Das Papier sah abgegriffen aus, als wäre es mehrmals auseinandergefaltet und wieder zurückgesteckt worden. Gustav Vasicek verwendete garantiert keine verschmuddelten Blätter.

»Mit Dagmar hätte Teresa reden müssen«, sagte Sefa, während sie ihre Schuhe auszog.

Karla kämpfte mit ihrem linken Schuh, der Fuß war offenbar angeschwollen und steckte fest. Sie keuchte. Sefa zog fest an, Karla kippte hintüber, schaffte es gerade noch, sich an der Wand abzustützen. »Willst du mich umbringen?«

»Schon lange nicht mehr«, sagte Sefa.

So müde sie waren, konnten sie sich nicht dazu aufraffen, ins Bett zu gehen. Sie blieben fast eine Stunde auf dem Bänkchen im Vorzimmer sitzen und konnten sich nicht einigen, ob sie Leonore ganz falsch eingeschätzt hatten, oder ob sich Leonore sehr verändert hatte.

»Irgendwie bin ich froh, daß sie gerade uns angerufen hat«, sagte Karla. »Wenn ich denke, daß wir vor gar nicht langer Zeit nur gewartet haben, bis es später wird. Jetzt werden die Tage zu kurz, findest du nicht?«

»Weswegen wir nach halb zwölf auf dem unbequemsten Möbel in der ganzen Wohnung sitzen, anstatt schlafen zu gehen. Aber du hast recht. Langweilig ist es nicht mehr.«

Später im Bett zuckte ein Nerv an ihrem rechten Arm, dann am Bein, Sefa veränderte die Stellung, strampelte die Decke ab, fröstelte, zog die Decke wieder herauf, spürte, wie sich ihre Halsmuskeln verkrampften. Sie stand auf, ging im Zimmer auf und ab, ließ die Schultern kreisen, die Arme, setzte sich in den Sessel am Fenster. In der obersten Ecke stand ein Stern, wenn sie halb die Augen zukniff, blinzelte er ihr zu.

Von ihren bloßen Füßen kroch die Kälte langsam hoch, bis ihre Zähne zu klappern begannen. Jetzt erst kroch sie zurück ins Bett, stellte verwundert fest, wie lustvoll sie die Mischung aus Wärme unter der Decke und nachzitternder Kälte erlebte. Sie bemühte sich nicht mehr einzuschlafen, versuchte auch nicht, ihre Gedanken in eine Richtung zu ordnen, ließ sie einfach vorbeiziehen wie Wolken, sich auflösen, zu neuen Bildern formieren, verschwimmen. Dagmars verwunderter Gesichtsausdruck, die Geranien am Balkon des Krankenhauses, der Kellner im Dommayer, der sich in den jungen Vater mit dem Baby im Tragetuch verwandelte, Papas Überzieher, der noch Monate nach seinem Tod an der Garderobewand hing, Rainer an seinem ersten Schultag, so schmal, so tapfer, so verloren unter den vielen Kindern, die ihr alle wild und gefährlich schienen, Friedrichs Lächeln, wenn er sie im Badezimmerspiegel sah, ein staunendes Kindergesicht, das sie erschrocken – warum erschrocken? – als ihr eigenes erkannte, eine Dünenlandschaft, die sie in Wirklichkeit nie gesehen hatte, dann wehte ein weißer Musselinvorhang vor ihr, bildete einen Faltenwurf wie die Gewänder verzückter barocker Heiliger, flog leise knatternd davon, wurde zur Wolke an einem gleißend hellen Himmel.

Sie hatte vergessen, die Vorhänge zuzuziehen, die ersten Sonnenstrahlen weckten sie auf, ließen sie explosiv niesen. Eigentlich müßte sie zerschlagen sein nach dieser Nacht, aber sie war hellwach, betrachtete die Kommode, den Sessel, die Lampe, sogar ihre eigene Hand auf der Bettdecke, als sähe sie sie zum ersten Mal. Unten schepperten die Mistkübel. Sie lächelte, schwang die Beine aus dem Bett, wunderte sich, daß sie beim ersten Versuch gehorchten, als wäre das nie ein Problem gewesen. Von irgendwoher wehte ein Duft von frisch geschnittenem Gras. Sie atmete tief ein.

»Wir sollten ihn anrufen«, sagte Karla beim Frühstück. »Der arme Mensch macht sich bestimmt Gedanken. Meinst du, daß Gedanken mit danken zusammenhängt? Daß man dankbar sein müßte, Gedanken zu haben? Und wenn sich nur der Vokal ändert, wird Gedenken daraus. In dankbarem Gedenken. In denkbarem Gedanken? Und die undenkbaren Gedanken, was ist mit denen?«

»Die sind entweder verboten oder zu schwierig«, meinte Sefa.

Karla stapelte Teller und Tassen, wies auf das Telefon, nickte auffordernd. Als Sefa nicht reagierte, wurde sie ärgerlich, trug als Ein-Frau-Protestdemonstration das Geschirr in die Küche.

Sefa rückte die Stühle gerade, schüttelte Kissen auf. Warum sollte sie sich vorschreiben lassen, wen sie wann anzurufen hatte?

Karla kam zurück. »Diese Ziererei ist absolut lächerlich«, erklärte sie.

»Und wenn ich schlicht und einfach nicht will? Mußt du mir immer vorschreiben, was ich zu wollen habe? Ganz abgesehen davon, daß es meine Sache ist, ob ich mich lächerlich machen will.«

Ein Lastwagen ließ die Fenster zittern. »Ich habe nicht gesagt, du bist lächerlich, ich habe gesagt, die Ziererei ist lächerlich. Du hörst immer nur einen Teil, baust daraus wer weiß was und nimmst übel, was gar nicht gemeint war.«

Heiße Wut überflutete Sefa, sie wußte, daß kein Anlaß dafür war, das machte es nicht einfacher. Sie stützte sich auf die Anrichte, bemühte sich, ruhig zu atmen. Karla raschelte mit der Zeitung, blickte auf, aber nicht in Sefas Richtung, schüttelte den Kopf, las weiter. Sefa ging in die Küche und begann, Zwiebeln zu schneiden. Unglaublich scharf waren die, so ausgiebig hatte sie beim Zwiebelschneiden selten geheult. Plötzlich mußte sie lachen. Sie war tatsächlich lächerlich.

»Du hast wieder einmal gewonnen«, sagte sie, als sie ins Zimmer zurückkam. »So leid es mir tut, muß ich dir recht geben.«

Karla schaute auf. »Du gibst mir nicht recht, ich habe recht. Aber das nur nebenbei. Ich hab gedacht, wir könnten Gustav« – seit wann war er Gustav für sie? – »zum Essen einladen. Schließlich sind wir ihm einiges schuldig.«

Sefa zuckte mit den Schultern, setzte sich aber zum Telefon.

»Meine Schwester und ich ...«

Karla stellte fest, daß die Einladung mehr wie eine Vorladung zu einem Amt geklungen habe, aber Gustav Vasicek nahm trotzdem ohne das geringste Zögern an, wenn es denn bestimmt keine Umstände mache.

»Wir machen Krautfleckerln«, entschied Karla.

»Von wegen keine Umstände«, sagte Sefa. »Eine Stunde am Herd stehen und Kraut und Zwiebeln rösten ...«

Karlas Augenaufschlag hätte jeder Stummfilmdiva zur Ehre gereicht. »Ich wette mit dir, er liebt Krautfleckerln. Was tut man nicht alles für das Glück der einzigen Schwester.«

»Die ganze Wohnung wird nach Zwiebeln stinken«, sagte Sefa.

»Duften«, korrigierte Karla. »Duften. Richtig gemütlich.« Trotzdem rissen sie alle Fenster und die Tür zum Klopfbalkon auf, nachdem sie Kraut und Zwiebeln für den nächsten Tag vorbereitet hatten. Erst als es immer heftiger donnerte, der Wind einen Vorhang aus dem Fenster geweht hatte und sie ihn mühsam vom rauhen Außenputz lösen mußten, schlossen sie die Fenster. Es wurde dunkel, obwohl es nicht einmal vier Uhr war, dann setzte der Regen ein, als wäre in den Wolken ein Staudamm gebrochen. Beide traten zum Fenster, innerhalb von Minuten floß ein reißender Bach durch die Gosse. Die Menschen auf der Straße kämpften mit ihren Schirmen, der Wind stülpte sie immer wieder um, bis die meisten Passanten aufgaben. Der Regen schien von allen Seiten zu kommen, riesige Tropfen schnellten vom Asphalt in die Höhe, jedes Auto wurde zu einem Wasserwerfer.

Der Regen ließ nicht nach, schlug gegen die Scheiben, bis sie klirrten, fiel waagrecht, fiel senkrecht auf, in den unmöglichsten Winkeln, klopfte auf die Fensterbleche, die ganze Nacht lang. Jedenfalls würden die Geranien nicht verdursten, fiel Sefa ein. Aber es war durchaus möglich, daß die Wucht des Regens die Blüten abknickte. Am Morgen war zum ersten Mal die Rede von drohenden Überschwemmungen.

Gustav Vasicek kam pünktlich um zwölf Uhr fünfundvierzig. Seinen Schirm hatte er schon vor der Tür aufgestellt, seine Haare waren naß, seine Hosenbeine bis fast zu den Knien, die Verpackung der Bonbonniere troff. Er begann sich zu entschuldigen, aber Karla unterbrach ihn. Ob es nicht eine Form von Größenwahn sei, sich für das Wetter verantwortlich zu fühlen? Er solle lieber die nassen Schuhe und Socken ausziehen, sie werde inzwischen nachsehen, ob sie noch Skisocken habe, leider hätten sie ja nichts von der Kleidung ihrer verstorbenen Männer behalten, und Sefa werde ihm ein Handtuch geben. Es stellte sich heraus, daß auch sein Hemd und sein Sakko völlig durchnäßt waren. Schließlich saß er in Sefas altem dunkelblauem Trainingsanzug da, den sie nur deswegen nicht weggeschenkt hatte, weil er ihr dafür zu schäbig schien. Seine Haare waren noch feucht, kringelten sich auf der rosa schimmernden Kopfhaut.

Sefa brachte die Krautfleckerln. Gustav Vasicek lobte sie bei der ersten Gabel voll, bei der zweiten, bei der dritten lächelte er nur mehr. Karla drängte ihm eine zweite Portion auf, eine dritte mußte er bedauernd ablehnen. Die Teller standen noch auf dem Tisch, als es klingelte. Rainers Stimme drang aus der Gegensprechanlage. Sefa drückte auf den Knopf und merkte, wie ihre Bewegungen einfroren.

Noch im Vorzimmer begann Rainer zu klagen. »Sag einmal, wo wart ihr eigentlich? Ich habe so oft angerufen und nie wart ihr da. Natürlich hab ich mir Sorgen gemacht, dabei hab ich noch so viel zu tun, morgen muß ich wieder wegfliegen ...«

Gustav Vasicek sprang auf, als Rainer ins Zimmer trat, erinnerte sich offenbar erst in diesem Augenblick, daß er einen fremden Trainingsanzug trug, stand verlegen da, knetete seine Hände. Rainer musterte den Gast von Kopf bis Fuß, streckte sehr zögernd die Hand aus, als Karla ihn vorstellte. Sefa fühlte sich schuldig, ohne zu wissen warum. Karla redete und redete, niemand hörte ihr zu, Rainer blickte finster. »Der Regen hat eben aufgehört«, sagte er mit Blick auf Herrn Vasicek. Es war ein deutlicher Hinauswurf, seltsamerweise löste er Sefas Erstarrung. Sie streifte Rainer mit einem Blick, er drehte sich weg, begann an seiner Krawatte zu nesteln.

»Du bist herzlich eingeladen, mit uns Kaffee zu trinken, Rainer«, sagte sie. Rainer fuhr auf. Er tat ihr fast leid. Natürlich wußte sie, daß er verstanden hatte, was sie ihm mitteilte: er war hier Gast und hatte sich einem anderen Gast gegenüber anständig zu benehmen. Sie erwartete, daß er hinausstürmen würde, aber er setzte sich, nicht ohne seine Hosenbeine hochzuziehen. Sefa konnte ihren Triumph nicht genießen, zu deutlich zeigte seine Körperhaltung, wie peinlich ihm die Situation war. Gustav Vasicek war ebenso verlegen, nur Karla plauderte weiter, erzählte, wie sie den Gast kennengelernt, was sie unternommen hatten.

»Wenn ich nicht so eingespannt wäre«, murmelte Rainer.

»Ich weiß, ich weiß«, sagte Karla. »Dann tätest du nichts lieber, als mit uns spazierenzufahren.«

Sefa stand auf, sobald sie das Zischen der Espressomaschine hörte. Sie war wild entschlossen, sich von Rainer nicht beherrschen zu lassen, aber mußte sie deswegen ihn zum kleinen Jungen machen, der für sein schlechtes Benehmen bestraft wurde? Sie holte eine vierte Mokkatasse aus dem Schrank, rückte die drei anderen zurecht, so daß ein perfektes Quadrat um die Kaffeekanne und die Zuckerdose entstand, atmete einige Male tief ein und blies die Luft durch gespitzte Lippen aus. Dann ging sie zurück ins Zimmer. Rainer unterhielt sich mit Gustav Vasicek über eine Stadt, deren Namen auch Karla nicht gehört hatte, wie sie später erfuhr, die aber offenbar beide auf eine sehr spezielle Art angesprochen hatte. Und erinnern Sie sich an die Sackgasse, die gegenüber vom Stadtturm hinunter zum Fluß zu führen scheint, aber plötzlich abbiegt? Und den Erker mit dem übelgelaunten Engel über dem Mittelfenster? Gibt es noch den alten Wirt im Gasthof neben der Kirche, der Orgelbauer werden wollte?

Karla saß völlig entspannt zwischen den beiden, schaute von einem zum anderen. Friedensrichterin, dachte Sefa. Eigentlich müßte sie gurren. Ich bin wieder einmal ungerecht, ich müßte froh sein, daß es ihr gelungen ist. Bin ich auch. Froh und dankbar. Gott, ist es anstrengend, dankbar zu sein. Früher hätte ich gesagt: Holzhacken ist nichts dagegen. Ob ich heute noch eine Axt halten könnte? Höchstens wenn es unbedingt notwendig wäre, so wie kurz nach Kriegsende, da hatte sie im Lainzer Tiergarten einen Baum zugeteilt bekommen gemeinsam mit der Hausmeisterin, sie hatten ihn gefällt, in klirrender Kälte zersägt und die Scheiter im Leiterwagen nach Hause gefahren. Jahrelang waren die Frostbeulen immer wieder aufgebrochen, aber vor allem erinnerte sie sich an den unbändigen Stolz, als das Holz gestapelt an der Hauswand stand. Einen Meter vierundvierzig hoch, sie hatte es gemessen.

Rainer hatte offenbar etwas zu ihr gesagt, sie wußte nicht was, war ganz woanders gewesen. Sie lächelte, Lächeln war immer gut. Rainer stand auf, küßte wie üblich die Luft neben ihrer linken Wange, aber heute fühlte sie sich nicht gleichzeitig umarmt und auf Abstand gehalten. Er müsse nun wirklich gehen, sagte er, schüttelte Gustav Vasicek die Hand, küßte Karla. Sie hörten ihn die Treppe hinunterlaufen. Wie immer war er viel zu ungeduldig, um auf den heraufrumpelnden Lift zu warten.

»Haben Sie auch Kinder?« fragte Karla.

Herr Vasicek senkte den Kopf. »Ich hatte einen Sohn.« Karla schaute schuldbewußt, griff nach seiner Hand, drückte sie. »Es tut mir so leid.« Er gab sich einen Ruck. »Verzeihen Sie bitte, ich wollte durchaus nicht ...«

Müßten wir jetzt fragen? Dürfen wir nicht fragen? Sefa verschränkte die Finger ineinander, sah zu, wie die Knöchel weiß wurden. Der Regen setzte wieder ein, Riesentropfen trommelten gegen die Fenster.

»Nein«, sagte Herr Vasicek, »mein Sohn ist nicht gestorben, aber er verweigert jeden Kontakt mit mir. Wir hatten – eine sehr häßliche Auseinandersetzung ...« Karla nickte, als wüßte sie, wovon er sprach. Auf dem Tischtuch bemerkte Sefa einen zu einem Würmchen eingeringelten braunen Faden Kraut. Sie nahm ihn mit spitzen Fingern auf, wußte nicht wohin damit.

Karla klatschte in die Hände. »Also es ist doch lächerlich! Ich habe ein schlechtes Gewissen, weil ich gefragt habe, Sie haben ein schlechtes Gewissen, weil Sie geantwortet haben, und wir sitzen alle da wie die begossenen Pudel. Natürlich möchte ich jetzt gerne wissen, was zwischen Ihnen und Ihrem Sohn geschehen ist, aber wenn Sie nicht darüber sprechen wollen, ist es auch gut. Dann schlage ich vor, daß wir eine Partie Scrabble spielen.«

Herr Vasicek stand auf, nahm ihre Hand und küßte sie. Dabei sah er in dem ausgebeulten Trainingsanzug so komisch aus, daß beide Schwestern zu lachen anfingen. Nach einer kurzen

Schrecksekunde lachte er mit. Sie spielten Scrabble, Karla gewann mit großem Abstand, was nicht weiter verwunderlich war.

»Ich bin Ihnen eine Erklärung schuldig«, sagte Herr Vasicek, nachdem die Steine in dem grünen Beutel verstaut waren. Karla und Sefa schüttelten synchron die Köpfe, aber da hatte er schon zu sprechen begonnen, zuerst trickelten die Wörter mit großen Pausen dazwischen, dann kam ein Schwall, überschlug sich, versickerte zu einem dünnen Rinnsal. Sefa meinte, es läge an ihr, daß sie nicht klug wurde aus der Erzählung, später erfuhr sie, daß es Karla nicht anders ergangen war.

»Glauben Sie bitte nicht, daß ich mich rechtfertigen möchte, ich hatte mindestens so viel Schuld …« Er brach ab, Tränen liefen ihm übers Gesicht, was er lange nicht zu bemerken schien, er griff in die Tasche, offenbar vergessend, daß er nicht seine eigene Hose anhatte, betrachtete erstaunt seine leere Hand. Sefa stand auf, reichte ihm ein Papiertaschentuch. Er fing wieder an, sich zu entschuldigen, brachte kaum ein Wort heraus, und das Papiertaschentuch war sofort durchtränkt und zerbröselte in seinen Händen. Sefa brachte zwei Leinentaschentücher. Er wollte aufstehen, Karla drückte seine Schulter und murmelte mit einer Stimme, die Sefa nie an ihr gehört hatte: »Ist ja schon gut.«

Als der Strom versiegt war, entschuldigte er sich wieder, verschwand im Bad. »Das gelbe Handtuch ist frisch!« rief ihm Karla nach.

»Du bist großartig«, sagte Sefa.
»Weil ich an Handtücher denke?«
»Ja. Nein.«

Sefa fürchtete schon, daß ihm übel geworden, daß er vielleicht im Bad gefallen war, da erschien er in der Tür, verlegen, mit vorgezogenen Schultern. Er wisse gar nicht, was über ihn gekommen sei, nie habe er geweint, jedenfalls nicht, seit er sich erinnern könne, ein solcher Ausbruch sei unverzeihlich, er werde sich jetzt verabschieden, mit großem Bedauern, das müßten sie ihm bitte glauben.

»Wenn es so lange her ist, seit Sie geweint haben, dann war's aber höchste Zeit«, sagte Karla. »Wir werden jetzt erst einmal Tee trinken. Mögen Sie Assam, Ceylon oder lieber einen Kräutertee? Wir haben Pfefferminz, Kamille, Fenchel mit Apfel und Hagebutte. Hetscherltee, haben wir früher gesagt, als wir sie noch selbst gepflückt und getrocknet haben.«

Karlas autoritärer Ton schien ihn zu beruhigen, er setzte sich wie ein artiges Kind, mit geschlossenen Beinen, die Hände auf den Knien. Zum ersten Mal sah Sefa die vielen Altersflecke auf seinen Handrücken, sah, wie dick sich die Sehnen abhoben. Am liebsten wäre ihm, behauptete er, was immer sie jetzt trinken würden, wenn er nicht da wäre. Karla schüttelte mißbilligend den Kopf und ging in die Küche.

»Ja«, begann er, auf die Fortsetzung wartete Sefa immer noch, als Karla mit der Teekanne zurückkam. Sefa beeilte sich, Tassen zu holen, wollte nicht noch einmal mit dem Mann allein gelassen werden. So sehr sie sich den Kopf zerbrach, es fiel ihr nichts ein, das sie zu ihm hätte sagen können, sie bewunderte Karla, die immer wieder ein Wort, einen Satz fand, die wußte, was zu tun war, und eigentlich wäre das doch ihr, der Älteren, zugestanden. Unsinn, was machten die paar Jahre aus? Mit welcher Selbstverständlichkeit Karla ihre Hand auf seine gelegt hatte. Eine mütterliche Geste. Nie hatte sie Karla als mütterlich empfunden, auch nicht, wenn sie Cornelia im Arm gehalten hatte. Zärtlich ja, zugewendet auch, meist kokett werbend, auch den Kindern gegenüber, der eigenen Tochter ebenso wie Rainer oder auch fremden Kindern, aber mütterlich nie. Sie nahm die Teetassen aus dem Schrank, eine

rutschte, fiel auf den Küchenboden, zersprang klirrend. Sefa erschrak, die Küche drehte sich, tausend winzige schwarze Fliegen tanzten vor ihren Augen, sie hielt sich am Kühlschrank fest, bis der Schwindel verging, dann sammelte sie die Scherben auf. Als sie sich mühsam aufrichtete, stand Karla vor ihr.
»Alles in Ordnung?«
»Du siehst ja.« Sie zeigte auf die hauchdünnen blau-weiß gemusterten Bruchstücke.
»Scherben bringen Glück«, sagte Karla.
»Aber es war eine von Mamas schönen chinesischen Tassen!«
»Kostbare Scherben bringen noch mehr Glück«, erklärte Karla. »Komm, der Tee wird kalt.«

Gustav Vasicek fühlte sich auch für die zerbrochene Tasse verantwortlich, aber Karla fragte streng, ob er sich für allmächtig halte, nur ein Allmächtiger könne an allem schuld sein, worauf er nur hilflos die Schultern hob und fallen ließ.

Sie tranken Tee und knabberten an den Ingwerkeksen, die Karla liebte, obwohl sie so schwer zu beißen waren. In ihren letzten Monaten hatte Mama die Kekse in den Tee getaucht, wenn sie sich unbeobachtet fühlte. Die zartgrauen Wölkchen, die aus den Tassen aufstiegen, bewegten sich mit ihrem Atem, stellte Sefa fest. Sie legte beide Hände an ihre Tasse. Auf einem Fenstersims gegenüber drängten sich sieben Tauben, obwohl der Regen dort genauso schräg hinpeitschte wie auf das leere Fensterbrett daneben. Wenn sich die Tropfen nur für einen Rhythmus entscheiden könnten. Sefa hatte das Gefühl, daß sie auf ihre Schädeldecke klopften, es gab doch eine chinesische Foltermethode ...

»Noch ein Schluck Tee?« fragte Karla in diesem Ton, in dem ganz andere Angebote mitschwangen, keine Spur mehr von Mütterlichkeit. Gustav Vasicek lehnte dankend ab. Sefa unterdrückte mit Mühe ein Grinsen, amüsierte sich über Karlas besorgten Blick.

Gustav Vasicek erklärte, er müsse jetzt wirklich gehen, er hoffe nur, daß er ihre Geduld nicht überstrapaziert habe und daß sie ihm seinen Ausbruch, den er nicht verstehen könne, nicht allzu übelnehmen würden.

»Ganz im Gegenteil«, sagte Karla. »Wir nehmen ihn als Vertrauensbeweis.«

Er schenkte ihr einen Blick von solcher Dankbarkeit, daß sie die Augen senkte. Sie wies auf das Fenster, die Regenschlieren, an denen die Tropfen abprallten, hochspritzten, hinunterflossen. »Warten Sie doch wenigstens, bis diese Sintflut nachläßt!«

»Vierzig Tage?« fragte er.

»Wenn es notwendig ist, vierzig Tage. Ich warne Sie nur gleich, die Verpflegung wird sehr eintönig sein. Linsen, Reis und Nudeln haben wir genug, aber Zwiebeln nur für eine Woche. Ein paar Konservendosen gibt es wohl auch noch.«

Das, versicherte er, sei seine geringste Sorge. Er fürchte nur, lästig zu werden, und das wolle er gerade bei ihnen am allerwenigsten, er könne sich gar nicht erinnern, wann er sich zuletzt so wohl gefühlt habe wie mit ihnen beiden, obwohl er sich benommen habe wie ein Kleinkind.

Karla legte beide Hände auf den Tisch, räusperte sich. Nun wolle sie ihm aber einmal etwas sagen. Lästig sei, wie er herumrede, nach seinem Ausbruch vorhin sei er kein Fremder mehr, er könne sich entscheiden, ob er ihre Freundschaft wolle oder nicht, dann müsse er aber bitteschön sofort aufhören mit dem Getue und einfach akzeptieren, daß er nicht alles kontrollieren könne, vor allem nicht seine Gefühle, ohne seinen Perfektionismus sei er ja direkt menschlich geworden.

Er starrte Karla an. Sefa war hin- und hergerissen zwischen

Bewunderung für die Schwester und einem vagen Gefühl von Bedrohung. Karla saß jetzt reglos da, nur an ihrem Hals pulsierte eine Vene, oder war es eine Ader? Diese Frage beschäftigte Sefa, war ein Schutz gegen Karlas Warten, das den Raum bis in den letzten Winkel füllte. Wann hatte das synkopierte Trommeln aufgehört, war von einem gleichmäßigen Plätschern abgelöst worden? Wie in einer Höhle saßen sie da, eingehüllt in Rauschen, das irgendwann sogar das Warten wegschwemmte, Gedankenfetzen dahertrug, sie kreiseln und dann in einem Wirbel untertauchen ließ. Zu dritt in einem Uterus, ging es Sefa durch den Kopf. Sie spürte ihre Fußballen auf dem Boden, ihr Steißbein auf dem Sessel, ihr Handgelenk auf dem Tisch.

»Wie zwei Schutzengel sind Sie neben mir gestanden«, sagte Gustav Vasicek und schluckte wieder, aber daraus wurde kein Schluchzen, sondern ein tiefes Atemholen. »Wissen Sie, was seltsam ist? Ich habe mich so sehr geschämt, und jetzt schäme ich mich nicht mehr.« Er lachte auf. »Fast schäme ich mich, weil ich mich nicht schäme.«

Karla strahlte ihn an. »Bravo! Nur so weiter.«

»Also ehrlich gesagt: blöd komm ich mir vor.« Er griff wieder in die Tasche des Trainingsanzugs, schüttelte den Kopf. »Wie ich schon sagte: blöd.«

Karla meinte, seine Sachen müßten inzwischen trocken sein. Er ging ins Bad, kam in Hemd und Anzug zurück, ein wenig zerknittert, aber sichtlich erleichtert. Vor dem Tisch blieb er stehen, setzte zu einer Erklärung an. Karla wies mit einer ausladenden Gebärde auf den Stuhl, auf dem er gesessen war. Es war komisch, wie automatisch er ihr gehorchte. Aber Männer, dachte Sefa, hatten Karla immer gehorcht. Und meist sogar sehr willig. Sie wunderte sich ein wenig, wie froh sie war, daß die Schwester die Dinge so sehr in der Hand hatte, wunderte sich über das völlige Fehlen jeder Art von Eifersucht.

»Sie müssen gar nichts erklären«, sagte Karla.

Herr Vasicek hob die Hand. »Ich weiß, und gerade deshalb möchte ich es versuchen, aber es wird nicht leicht sein, denn so kenne ich mich gar nicht. Merkwürdig, finden Sie nicht, daß man mit 76 Jahren völlig unerwartete Seiten an sich selbst entdeckt?« Er erwartete keine Antwort und bekam auch keine. »Ich habe eigentlich nicht wegen meines Sohnes geweint, oder doch, auch, aber nicht nur. Ein Freund meines Vaters hat einmal gesagt, es gibt drei Arten zu weinen und der Schofar – das Widderhorn, das zu Jom Kippur geblasen wird – kann sie alle und die Reue dazu zum Tönen bringen. Ich glaube, ich habe heute alle drei erlebt, vielleicht sogar ein paar mehr. Es hat mich einfach überschwemmt, die ganze Vergeblichkeit, die Sinnlosigkeit …« Er kämpfte wieder mit den Tränen. »Eigentlich wollte ich nur sagen, daß ich Ihnen sehr dankbar bin.« Er sah Karla an, dann Sefa. »Sie haben mir sehr geholfen, mit dem, was Sie gesagt haben, und vielleicht noch mehr mit … Ihrem Schweigen.«

Karla stand auf und umarmte ihn, gleichzeitig machte sie hinter seinem Rücken Sefa Zeichen. Sefa blieb sitzen. »Sind Sie Jude?« fragte sie. »Weil Sie vom Schofar sprachen?«

»Ja und nein. Nach jüdischem Gesetz bin ich Jude, weil ich der Sohn einer Jüdin bin. Für die Nazis war ich halb Jude, halb slawischer Untermensch. Ich bin Jude, aber auch das nicht richtig.«

Er sei leider nicht fromm, beantwortete er Sefas fragenden Blick, er fühle sich dem jüdischen Volk zugehörig, schon im Gedenken an seine Großeltern, er habe auch versucht, sich mit den Schriften auseinanderzusetzen, aber das Richtige sei es nicht gewesen, weil ihm der Glaube fehle, und er gehöre nicht dazu, weil er nie nach dem Gesetz gelebt habe, er sei auch nie in die Gemeinde eingetreten. Im Moment falle ihm nicht ein, wer gesagt habe, ein Jude müsse nicht glauben, es genüge, wenn er die Gesetze befolge. Vielleicht sei er ein doppelt heimatloser Jude, weil er nicht in die Synagoge ginge, und selbst wenn er das täte, wäre die Schuld nicht von ihm genommen, denn Gott verzeihe nur die Sünden gegen ihn, nicht aber die Sünden gegen andere Menschen.

Im Gedenken an seine Großeltern. Sefa wagte nicht, ihn nach den Großeltern zu fragen, obwohl sie das Gefühl hatte, daß er eine Frage erwartete. Er lächelte ihr zu. Unlängst erst habe er gelesen, daß ein Rabbiner einem Zweifler sagte, Gott sei so groß, er habe es gar nicht nötig zu existieren. Sie versuchte zurückzulächeln, spürte, wie kläglich ihr Lächeln ausfiel.

»Zeit für die Nachrichten«, sagte Karla munter und griff nach der Fernbedienung.

Eine sehr ernste Sprecherin berichtete von furchtbaren Überschwemmungen in weiten Teilen Mitteleuropas. Braungelbe Schlammwüsten, aus denen Dächer ragten, zerrissene Brücken, treibender Hausrat, Tierkadaver, Menschen, die die Verzweiflung stumm gemacht hatte. Solche Katastrophen passierten nicht hier, die passierten anderswo, in China, in Bangladesch, in Indien. Unwillkürlich fuhr Sefas Hand zu ihrem Mund. Karla starrte den Bildschirm an. Gustav Vasicek schüttelte ungläubig den Kopf.

»Vielleicht ist das die Globalisierung«, murmelte er. »Wenn schon alles andere ungerecht verteilt ist, werden in Zukunft die Katastrophen gleichmäßig über die Erde verteilt? Nur ist das noch lange nicht gerecht, weil es einen großen Unterschied macht, ob sie ein armes oder ein reiches Land heimsuchen.«

»Der einzelne Mensch, den's trifft, ist in jedem Fall arm«, sagte Karla.

»Aber manche Armen sind ärmer als andere«, erwiderte er.

Auf dem Bildschirm erschienen bis zum Überdruß bekannte Gesichter, sonderten die üblichen Verdächtigungen und Schuldzuweisungen ab, der amerikanische Präsident drohte in unerträglicher Selbstgerechtigkeit, im Vollbesitz seiner Überzeugung, daß er das Gute schlechthin verkörperte, den Schurkenstaaten im allgemeinen und Saddam Hussein im besonderen, Panzer wälzten sich über sandige Pisten. Wie jung die Gesichter unter den Helmen waren. Herzzerreißend jung.

»*Smirking*«, sagte Karla. »Immer dieses widerliche *smirking*. Selbst wenn er über eine Tragödie spricht, grinst er nachher, als würde er sich selbst applaudieren. Schade, daß es kein deutsches Wort dafür gibt. Ich hab einmal im Wörterbuch nachgesehen, da steht *einfältiges Grinsen*. Aber das trifft es nicht wirklich. Nicht auf die Einfalt kommt es an, auf die Selbstgefälligkeit und Überheblichkeit.«

Das Telefon wimmerte. Sefa hob ab. Es war Cornelia, die sich besorgt erkundigte, ob alles in Ordnung sei, sie habe eben von den Überschwemmungen in Europa gehört, und weil sie auf die letzten Briefe keine Antwort bekommen habe, wäre sie doch sehr unruhig geworden. Sefa reichte Karla den Hörer. Karla meinte offenbar, den immer lauteren Regen und den ganzen Atlantik überschreien zu müssen. Die Briefe wären nie eingetroffen, anscheinend finde die Post, Briefe seien nicht weiter ernst zu nehmen.

Nein, Wien sei nicht überschwemmt, nein, sie sei nicht ärgerlich, ja, sie würde Sefa grüßen und ja, auch schönste Grüße an Teresa und die ganze Familie. Sie freue sich sehr auf Teresa, doch, bestimmt, und Sefa genauso, im direkten Gespräch könnten sie einander näher kommen, die Technik sei ganz gewiß nicht ihr Ding. Als sie aufgelegt hatte, überlegte sie, ob vielleicht bei diesem Wetter Wasser in die Kabel geraten könne, die Verbindung sei elend, Sefa brauche gar nicht so zu schauen, es liege gewiß nicht an ihrem Hörvermögen, obwohl sie zugeben müsse, daß ihre Ohren auch schon schärfer gewesen seien. Sie fing selbst an zu lachen, machte es den anderen leicht mitzulachen.

»Gnädige Frau«, sagte Gustav Vasicek, »ich hoffe, Sie verzeihen meine Frechheit, aber Sie sind einfach großartig.«

Das würde sie doch sehr hoffen, meinte Karla, und im übrigen finde sie nach diesem Nachmittag die Anrede »Gnädige Frau« wirklich sehr unpassend. »Ich heiße Karla, meine Schwester heißt Sefa.«

»Gustav«, sagte er mit einem Gesicht wie einer Geburtstagstorte voller Kerzen. »Gustl haben mich meine Freunde genannt.«

Vergangenheitsform, dachte Sefa. Aber vielleicht meint er es nicht so. Sie reichte ihm die Hand. »Also Gustl.« Er führte ihre Hand an die Lippen. Karla verdrehte die Augen.

In der ersten Regenpause verabschiedete sich Gustav. Als sie die Tür hinter ihm geschlossen hatte, hob Karla beide Hände. »Ihr seid die größten Dummköpfe, die mir je untergekommen sind! Worauf zum Kuckuck wartet ihr? So viel Zeit haben wir nicht mehr.«

»Mit achtzig verliebt man sich nicht«, sagte Sefa. »Vor allem nicht in einen jüngeren Mann.«

»Erstens bist du vierundachtzig, und zweitens ist das ein Blödsinn! Gerade in einen jüngeren Mann. Erinnere dich, was Frau Kandic so weise gesagt hat.«

»Genau! Daß er ein Trottel sein muß, eine Alte zu nehmen.«

»Was machen die paar Jahre schon aus! Er ist kein Teenager, auch wenn er sich aufführt wie einer, aber nicht ein heutiger, einer aus unserer Zeit. Trotzdem ist er kein Trottel, nur schüchtern. Und du kommst mir vor wie eine Jungfrau aus dem Mittelalter.«

»Ich geh jetzt schlafen«, sagte Sefa.

Karla blockierte den Weg. »Zuerst hörst du mir zu! Es gibt doch ein Sprichwort – wo hab ich das kürzlich gelesen? Egal! Also jedenfalls lautet es: Wenn das Glück kommt, muß man ihm einen Stuhl hinstellen. Und du wirfst ihm die Tür vor der Nase zu. Dafür gibt's keine Extrapunkte, weder hier noch in einem anderen Leben oder in der Ewigkeit. Und wenn du vielleicht Probleme mit Friedrich hast, dann sag ich dir eins: er hat nichts, aber schon gar nichts davon, wenn du versauerst.«

»Glaubst du, du versauerst nicht?«

»Ich hol mir schon, was ich brauche.« Karla lachte über Sefas schockiertes Gesicht, zog sie ins Zimmer, setzte sich neben sie aufs Sofa. »Ich flirte eben, für mich gibt's einfach nichts Aufregenderes, als zu sehen, wie einer für mich alle seine Federn aufplustert, um ein schönes Pfauenrad zu schlagen, es kommt gar nicht darauf an, ob der Schwanz ... Jetzt denkst du wieder, ich bin ordinär, und dabei hab ich nur an einen Pfauenschwanz gedacht, manchmal sind sie doch so armselig schütter, wie in der Mauser, nicht wahr? Also ehrlich gesagt, alles Weitere hat mich nie so besonders interessiert, wenn du's denn unbedingt wissen mußt. Wahrscheinlich bin ich das weibliche Äquivalent von einem Don Juan, es geht um die Eroberung – sein Pech ist, daß der Trottel das nicht verstanden hat und gleich mit jeder ins Bett mußte. Ich glaube ja, daß er in Wirklichkeit impotent war, aber das nur so nebenbei. Jedenfalls bin ich nicht du und du bist nicht ich, und das ist gut so.«

Sefa spürte den Druck von Karlas Schulter an ihrem Oberarm. »Schade, daß ich das nicht früher wußte«, sagte sie.

»Warum immer dieses ›früher‹? Laß doch das Gestern und Morgen. Heute ist nur jetzt, nur an diesem besonderen Tag.«
»Morgen ist auch heute«, korrigierte Sefa.
»Aber ein anderes. Lenk nicht ab, hörst du? Schau, wenn man sich mit zwanzig verliebt, kann jeder außer den Betroffenen mit einiger Sicherheit sagen, daß diese Liebe irgendwann vorbei sein wird. Wenn man sich mit achtzig verliebt …«
»Vierundachtzig!«
Karla knuffte Sefas Arm. »I-Tüpfel-Reiterin! Es ist äußerst unhöflich, die eigene Schwester zu unterbrechen, wenn sie gerade etwas sehr Wichtiges sagt. Jetzt hätte ich fast den Faden verloren, dann wärst du dumm gestorben.«
»Ich höre.«
Karla klagte, jetzt wüßte sie zwar noch, was sie sagen wollte, aber die Formulierung sei verlorengegangen, und gerade die wäre beachtlich gewesen, und Sefa sei schuld, weil es einfach nicht in ihr Weltbild passe, eine kluge Schwester zu haben. Sie hoffe doch sehr, daß Sefa jetzt ein unglaublich schlechtes Gewissen habe, jede Entschuldigung sei sinnlos, sie solle lieber nachsehen, ob noch Wein in der Flasche sei. Sefa stand gehorsam auf und kam mit zwei Gläsern zurück. Sie prosteten einander zu.
»So, und jetzt gehen wir ins Bett, und du denkst eine Runde darüber nach, was ich dir fast gesagt hätte. Ich sehe absolut nicht ein, wie ich dazu komme, mir deinetwegen den Kopf zu zerbrechen.« Sie umarmten einander, es fühlte sich gut an.

Sefa war dabei, das Frühstücksgeschirr abzuwaschen, als es klingelte. Wer konnte das sein? Für die Briefträgerin war es zu früh, die kam nicht vor elf, und Frau Kandic war doch nach Hause gefahren.

Fiona stand vor der Tür. Wasser triefte aus ihren Haaren, von ihrem Regenmantel. Sefa bekam Herzklopfen, etwas Schreckliches mußte geschehen sein, Fiona kam nicht einfach so vorbei, seit Jahren nicht. »Sag's lieber gleich«, preßte sie heraus.

Fiona umarmte sie lachend, schüttelte Regentropfen ab wie ein nasser Hund. »Was bist du für eine Schwarzseherin! Papa hat mich angerufen und erzählt, daß du einen Verehrer hast, aber du kennst ihn doch, man kriegt keine Einzelheiten aus ihm heraus, und ich bin neugierig. Immer hab ich gedacht, bei dir passiert nichts, es bleibt alles, wie es ist, und jetzt ... Richtig aufregend! Darf ich nicht reinkommen? Oder ist er noch da und ich störe? Und könnte ich vielleicht ein Handtuch kriegen?«

»Fiona!« Jetzt erst wurde Sefa klar, daß sie den Eingang blockierte. Sie trat zur Seite. »Du hast vielleicht Ideen.« Wie immer spürte sie eine seltsame Verlegenheit vor der Schönheit ihrer Enkelin, daß ihre Unterlippe nicht ganz klar gezeichnet, ein wenig zu voll, fast fleischig in dem zarten Gesicht störte, war merkwürdig tröstlich, ein Schutz gegen neidische Geister. Sie glaubte doch nicht an Geister.

»Gibt's vielleicht einen Kaffee?« fragte Fiona und gab Sefa damit die Möglichkeit, in der Küche geschäftig zu sein, Kuchen aufzuschneiden, ein Tablett zu richten, während Fiona sich mit Karla unterhielt.

»Also wie sieht er aus?« fragte Fiona, als Sefa ins Wohnzimmer kam.

»Mein Gott ...«

»Nein, Oma, nicht dein Gott. Dein Verehrer!«

»Du bist unmöglich.«

»Ja, ich lieb dich auch, aber ich möchte wissen, wie er aussieht!«

Sefa biß sich auf die Lippen. Fast hätte sie noch einmal »Mein Gott« gesagt. Statt dessen ließ sie die Hände kreisen. »Ziemlich normal. Freundlich. Sehr ausgeprägte Hofratsecken. Markante Nase. Nicht besonders groß. Was erwartest du? Ganz abgesehen davon, daß ich nicht ... daß er nicht ...«

»Durchaus, Oma, durchaus. Ich würde ihn gern kennenlernen.«

Karla fragte: »Damit er bei dir um die Hand deiner Großmutter anhalten kann?« Es störte Sefa überhaupt nicht, daß die beiden auf ihre Kosten blödelten, war viel eher entlastend, sie spürte, wie sich die Knoten lösten, drehte vorsichtig den Hals nach links und nach rechts, das ging ganz gut. Fiona war da. Saß da, als wäre es selbstverständlich, hier zu sein wie früher einmal.

»Was suchst du?« fragte Fiona.

»Ausnahmsweise gar nichts. Ich schau nur ...«

Fiona nickte wissend, was sehr komisch aussah. Ihr Blick fiel auf die Uhr, sie sprang auf. »Ich muß zur Uni.«

»Was studierst du denn jetzt eigentlich?« Karla stellte die Frage, die sich Sefa seit längerer Zeit verkniff.

Fionas schöne Hände flatterten. »Wenn ich das wüßte. Aber ich bin dabei, es herauszufinden.«

Sefa traute sich nicht zu fragen, wann sie wiederkommen würde, sie wußte, daß viel zuviel Drängen durchklingen würde, dann fragte sie doch, und Fiona lachte und erklärte, natürlich würde sie kommen, sie müsse sich doch diesen Mann ansehen, sie wäre ja schon längst gekommen, aber sie wüßten doch ...

»Ein tolles Mädchen«, stellte Karla wieder einmal fest, nachdem Fiona gegangen war, hinaus in den strömenden Regen.

»Wenn sie sich nur keine Grippe holt«, sagte Sefa.

Karla lachte in sich hinein. »Ich wüßte doch zu gern, was wirklich zwischen Gustav und seinem Sohn passiert ist.« Sie betrachteten die Puzzleteilchen, die ihnen im Gedächtnis geblieben waren, schoben sie hin und her, bis sich ein zwar lückenhaftes, aber doch erkennbares Bild ergab. Anscheinend hatte der Sohn nach dem Tod seiner Mutter Gustav um ihre Tagebücher gebeten, weil er meinte, ein Recht darauf zu haben, Gustav verweigerte sie ihm, das seien ihre Briefe an sich selbst gewesen und durch das Briefgeheimnis geschützt, von Recht könne keine Rede sein. Der Sohn reagierte mit wütenden Anklagen, Gustav fürchte offenbar, was er durch die Tagebucheintragungen erfahren könne, pochte darauf, daß sie Teil seines Erbes seien. Nach einem wütenden Wortwechsel stürmte der Sohn aus dem Haus. In der Nacht verbrannte Gustav sämtliche Tagebücher, las unwillkürlich hier und dort eine Zeile, wenn er die Seiten herausriß. Er hätte nie gedacht, daß es so schwierig sein könnte, Papier zu verbrennen, er habe es im Gartengrill auf der Terrasse getan, Blatt um Blatt, ein Nachbar hätte sich über den Rauch beschwert, er habe Angst bekommen, die Feuerwehr oder die Polizei könne kommen, bevor er fertig war. Am nächsten Tag tauchte der Sohn wieder auf, versuchte zu erklären, worum es ihm ging, flehte geradezu, da drückte ihm Gustav die Schale mit der Asche und den angekohlten Papierfetzen in die Hand. Der Sohn tobte und schrie, schließlich brüllte Gustav, er solle froh sein, daß er nicht habe lesen müssen, wie seine Mutter unter ihm gelitten habe. Schon am nächsten Tag versuchte er, sich zu entschuldigen, und dann noch zweimal, zuletzt vor vier oder fünf Jahren, erst telefonisch, dann brieflich. Die Briefe kamen zurück.

»Es war ja auch unverzeihlich, hat er gesagt«, schloß Karla.

»Das Wichtigste ist wahrscheinlich, daß Gustav sich selbst nicht verzeihen kann.«
»Hältst du es für sinnvoll, es noch einmal zu versuchen?«
»Ja. Es ist immer sinnvoll, glaube ich.«

In der Post war ein grau umrandeter Umschlag. Wie immer spürte Sefa ihre Kehle eng werden, als sie ihn in der Hand hielt. Sie suchte minutenlang nach ihrer Brille, bevor sie ihn öffnete. Aranka Faistauer. Der Name sagte ihr nichts. Unsere liebe Tante, Großtante, Urgroßtante, nach langem schwerem mit unendlicher Geduld ertragenem Leiden. In tiefster Trauer. Sie reichte Karla den Partezettel.
»Das war doch die Puppi aus deiner Klasse.«
Vor dreißig Jahren hatten sie Puppi zuletzt gesehen. Nein, noch früher. Puppi, die hervorragend Flöte spielte. War sie nicht sogar als Solistin aufgetreten? Puppi mit den schwarzen Zöpfen. Am 14. September um 15 Uhr auf dem Hietzinger Friedhof. Im Familiengrabe.
»Hat sie nicht in Dänemark gelebt?« fragte Karla.
»Woher soll ich das wissen?« Warum trifft mich die Todesanzeige einer Frau, die ich kaum gekannt und seit vielen Jahren nicht gesehen, an die ich nie gedacht habe? Wer hat gesagt, daß man immer nur um sich selbst trauert, wenn man an einem fremden Grab steht?
»Eigentlich komisch«, stellte Karla fest, »mit deinen Schulkameradinnen hatte ich mehr Kontakt als mit meinen eigenen. Hängt wohl damit zusammen, daß ich immer voll Bewunderung hinter euch hergedackelt bin.«
»Was du nicht sagst.«
Leonore rief an. Sie werde zum Begräbnis gehen – wenn man das Gehen nennen könne – und würde Sefa und Karla

gerne im Taxi mitnehmen, anschließend könne man vielleicht im Dommayer Kaffee trinken, irgendwann müsse der Regen doch aufhören.

»Meinst du, daß sie deswegen so lange mit dem Begräbnis warten?« fragte Karla am Telefon. »Ich hab mir schon überlegt, wie das in den Katastrophengebieten ist, ob ihnen die Särge davonschwimmen. Muß doch schrecklich sein, wenn die Grube voller Wasser ist, und es spritzt womöglich ... Nein, ich bin nicht makaber, aber denk doch, wie viele Menschen ihr Leben lang auf die schöne Leich sparen, und dann so etwas ... Doch, wir kommen gern mit dir.«

Sie hängte auf, trat neben Sefa ans Fenster. »Stell dir vor, sie war schon über zehn Jahre in einem Pflegeheim, mußte gefüttert und gewickelt werden, nur im Kopf, sagt Leonore, war sie völlig klar. Sie hatte ein Telefon mit Fernbedienung, sie haben jeden Tag miteinander gesprochen, einmal die Woche ist Leonore hingefahren. Ab und zu kamen ehemalige Kolleginnen und Kollegen aus dem Orchester. Die Verwandten haben sie zwei-, dreimal im Jahr besucht.«

»Und wir gar nicht«, sagte Sefa.

»Wir waren ja auch nie so besonders befreundet, oder? Man kann sich nicht um alle Menschen kümmern, die einem irgendwann über den Weg gelaufen sind.«

»Wer weiß, was wir versäumt haben. Was alles hätte sein können ...« Seltsam. Bei allen Ereignissen, von denen es hieß, sie hätten die Welt verändert, war sie im Krankenhaus gewesen, entweder als Patientin oder zu Besuch. Alles Wichtige hatte sie versäumt. Rainers Geburt am Tag von Hitlers Kriegserklärung. Friedrichs Bruchoperation am Tag der Kapitulation. Blinddarmoperation an dem Tag, an dem Kennedy ermordet wurde. Mamas Tod, als der Reaktor in Tschernobyl explodierte. Aber letztlich wäre alles das auch dann passiert, wenn sie händeringend vor dem Radioapparat oder vor dem Fernseher gesessen wäre. Nichts hätte sie ändern können. Und trotzdem wurde das Gefühl immer stärker, als Zeitgenossin versagt zu haben.

»Ja«, sagte Karla. »Ich weiß.« Und heute habe sie so oft den Eindruck, daß überhaupt nichts von dem stimme, was man sie glauben machen wolle. Daß es nie um das ginge, was die Politiker sagten, sie fange schon an, Verschwörungstheorien zu entwickeln, und dann schäme sie sich für diese Phantasien.

»Und für das Mißtrauen«, ergänzte Sefa. »Langsam scheint mir, wenn man immer von vornherein das Schlechteste annimmt, dann kann man halbwegs recht behalten.«

»Halbwegs, weil es in Wirklichkeit doppelt so schlimm ist?«

»Genau. Aber es ist doch schrecklich, wenn man gar nicht mehr auf die Idee kommt, es könnte etwas genau so gemeint sein, wie es gesagt wird. Da steckt doch der Wurm drin!«

»Allerdings. Manchmal komme ich mir vor wie ein Apfel, der von innen her verfault. Mit dem einzigen Unterschied, daß diese Äpfel von außen oft ganz glatt wirken.«

»So verhutzelt bist du auch wieder nicht, wie du glaubst.« Karla streckte die Hand aus, einen Moment lang schien es, als würde sie Sefa umarmen, dann zupfte sie ihr ein Haar von der Bluse. »Manchmal könnte ich fast trauern um das Menschenbild, mit dem wir aufgewachsen sind, auch wenn ich genau weiß, daß es so viel mit der Wirklichkeit zu tun hatte wie die spannenlangen Gipsfigürchen auf Großvaters Schreibtisch mit griechischen Statuen. Zu glatt, zu geschönt, zu leblos.«

Sefa nickte. »Vielleicht liegt in der Perfektion schon der Tod. Und wir meinen trotzdem, wir hätten versagt, weil wir nicht perfekt waren.«

»Oder nicht ehrlich genug zu unseren Fehlern gestanden sind. Glaubst du, die Venus von Milo wäre nicht mehr so schön, wenn sie wieder Arme hätte?«

»Ganz sicher.«

Karla streckte beide Arme aus, drehte sie her, drehte sie hin, betrachtete sie eingehend. »Ich glaube, ich bin trotzdem froh, daß ich meine habe.« Sie nahm die Zeitung in die Hand, las, schüttelte den Kopf, blickte wieder auf. »Apropos: meinst du nicht auch, daß sie in der Politik griechische Tragödien oder die Königsdramen von Shakespeare als Kasperltheater aufführen?«

»Ja, aber im richtigen Kasperltheater kriegt das Krokodil eine auf den Kopf. Das würde ich mir in Wirklichkeit auch wünschen. Manchmal könnte ich erschrecken, wieviel Aggression in mir steckt. Du hast keine Ahnung, wie oft es mich bei den Nachrichten in den Fingern juckt, wie oft ich denke: dem möchte ich an einem dunklen Abend begegnen.«

Das Problem sei nur, erklärte Karla, daß es Sefa dabei vermutlich ziemlich schlecht ergehen würde. »Erinnerst du dich, wie unsere alte Hausmeisterin nach jedem Sexualmord ein Geschirrtuch zwischen beiden Händen zu einem Strick drehte und lächelnd sagte, ihr solle man die Kerle überlassen, sie wisse schon, was man mit ihnen tun müsse. Wenn Mama nicht rechtzeitig zustimmte, fügte Frau Kaiser noch hinzu: Mit einem nassen Hangerl kastrieren. Mama sah sich dann immer nach uns um, als könne sie mit einem strengen Blick ausradieren, was wir gehört hatten.«

»Ausradieren kann man nur mit Bleistift Gezeichnetes.« Karla schnippte den Einwand zwischen zwei Fingern weg. »Ich weiß noch genau, wie sie im Radio die Platte vom letzten Kastraten spielten – klang übrigens gar nicht gut, aber er war schon sehr alt, als die Aufnahme gemacht wurde –, da sah ich immer die Frau Kaiser mit dem zusammengedrehten Geschirrtuch vor mir.«

»Ein Glück, daß wir keine Buben waren! Was hätten wir uns vor ihr gefürchtet!«

»Wußtest du, daß sie den Sepperl Granitsch entbunden hat im Luftschutzkeller?«

»Wirklich? Wieso konnte sie das?«

Karla meinte, Frau Kaiser hätte wohl selbst nicht gewußt, daß sie es konnte, bis es eben notwendig war. Mit der blutdurchtränkten Decke ging sie hinauf, um warmes Wasser zu holen und das Kind zu baden, gerade als die ersten Russen an das Tor des Nachbarhauses hämmerten. Frau Kaiser zeigte ihnen die Decke und sagte: »Mama und Chlapetz.« Die Rotarmisten stiegen hinter ihr die Kellerstiege hinunter, schauten das Neugeborene an, das noch glitschig und blutig war, einer zog ein Fleischlaberl aus der Hosentasche und drückte es der Mutter in die Hand. »›Wie die Heiligen Drei Könige sind sie dagestanden‹, sagte Frau Kaiser und fügte hinzu: ›Obwohl es ja eigentlich vier oder fünf waren.‹« Dann seien sie abgezogen und hätten zwei Frauen auf Nummer acht vergewaltigt.

»Seltsamerweise hat sie nie mit dem nassen Hangerl gedroht, wenn sie von den Russen erzählte«, endete Karla. Sie sei wohl eine von denen gewesen, die dem ersten Eindruck ewig treu bleiben. Also waren diese Russen die Guten, ihre Heiligen Drei Könige, und sie würde sich standhaft weigern, etwas Schlechtes von ihnen zu glauben. Wenn ihr gar nichts anderes mehr übriggeblieben wäre, hätte sie tausend Gründe gefunden, warum das so und nicht anders geschehen mußte, da waren die Frauen womöglich selbst schuld, und überhaupt war es kein Wunder, wenn man bedachte, welche Greuel die Wehrmacht in Rußland verübt hatte. Die Berichte darüber hatte sie übrigens noch einen Tag früher als Lügen und Verleumdung bezeichnet.

»Sie kam mir immer vor wie ein Fels in der Brandung«, sagte Sefa. »Eine von diesen starken Frauen, die nichts umwerfen kann. An ihren Mann kann ich mich gar nicht erinnern.«

Sie mußte wohl stark sein, weil er schwach war, meinte Karla, vielleicht war er auch schwach, weil sie so stark war.

»Erst die Henne? Erst das Ei? Weißt du noch, wie das Gedicht ging? Matthias Claudius, glaube ich.«

»Keine Ahnung.«

Halb zwölf war es schon. Höchste Zeit, die Kartoffeln aufzustellen. Sefa meinte, die alte Hausmeisterin in der Küchentür stehen zu sehen, ein Sträußchen Petersilie aus ihrer Kräuterecke im Hof in der Hand. Mit 84 war sie gestorben. Am Nachmittag hatte sie noch ächzend und stöhnend die Tagetespflänzchen pikiert, die sie ins Rondell setzen wollte. Mama hatte gefragt, warum sie die Töpfe nicht auf den Tisch stellte, das Bücken wäre doch wirklich sehr mühsam, aber Frau Kaiser hatte streng geantwortet, damit wollte sie noch warten, bis sie alt wäre.

»Warst du bei ihrem Begräbnis?« rief Sefa ins Zimmer.

Karla schaute von ihrem Kreuzworträsel auf. »Bei welchem Begräbnis?«

»Dem von Frau Kaiser! Von wem reden wir denn?« Karla konnte doch nicht von einer Minute zur anderen vergessen haben ... Da fiel Sefas Blick auf die Uhr. Zwölf Uhr vierzehn. Eine Dreiviertelstunde war vergangen, seit sie von Frau Kaiser gesprochen hatten, und sie hatte es nicht gemerkt.

Karla musterte Sefa mit diesem Blick, der deutlich zeigte, daß sie sich Sorgen um den Geisteszustand der Schwester machte, ausgerechnet sie, eine Dreistigkeit war das, und dann setzte sie auch noch ihre Duldermiene auf und antwortete sanft, daß sie und Mama Frau Kaiser natürlich die letzte Ehre erwiesen hätten. Sefa zog sich in die Küche zurück, hackte Zwiebeln fast zu Mus und stellte dann fest, daß sie vergessen hatte, die Platte unter dem Kochtopf anzudrehen. Am liebsten hätte sie den Topf aus dem Fenster geworfen. Das Telefon läutete.

»Gehst du bitte?« rief Karla. »Ich bin im Bad!« Im Bad! Auf dem Klo war sie, aber das würde sie nicht sagen, sie nicht.

Sefa riß den Hörer von der Gabel, knurrte: »Ja?« Herr Vasicek – sie konnte noch nicht an ihn als Gustl denken – entschuldigte sich für die Störung, sie beeilte sich, ihm zu versichern, daß er durchaus nicht störe, aber er hörte mehr den Ton als die Worte, was sie wiederum dazu zwang, ihn zum Kaffee einzuladen. Wenn ihm der Regen nicht zuviel sei, fügte sie hinzu, worauf er natürlich sagen mußte, daß das Vergnügen, sie zu sehen, auch vom schlimmsten Dauerregen nicht beeinträchtigt werden könne. Als sie den Hörer auflegte, fühlte sie sich erschöpft. So viel gegenseitige Rücksichtnahme war entschieden anstrengend.

»Aber Kuchen back ich keinen«, sagte sie zu Karla. »Sonst glaubt er womöglich ...«

Karla unterbrach sie. »Das ist allerdings möglich, und es wäre ganz und gar unrichtig, nicht wahr?«

»Ich bin vierundachtzig!«

»Was du nicht sagst.«

Als er kam, war er ungewöhnlich ernst, brachte auch weder Blumen noch Konfekt mit. Nach dem Kaffee entschuldigte sich Karla, sie habe einen dringenden Brief zu schreiben und hoffe, Gustl würde so freundlich sein, ihn für sie zur Post zu bringen. Sefa war verärgert, fand es lächerlich, mit einer so durchsichtigen Entschuldigung mit ihm allein gelassen zu werden. Gustav räusperte sich, setzte mehrmals zum Sprechen an, bevor es ihm endlich gelang, einen ersten Satz herauszustottern, dann, als sei ein Damm gebrochen, überschlugen sich die Wörter, ein Stammeln, das so gar nicht zu seiner sonstigen sorgfältig überlegten Art paßte. Sie saß da, die Hände im Schoß gefaltet, bemühte sich – nicht immer erfolgreich – zu verstehen, der Wortschwall schlug über ihr zusammen, sie schnappte nach Luft.

Es sei ihr wohl aufgefallen, daß er sie sehr schätze, ihre Schwester natürlich auch, aber sie doch auf ganz besondere Weise, seit vielen Jahren habe er sich nicht so lebendig gefühlt wie in ihrer Gegenwart, die Gespräche, die Ausflüge miteinander, die Stunden hier hätten ihn glücklich gemacht, nie hätte er gedacht, daß so etwas in seinem Alter möglich sein könnte, dieses plötzliche Aufblühen, dieses Erkennen von Gemeinsamkeiten, das ihn fast erschreckt habe, und er habe durchaus, also er habe den Eindruck gewonnen, daß er ihr nicht gleichgültig sei, und jetzt rede er wie ein mondsüchtiger Gymnasiast, nicht wahr, sie könne ihn ruhig auslachen, es sei ja wirklich zu lächerlich, in seinem ganzen Leben habe er nicht so, und letztlich habe er doch gelebt von seiner Redefertigkeit, aber jetzt ... Er wurde rot, fuhr sich mit beiden Händen übers Gesicht, schaute sie hilfesuchend an, senkte den Blick. »So wertvoll mir Ihre ... deine ... Freundschaft ist«, endete er, »ich fürchte, dies wird mein letzter Besuch sein müssen, weil ... Verstehen Sie ... verstehst du ... denn nicht?«

»Nein«, sagte Sefa. »So leid es mir tut, ich verstehe wirklich nicht. Sind Sie ... bist du ... anderweitig gebunden?« Wie dumm das klang. Er war nicht der einzige, der sich lächerlich machte.

»Nein!« Das war so laut herausgeschrien, daß Sefa Karlas Schritte im Vorzimmer hörte, die aber vor der Tür innehielten.

Sefa stand auf, trat hinter ihn, drückte seinen Kopf an ihre Brust, schlang beide Arme um ihn und hielt ihn fest. Nach einiger Zeit erst merkte sie, wie die Lehne seines Stuhls in ihren Magen drückte.

Die Tür ging auf, Karla kam herein. Sie schien nicht zu merken, wie verstört Sefa und Gustl waren, lief in die Küche, kam mit einer Flasche Wein zurück, bedauerte, daß kein Champagner im Haus war, holte Gläser aus dem Schrank, schenkte ein. Gustl räusperte sich, Sefa schüttelte den Kopf, er war so offensichtlich verwirrt, auch in seinem Kodex war diese Situation nicht vorgesehen, er wetzte sogar auf seinem Stuhl herum wie ein Kind, das zum Klo muß. Karla deutete die Verlegenheit der beiden als Ausdruck sprachlosen Glücks, drückte ihnen Gläser in die Hand, hielt eine launige kleine Rede, die sie lang vorbereitet haben mußte, so ganz aus dem Stegreif konnte das nicht sprudeln. »Jetzt darfst du die Braut küssen!« endete sie, und weil Sefa und Gustl immer noch steif dastanden, umarmte sie zuerst ihn, dann Sefa, küßte sie auf beide Wangen, erklärte, sie habe noch zu tun, und verließ das Zimmer.

Gustl starrte den Boden zu seinen Füßen an. Sefa wandte sich ihm zu, hob sein Kinn, legte ihm die Hände um den Hals.

»Aber ...«, preßte er heraus.

Sie legte ihm den Finger auf den Mund, dann küßte sie ihn, obwohl er wie versteinert dastand, mit mahlenden Kiefern, zusammengepreßten Lippen und am Hals hervortretenden Sehnen. Sie strich mit vier Fingern die Falten auf seiner Stirn von der Mitte zu den Schläfen hin aus, legte ihm beide Hände auf die Schultern. Es war schrecklich wichtig, jetzt nicht das Falsche zu sagen, aber sie wußte nicht, was richtig war, was überhaupt richtig sein konnte. Plötzlich hielt er sie in den Armen, drückte sein Gesicht in ihre Halsgrube. Sie spürte seine Nase, sein Atem kitzelte sie.

»Komm«, sagte sie nach einer Weile.»Gehen wir ein bißchen spazieren?«

Karla schüttelte den Kopf, als sie sie im Vorzimmer antraf. »Es regnet doch!«

»Im Augenblick nicht«, sagte Gustl.

»Es fängt bestimmt gleich wieder an«, beharrte sie und drängte ihnen Papas großen schwarzen Schirm auf.

Jedes Fliederblatt trug einen glitzernden Tropfen, die Fächer der Robinien glänzten frisch gewaschen, die Pelargonien in den Fensterkisten ließen die schweren Köpfe hängen, rosarote Blütenblätter waren auf den Gehsteig geschwemmt. In der Gosse sprudelte das Wasser zum Kanalgitter. Aus einer Baumkrone fiel ein dicker Tropfen Sefa auf die Nase, gleich darauf traf einer Gustls Stirnglatze. Sie gingen schweigend nebeneinander her, bis Gustl auf ein Eichkätzchen wies, das genau in der Mitte eines Vorgartenbeets Männchen machte. Da nahm sie seine Hand. Seine Finger fühlten sich gut an, fest und warm.

Er machte immer wieder Anstalten, etwas zu sagen, kam dabei aus dem Rhythmus und schaltete einen Wechselschritt ein, um sich ihr anzupassen.

»Du weißt, daß ich älter bin als du?« Ein dicker Tropfen zerplatzte auf ihrer Nase.

Er blieb stehen, zum ersten Mal an diesem Tag lächelte er, wischte vorsichtig den Tropfen ab. Auch als ihnen die Apothekengehilfin entgegenkam, grüßte und Gustl neugierig musterte, ließ Sefa seine Hand nicht los. Sie kicherte.

»Was ist so komisch?« fragte er.

»Nur, daß es morgen ganz Hietzing und Umgebung wissen wird.«

Gustl zog sie an sich und küßte sie. Aus der Robinie triefte Tropfen um Tropfen in ihren Nacken, rieselte ihren Rücken hinab. »Du weißt ja nicht«, flüsterte er ihr ins Ohr, »du weißt ja nicht, wie sehr ich mir gewünscht habe, dich so zu halten. Obwohl – obwohl ich das eigentlich …« Er brach ab.

»Mitten auf der Hietzinger Hauptstraße«, sagte sie.

Er nahm ihren Ellbogen und führte sie in die nächste Seitengasse. Eine erste Kastanie fiel vor ihnen auf den Gehsteig, sie hob sie auf, rieb sie an ihrem Ärmel trocken, reichte sie ihm.

»Ich kann dir gar nicht genug danken«, sagte er.

»Für die Kastanie?«

»Für die auch.« Er hielt die rötlichbraune glänzende Kastanie in der flachen Hand, drehte sie hin und her. Als Buben, sagte er, hätten sie säckeweise Kastanien für die Wildfütterung im Lainzer Tiergarten gesammelt, Kastanienketten seien ihre Waffen bei allen Auseinandersetzungen mit Mitschülern gewesen. Sefa lachte. Sie und Karla hätten Körbchen aus den Kastanien geschnitzt und Tiere für ihren Zoo gebastelt. Er steckte die Kastanie in seine Manteltasche. »Die ist jetzt mein Talisman.«

Es begann wieder zu nieseln, nach kurzer Zeit platschten riesige Tropfen auf den Asphalt. Unter dem Schirm war es selbstverständlich, eingehakt zu gehen. Gustl preßte Sefas Arm an sich. Ein Tropfen vom Rand des Schirms fiel ihm in den offenen Mund.

»Siehst du«, sagte sie.

»Sehe ich was?«

»Das mußt du selbst herausfinden.« Sie legte ihre Hand auf seine, nach einer Weile wurde ihr kalt, da kuschelte sie ihre Hand in die Höhlung seiner Hand. »Ich hab gar nicht gewußt, wie sehr ich es vermißt habe, einen Menschen so nahe zu spüren.« Wasser schwappte unter ihren Schuhen.

»Meine Schritte klingen wie fette alte Kröten, die in einen Teich voller Algen platschen«, stellte er fest.

Karla kam aus dem Kopfschütteln nicht heraus über so viel Unverstand. Eine Lungenentzündung würden sie sich holen, Rheumatismus und wer weiß was sonst. Sie sollten wenigstens sofort trockene Strümpfe anziehen, auch die Glut junger Liebe schütze nicht vor Erkältungen, was seien sie doch für Kindsköpfe. Sie schusselte in die Küche, stellte Teewasser zu, richtete ein Tablett mit Tassen, alles mit ungeheuerem Lärmaufwand.

Sefa lächelte, als sie sah, wie Gustl den Stuhl ansteuerte, auf dem er beim Kaffee gesessen war, neben dem er aber stehen blieb, bis er beiden Schwestern die Stühle zurechtgerückt hatte. Karla goß reichlich Rum in die Tassen, das sei als Medizin notwendig, und als Sefa fragte, ob denn auch Karla naß geworden sei, erklärte sie, daß auch große Freude ein Gefahrenmoment beinhalte und daher vorsorglich zu behandeln sei. Merkwürdig, daß es in so kurzer Zeit selbstverständlich geworden war, zu dritt an diesem Tisch zu sitzen. Über den Teetassen waberten duftende Wölkchen hin und her.

»Na, ihr beiden?« Karla betrachtete sie wie ein Bildhauer ein zu seiner eigenen Überraschung wunderbar gelungenes Werk.

»Wir wollen am Wochenende nach Aussee fahren«, sagte Sefa. Gustl warf ihr einen verwunderten Blick zu. »Du bist natürlich herzlich eingeladen, Karla«, fügte sie hinzu.

»O nein! Ich eigne mich nicht als Anstandswauwau«, erklärte Karla. »Dazu fehlt mir die moralische Größe.« Sie wartete den Protest ab, den Gustl pflichtschuldigst lieferte, dann sagte sie: »Außerdem bin ich mit Leonore verabredet, wir wollen die ›Kathedralen im Wüstensand‹ anschauen, bevor wir die auch versäumt haben. Ist euch schon einmal aufgefallen, wie oft man ein Ausstellungsplakat erst am Tag nach der Schließung wahrnimmt? Ach, und übrigens, Gustl, wohin denkst du uns zur Feier des Tages auszuführen?«

Nach einer langen Diskussion über die unterschiedlichen

Meriten verschiedener Gaststätten, die sie kannten oder über die sie gelesen hatten, entschied Karla dann doch, daß das Wetter für vernünftige Menschen viel zu schlecht sei, sie jedenfalls würde heute lieber eine Eierspeise zu Hause essen und das Fest auf einen anderen Tag verschieben, schließlich wolle sie zu einem solchen Anlaß auch zum Friseur gehen und auf gar keinen Fall als gebadete Maus eine mitleiderregende Figur abgeben. Ganz abgesehen davon, daß Sefa auch nicht gerade perfekt frisiert sei.

»Du willst wirklich mit mir nach Aussee fahren?« fragte Gustl, als Karla in die Küche gegangen war und sich jede Hilfe streng verbeten hatte.

»Ja.«

»Aber ich ...«

Was quälte ihn so? »Willst du überhaupt?« fragte sie. Fühlte er sich überrannt?

»O ja. Und wie ich das will.«

Er verabschiedete sich bald nach dem Abendessen. Ihr war es recht, der Tag hatte sie müde gemacht, als wäre sie auf einen hohen Berg gestiegen. Sie ging auch gleich in ihr Zimmer, die Vorstellung war bedrohlich, daß Karla anfangen könnte, sie auszufragen. Irgend etwas war nicht in Ordnung, ganz und gar nicht in Ordnung. Hatte sie ihn verschreckt, weil sie einfach auf ihn zugegangen war? Sie hatte sich ja selbst überrascht. So glücklich hatte er dreingeschaut, glücklich, ja, aber gleichzeitig verstört. Sefa schielte hinüber zu Friedrichs Foto. Er blickte gleichmütig, weder streng noch strafend, blinzelte auch nicht, blickte ins Auge der Kamera, Punkt. Ins Auge des Hurrikans? Mit dir hat das nichts zu tun, dachte sie, es ist ganz anders. Sie erinnerte sich gelesen zu haben, daß Menschen, die in einer guten Ehe gelebt hatten, eher geneigt waren, eine neue Beziehung einzugehen. Damals hatte sie gedacht, das sei Unsinn, der Schreiber – sie war sicher, daß es ein Schreiber gewesen war, keine Schreiberin – hatte wohl nie darüber nachgedacht, daß neue Partner nicht auf den Alleebäumen wuchsen. Waren es die Franzosen, die früher behauptet hatten, kleine Kinder wüchsen in Kohlköpfen heran? Das erklärte manches, allerdings über Menschen im allgemeinen. Kohlköpfe, sagte sie mehrmals. Kohlköpfe. Sie kicherte. Wie komisch das klang. Eigentlich sollte sie wohl vernünftig nachdenken über das, was sie heute getan hatte. Sie hatte nicht nur Gustl überrascht, sondern vor allem sich selbst. Sie war tatsächlich verliebt. Verrückt, natürlich, aber sie hatte sich in ihn verliebt. Weil er interessant erzählte? Weil er zuhören konnte? Weil er ihr das Gefühl gab, wichtig zu sein? Sie gebe ihm das Gefühl, lebendig zu sein, hatte er gesagt. So ging es ihr mit ihm. Es schauderte sie, wenn sie daran dachte, wie lange sie von Zärtlichkeit nur mit dem jungen Leichenbestatter geträumt hatte, und da war die Vorbedingung ihr eigener Tod gewesen. Krank, sagte sie laut, wirklich krank. Sie spürte den Druck von Gustls Händen. Schön geformte Ohrmuscheln hatte er, die behutsame Art, wie er seine Worte setzte, gefiel ihr, die wellenförmigen Querfalten auf seiner Stirn machten ihr Lust, sie glattzustreichen. Waren es vier oder doch fünf? Sie mußte seine Falten auswendig lernen. Als er in ihrem Pullover aus dem Bad kam, war sie überrascht gewesen, wie breit seine Schultern waren. Ich weiß so wenig von ihm, dachte sie. Eigentlich fast gar nichts. Ich bin neugierig auf ihn, ich möchte ihn sehen, nackt sehen. Also wirklich, meldete sich ein Teil von ihr, du bist unmöglich. Gut, dann bin ich eben unmöglich. Ich schau mir gern Menschen an.

Hab ich ihn schockiert? Warum soll ich ihn nicht schockieren? Eigentlich ist es ja verrückt. Vierundachtzig Jahre alt und verliebt! Ist es nicht immer verrückt, verliebt zu sein? Weiß eine Zwanzigjährige, wie lange sie noch leben wird? Wie lange die Liebe halten wird? Zum Kuckuck mit der Statistik, die kann nur zählen, und weil sie nur zählen kann, zählt sie nicht. Nicht für mich. Ich hab immer Schwierigkeiten mit dem Zählen gehabt. Sogar beim Schäfchenzählen komm ich durcheinander, obwohl das wahrscheinlich kein Kriterium ist. Bin ich überhaupt richtig verliebt? Wie soll ich das wissen? Was war anders mit zwanzig? Die Zwanzigjährige, die ich war, ist mir so weltenfremd, unendlich weit weg, fremder als die Fünfjährige. Eine Erinnerung stieg auf. Sie war mit Friedrich und Karla spazierengegangen und von einem Gewitter überrascht worden. Als sie völlig durchnäßt nach Hause kamen, gab Mama Friedrich ein Paar von Papas Socken. Sie hatte Friedrichs Socken aus dem Wäschekorb geholt und unter ihr Kopfkissen gelegt. Lange bevor sie mit Friedrich geschlafen hatte, hatte sie mit seinen schmutzigen Socken geschlafen. Dunkelblau waren sie gewesen. Sefa lachte. Heute würde sie so etwas garantiert nicht mehr tun. Aber das Gras war grüner, der Regen nasser, die Geranien waren röter und die Kastanien glatter. Das genügte. Was kümmerte sie der nächste Winter, das nächste Jahr? Laßt die Toten ihre Toten begraben, ging es ihr durch den Kopf. Wo stand das wieder? Vermutlich auch in der Bibel. Warum fielen ihr die Toten ein, wo sie doch lebendig war wie seit Ewigkeiten nicht? Sie wackelte mit den Zehen, stellte sie auf, rollte sie ein, gähnte ausgiebig, breitete die Arme aus, spreizte die Finger, bis sie den Zug in allen Sehnen spürte. O ja, sie war lebendig. Zwölf Uhr vorbei. Sie genoß es, den Gedankenfetzen träge nachzublicken, die immer undeutlicher wurden, ein Knäuel, ein Ball, ein bunter Ball, den sie hochwarf, so hoch hatte sie nie werfen können, er flog, bis er an der Spitze eines Sichelmondes hängenblieb.

Die ersten Sonnenstrahlen weckten sie auf, sie hatte vergessen, die Vorhänge zuzuziehen. Sie stand auf, trat zum Fenster. Wie die Bäume glänzten nach dem Regen. Sefa betrachtete die Robinie in der Nebenfahrbahn, spürte die Blattwedel, spürte die rauhe Rinde. Sie atmete tief ein, die Luft wurde eine starke Säule, die bis zu ihren Füßen reichte. In einem Fenster auf der anderen Straßenseite putzte sich eine Katze sehr ausführlich, saß dann statuenhaft mit erhobenem Kopf und schien herüberzustarren.

Sefa beschloß, frisches Gebäck zu besorgen. Sie zog sich an, schlich durchs Vorzimmer, zog vorsichtig die Tür hinter sich zu. Erst auf der Straße fiel ihr ein, daß die Milchfrau schon vor Jahren den Rollbalken zum letzten Mal heruntergelassen hatte. Gut, dann würde sie bis zur Bäckerei gehen. Es war lange her, seit sie einen Morgenspaziergang gemacht hatte. In einem Vorgarten tschilpten Spatzen, zwei Buben kamen auf Skateboards angerast, wichen ihr im letzten Moment mit einem eleganten Schwung aus. Sie rief ihnen »Guten Morgen!« nach, was sie offenbar verwirrte, sie bremsten gleichzeitig ab, kamen zurück, umkreisten sie und grüßten, bevor sie lachend davonfuhren. Das frische Brot duftete bis auf die Straße heraus, als sie die Bäckerei betrat, roch es auch noch verlockend nach Kaffee. Die Frau hinter der Theke hatte rosarote Bäckchen, ein freundliches Lächeln für jeden einzelnen Kunden und bediente unglaublich flink, ohne je den Eindruck zu machen, sie sei in Eile.

Karla hatte den Tisch gedeckt und Kaffee aufgesetzt, dankte Sefa für das frische Gebäck. Da gäbe es nichts zu danken, erklärte Sefa, Karla könne sich gar nicht vorstellen, wie strahlend neu die Bäume und Blumen seien, die Verkäuferin in der Bäckerei hätte ausgesehen wie aus dem Bilderbuch, nicht ein einziger Mensch sei mit grantigem verbissenem Gesicht unterwegs gewesen.

»*All the world loves a lover*«, stellte Karla fest.

»Du kannst mich ruhig auslachen«, sagte Sefa. »Es ist trotzdem wahr. Wir müssen unbedingt spazierengehen.«

»Erst einmal müssen wir unbedingt frühstücken.« Karla setzte sich, sprang auf, um den Honig zu holen. Es sei nicht zu glauben, stellte sie fest, aber ihre Füße wären derzeit richtig friedliche Hausgenossen, vielleicht sei das der Lohn der guten Tat. Als das Telefon klingelte, nickte sie wissend und verschwand in der Küche. Es war aber nicht Gustl, sondern Leonore, die sagte, sie werde in einer halben Stunde bei ihnen sein, der Taxifahrer werde klingeln, aber es wäre gut, wenn sie bereit wären, sonst könnten sie zum Begräbnis zu spät kommen. Sefa hielt sich gerade noch rechtzeitig zurück, »welches Begräbnis« zu fragen. Den Kranz habe sie vom Gärtner liefern lassen, sie habe einige Male angerufen, aber niemanden angetroffen, und habe nun ihr Einverständnis voraussetzend einen gemeinsamen Kranz von den Schulfreundinnen bestellt, so hätten sie es ja auch bisher immer gehalten.

Karla hatte ebenfalls völlig auf das Begräbnis vergessen und war entsetzt, weil sie noch im Morgenmantel herumlief. Schwarz, erklärte sie, sei übertrieben, so eng war die Beziehung nicht einmal in der Schule gewesen, was für ein Glück, daß sie das Dunkelblaue nicht verschenkt hatte, und Sefa solle sich doch bitteschön umziehen, ihr grauer Zweiteiler wäre wohl das richtige für den Anlaß.

Es war Sefa sehr bewußt, daß sie zum ersten Mal Gustls Nummer wählte. Vor gar nicht so langer Zeit hatte sie noch geglaubt, Sterben wäre das einzige, das sie in ihrem Leben noch zum ersten Mal tun würde. Als er sich meldete, war sie so befangen, daß sie kein Wort herausbringen konnte, erst nach seinem dritten »Ja bitte?« schaffte sie es, ihren Namen zu sagen. Sie hörte ihn Atem holen, er war genauso verlegen wie sie, stellte sie fast befriedigt fest. Er hatte gehofft, sie könnten an diesem herrlichen Tag einen Ausflug machen, aber natürlich verstehe er. Sie versprach, sich zu melden, sobald sie heimkämen.

Im Taxi erzählte Leonore, Aranka habe eine Woche bevor Hitlers Truppen in Österreich einmarschierten, ihr erstes Solokonzert gegeben, das dann auch schon das letzte war, weil ihr als Halbjüdin alle Türen zu einer Karriere verschlossen waren. Sie mußte froh sein, in einer privaten Musikschule um einen Bettellohn unterrichten zu dürfen, und die Schikanen des Inhabers geduldig ertragen. Ihr Freund kam als Kommunist ins KZ, anfangs holte ihn der Lagerkommandant zu seinen Kammermusikabenden, als er sich die Hände bei der Arbeit im Steinbruch erfroren hatte, war es damit aus. Er starb an Typhus, da war sie im siebten Monat schwanger. Sie band sich den Bauch ein, weil der Inhaber der Musikschule nichts davon wissen durfte, er war ein sittenstrenger Mensch. Der Bruder nahm sie mit zu seiner Mutter, einer verbitterten, schmallippigen Frau, die nach dem Tod des Vaters in strenger Pflichterfüllung bei geschlossenen Fenstern und mit nur zum Kochen beheiztem Herd in einer Keusche wohnte, wo der Schimmel täglich neue Wandflächen eroberte. Die gab Aranka genau die Hälfte von jedem Stück Brot, von jedem Stück Fleisch, das sie ergattern konnte, immer mit dem Zusatz, sie müsse dafür sorgen, daß ihr Enkel etwas zu essen bekäme, er sei ja alles, was ihr von ihrem Sohn geblieben sei. Sobald der Bruder halbwegs bei Kräften war, wollte er Aranka überreden, ihn zu heiraten, als sie ihn abwies, versuchte er sie zu vergewaltigen. Das Kind war tatsächlich ein Bub, in den letzten Kriegstagen starb er an einem Blinddarmdurchbruch. Sie hatte ihn auf ihren Armen zum

Krankenhaus geschleppt, dort war kein Arzt, als endlich einer kam, war es zu spät. Sie ging dann nach Wien, die Wohnung der Eltern war zerbombt, zwei Jahre später fand sie ihre Schwester, die irgendwo im Waldviertel bei Bauern überlebt hatte.

Sefa versuchte, diese Biographie mit der Puppi – Aranka konnte sie nicht denken, das war zu ungewohnt – zur Deckung zu bringen, die sie bei den Klassentreffen erlebt hatte, einer souveränen, eleganten Frau, neben der sie sich immer etwas verschmuddelt und sehr unbedeutend gefühlt hatte. Wie viele von den anderen hatte sie völlig falsch eingeschätzt?

»Schrecklich«, seufzte Karla. »Es paßt doch gar nicht zu Puppi, als wäre sie ins falsche Leben geraten.«

In der Zeit seien viele ins falsche Leben geraten, viele Frauen vor allem, sagte Leonore. Grillparzer habe doch an Schuberts Grab gesagt, »Hier begräbt die Musik ihren liebsten Sohn, aber noch viel schönere Hoffnungen«, oder so ähnlich. Sie denke oft, wieviel mehr das für so viele Frauen gelte, gerade für Frauen ihrer Generation. Aranka habe wenigstens ihr Leben wieder in die Hand genommen und weiter Musik gemacht, aber sie sei der einsamste Mensch gewesen, den sie je kennengelernt hätte. Sie würde so gerne glauben, daß sie jetzt mit ihrem Johann und dem kleinen Peter vereint sei.

Wie bunt der Friedhof war. Die Grabsteine warfen scharfe Schatten auf die Stiefmütterchen, die Geranien, die Fächerblumen, die kurzen bodendeckenden Rosen. In der Vertiefung eines Grabsteins badete tschilpend ein kleiner Vogel, sooft er mit den Flügeln schlug, spritzten schimmernde Tropfen in alle Richtungen. Paß auf, dachte Sefa, wenn du so weitermachst, ist das Wasser bald weg.

Die Aufbahrungshalle war kühl und dunkel nach dem hellen Licht draußen. Nur wenige Menschen standen da, zwei ältere Frauen in Schwarz, das mußten die Nichten sein, elegant und hager die eine, die andere mußte einmal schön gewesen sein, jetzt trug sie schwer an dem Übergewicht, in dem sie sich offenbar so wenig zu Hause fühlte wie in unpassenden Kleidern. Zwei Schritte hinter ihr stand ein Mann, der deutlich zeigte, daß ihn das alles nichts angehe, und immer wieder auf die Uhr blickte. Eine Gruppe junger Frauen unterhielt sich flüsternd, von herumwuselnden Kindern unterbrochen. Ein kleiner Bub pflückte Nelken aus dem Kranz vor dem hellen Sarg, in einer Ecke spielten zwei Mädchen ein Klatschspiel mit sehr komplizierten Regeln, bis die rundliche Nichte hinging und sie halblaut ermahnte. Auch in dieser Familie, dachte Sefa, sind die jüngeren eindeutig hübscher als die älteren, in der Hinsicht scheint es doch so etwas wie einen Fortschritt zu geben. Dann fiel ihr ein, daß die älteren Frauen, die ihr auf eine seltsame Art leid taten, eine Generation jünger waren als sie selbst. Sie behielt den Eingang im Auge, aber keine von den Schulkameradinnen kam. Zwei alte Männer, wahrscheinlich ehemalige Orchesterkollegen, standen unschlüssig herum, wußten nicht, bei wem sie ihre Beileidsbezeugungen abladen konnten. Wie hieß das noch einmal? Die Hauptleidtragenden? Wer trug hier Leid? Aranka hatte ihr Leid zu Ende getragen.

»Jetzt sind sie alle da«, flüsterte Eleonore ihr zu. »Ins Heim kamen sie höchstens viermal im Jahr. Warum habe ich ihnen trotzdem die Hände geschüttelt und mein Sprücherl gemurmelt? Weil ein Begräbnis nicht der Ort für Ehrlichkeit ist?«

Sefa nickte. »Ich glaube, bei einem Begräbnis ist man einfach dankbar für die festgesetzten Floskeln, die festgesetzten Abläufe, es wäre schrecklich, wenn man sich selbst etwas ausdenken müßte.«

Der Priester setzte mit großer Mühe einen Fuß vor den anderen, seine Augen waren trüb und glanzlos, wollten nur mehr nach innen schauen. Seine Stimme aber tönte voll und warm, füllte den hohen Raum, sogar die Kinder wurden still, hörten mit großen Augen zu. Die alten Worte gaben dem Abschied Gestalt und Würde, feste Formen gegen die unfaßbare Bedrohung.

Auf dem Weg zum Grab fragte ein kleiner Bub: »Was macht die Tante Puppi jetzt?« Seine Mutter, Sefa nahm jedenfalls an, daß die Frau, die seine Hand hielt, seine Mutter war, sagte, sie sei im Himmel. Der Bub blieb stehen, blickte hinauf in das strahlende Blau, schüttelte den Kopf. »Gibt es da auch Krankenschwestern?« Im Himmel, erklärte die Mutter, brauche niemand Krankenschwestern, dort wären alle wieder heil und gesund. »Wohin kommen dann die Krankenschwestern, wenn sie tot sind?« Die Mutter ermahnte ihn, still zu sein, sie könnten später darüber reden. Manche Dinge, dachte Sefa, änderten sich nicht, wie oft hatten sie als Kinder gehört, darüber würde man später reden. Anscheinend war es nie später geworden, bis es zu spät war. Er ist im Himmel, sie ist im Himmel. Mit welcher Sicherheit man das sagte, wahrscheinlich mehr um sich selbst zu trösten als die Kinder, die mit ihren Fragen die Drachenköpfe der eigenen Zweifel aufgeweckt hatten. Wie gut sie das konnten. Manchmal hatte sie bei Rainer den Eindruck gehabt, daß es ihm um die Frage ging, nicht um die Antwort, bei der er oft gar nicht richtig zuhörte. Das ein oder andere Mal war ihr vorgekommen, als hätte er nur gefragt, um sie aus ihrer gerade mühsam erreichten Balance zu bringen aus Rache für irgend etwas, das sie ihm angetan hatte. Was für ein Unsinn. Der vier-, fünfjährige Rainer stand so deutlich vor ihr, daß sie die Hand ausstreckte, um ihn an sich zu drücken, endlich an sich zu drücken, wie sie es nicht gewagt hatte, als er ein Kind war. Ein seltsames Kind war er gewesen, nicht ganz von dieser Welt. *Mon petit prince*, hatte

Mama ihn genannt. In einem plötzlichen Erschrecken erkannte sie, daß sie sein Anderssein wie eine Auszeichnung genossen und ihm vielleicht dadurch den Weg zu anderen Menschen versperrt hatten. Er ging immer noch wie in einer Glasglocke, konnte besser telefonieren als direkt mit Menschen reden. Verzeih mir, dachte sie, ich hab's nicht besser gewußt. Gab es so etwas wie eine Aussöhnung zwischen Eltern und Kindern? Rainer und Friedrich waren sich fremd geblieben bis zum Schluß, auch das war ihre Schuld, sie war zwischen ihnen gestanden, beschwichtigend, erklärend, statt sie ihre Kämpfe austragen zu lassen. Feig war sie gewesen.

So hoch oben, daß es nicht zu hören war, zog ein Flugzeug einen silbernen Streifen über den blauen Himmel.

Ihr erster Flug fiel ihr ein, über fünfzig war sie schon gewesen, der Blick aus dem Fenster auf die leuchtenden Wolkentürme, genau so hatte sie sich als kleines Mädchen den Himmel vorgestellt. Ob er nicht auch Lust hätte, in diese Wolkenberge hineinzuspringen, hochgeschleudert zu werden, weich zu fallen? hatte sie Friedrich gefragt. Er hatte den Kopf geschüttelt, das sei keineswegs ratsam, er sei froh, daß sich die Fenster nicht öffnen ließen, er habe keine Eile, ihre Lebensversicherung zu kassieren. Zwei junge Frauen vor ihr unterhielten sich über die Schwierigkeiten, die richtige Schule für ihre Kinder zu finden.

Sie hatten das Grab erreicht, der Priester sprach den letzten Segen, die Winden knarrten und quietschten, der Sarg schlug dumpf gegen die harte Erde. Leonore hatte darauf bestanden, über die schwankenden Bretter hinaufzufahren, um Aranka ein Schäufelchen Erde nachzuwerfen. Unter den wachsamen Blicken des Totengräbers fuhr Karla sie zurück auf den Kiesweg. Sefa streute Erde auf den Sarg, fühlte einen Sog nach unten, als wäre das Grab nicht sieben, sondern siebzig Fuß tief.

Der Totengräber packte ihren Ellbogen mit geübtem Griff, murmelte beruhigend, Sefa verstand kein Wort, fühlte sich aber freundlich beschützt.

Die Nichten bedankten sich höflich, ihre Töchter oder Schwiegertöchter versuchten genervt, die Kinder in Zaum zu halten, die zwischen den Grabsteinen Verstecken spielten. Ein kleines Mädchen weinte herzzerreißend, die Mutter schimpfte.

Leonore blieb in einer Rille im Weg stecken, Karla schob an, der Rollstuhl ließ sich nicht bewegen. »Hinterräder runterdrücken, nicht anheben!« sagte Leonore vergeblich. Sefa bot sich an, Karla abzulösen, was die Schwester nur ärgerte. »Immer glaubst du, du kannst alles besser!« Endlich kam eine von den jungen Frauen herüber, tat genau das, was Leonore gesagt hatte, und sie erreichten den Ausgang.

Leonore fand es bezeichnend, daß die Nichten sich nicht vorgestellt und auch kein wie immer geartetes Interesse an den Trauergästen gezeigt hatten. »Aber wir sind ja nicht ihretwegen gekommen«, erklärte sie und fuhr so schnell den Berg hinunter, daß Karla und Sefa Mühe hatten, ihr zu folgen. Die Sonne im Rücken tat gut, sobald sie in den Schatten der Bäume traten, spürten sie kribbelnde Schauer im Nacken.

Im Kaffeehaus bestellte Leonore Weißwein. »Trinken wir auf Aranka, auf ihre Tapferkeit und auf alles, was aus ihr hätte werden können«, sagte sie. Ein merkwürdiger Trinkspruch, aber die Schwestern hoben ihre Gläser und nickten ihr zu. »Auf Aranka!« Puppi hatten sie gekannt, oder zu kennen geglaubt, die Frau, die heute begraben worden war, hatte Puppi weit hinter sich gelassen. »Es ist so schade, daß Aranka sich nie bei uns gemeldet hat«, sagte Karla. »Wir hätten ... «

Leonore unterbrach sie. »Sie hat auch mich nie angerufen, immer ich sie. Aber jedesmal, wenn wir miteinander sprachen, hatte sie ein Geschenk für mich vorbereitet: eine Beobachtung, eine Anekdote, ein Zitat, immer etwas Neues, Überraschendes. Sie hat ungeheuer genau hingeschaut, hingehört, sogar als sie nur mehr flach auf dem Rücken lag, hatte sie etwas Interessantes zu erzählen.« – »Vielleicht konnte sie die Dinge aufnehmen, weil sie wußte, du würdest dich daran freuen«, sagte Karla.

Leonore drehte den Stil ihres Glases in der Hand. »Es wäre schön, wenn du recht hättest.« Kein Löffel klirrte, kein Mensch hüstelte, räusperte sich, sagte ein Wort, nicht einmal die Fliegen am Fenster summten. Dann zischte die Espressomaschine und es kehrte etwas wie Normalität zurück. »Unsere Generation ist die der versäumten Gelegenheiten«, sagte Leonore. »Zugegeben, wir hatten mehr Hindernisse als Chancen, aber die Chancen, die wir hatten, haben nur sehr wenige von uns genützt. Wo ausnahmsweise kein Hindernis war, sind wir uns selbst im Weg gestanden.« Frauen, die während des Krieges einen Betrieb selbständig geführt und als die Männer geschlagen und zerbrochen zurückkamen, die Kinder aus dem Ehebett geworfen, die Männer an die Brust genommen und aufgepäppelt und ihnen die Schlüssel wieder übergeben hatten, Frauen, die eine eigene Karriere für Ehe und Kinder aufgegeben hatten. »Und was bekamen sie dafür? Die Verachtung ihrer Töchter, die sich zumeist mit den Vätern identifizierten. Daß die Männer sich rächen mußten für so viel Verzicht ist ja wohl klar. Und ihre Rache fiel meist reichlich schäbig aus.«

»Es gibt auch Ausnahmen«, warf Karla ein.

»Na und?« Leonore stützte die Arme auf die Lehnen ihres Rollstuhls, ihr Gesicht verkrampfte sich, als sie sich mühevoll hochhievte und dann zurücklehnte. »Wer weiß, vielleicht macht das Ganze dann doch einen verqueren Sinn, *sub specie aeternitatis*. Aufopferung als Sinn? Wenn ich mir die meisten unserer Altersgenossinnen anschaue, wirken sie jedenfalls nicht übermäßig glücklich dabei.«

»Findest du, daß die nächste Generation glücklich aussieht?« fragte Sefa. »Und deren Töchter, die den Verzicht auf die Aufopferung sozusagen im Programm haben?« Leonore lachte. »*Touché*. Ich hab wohl Sinn und Glück verwechselt.« Sie wandte sich Karla zu. »Was ist für dich Glück?«
Mit einer Definition könne sie nicht dienen, sagte Karla, aber für heute sei Glück, daß die Sonne scheine, daß Teresa bald zu Besuch kommen würde, auch wenn die Enkelin die unmöglichsten Fragen stellen würde, daß es schön sei, hier zu dritt im Kaffeehaus zu sitzen, auch wenn Leonore eine destruktive Ader habe und ihre liebe Schwester manchmal unausstehlich sei, daß ihre Füße nicht geschwollen seien und die Schuhe nicht drückten. Sie zwinkerte Sefa zu. »Ich könnte noch einiges andere anführen!«
»Bravo«, sagte Leonore. »Oder besser: *brava*. Wahrscheinlich hast du Glück, daß du du bist.«
Karla zuckte zusammen, Leonore legte eine Hand auf ihren Arm. »Ich meine das ganz ernst, wirklich. Solange wir auf das große Glück warten, versäumen wir's, weil wir nicht erkennen, daß es in vielen kleinen Bruchstücken daherkommt, sozusagen im Selbstbausatz. Und jetzt rufe ich schnell ein Taxi.« Sie zog ein Handy aus der Tasche. Für sie seien die Mobiltelefone wirklich ein Glück, machten sie etwas weniger abhängig. Sie müsse heimfahren, aufs Klo zu gehen sei leider eines der größten Probleme, nein, sie wolle sich nicht zur Toilette helfen lassen, so weit sei sie Gott sei Dank noch nicht, zu Hause habe sie alles so eingerichtet, daß sie allein ins Bad fahren, sich den Hintern selbst waschen könne. Das sei auch Glück. Karla und Sefa begleiteten sie zum Taxi, versprachen, sie bald wieder zu besuchen.
»Was ist denn nun der Unterschied zwischen Glück und *noch ein Glück*?« fragte Karla. Sefa meinte, das müsse sie

wohl die Tante Jolesch persönlich fragen, sie jedenfalls wisse es nicht.

Beim Schuheausziehen seufzten sie gleichzeitig, stellten fest, daß das ein absolut perfekter Einsatz gewesen sei, ganz ohne Dirigent. Manchmal, sagte Karla bedeutsam, könne sich auch *noch ein Glück* zum *Glück* entwickeln. Sie habe zum Beispiel gedacht, es sei noch ein Glück, wenigstens eine Schwester zu haben, als Julius starb, inzwischen wisse sie, daß es ein Glück sei, diese Schwester zu haben, trotz allem.

Sefa stellte die hingeworfenen Schuhe ordentlich nebeneinander. »Ohne dieses Trotz-allem hätte ich dir sowieso nicht geglaubt.«

Karla hängte ihre Jacke auf den Bügel, sagte mit dem Gesicht zur Wand: »So ruf ihn doch endlich an!«

Frau Kandic hatte Sefas kleinen braunen Koffer vom Schrank heruntergeholt und abgestaubt. Sefa stapelte Wäsche und Blusen auf dem Bett, als Karla in ihr Zimmer kam, erklärte sie, sie wolle doch lieber absagen, es habe keinen Sinn, und überhaupt fühle sie sich gar nicht gut. Karla pflanzte sich vor ihr auf. »Glaubst du vielleicht, du könntest mich nicht allein lassen? Hast du eine Ahnung, wie sehr ich mich darauf freue, ein paar Tage Ruhe von dir zu haben! Mach nicht so ein Theater.«

»Ich mach kein Theater.«

»Gut, du machst kein Theater. Aber du tust ja, als ginge es um Leben und Tod. Seit zwei Tagen ißt du so gut wie nichts, ständig hab ich Angst, du würdest dir den Schädel an der Wand anschlagen, weil du wie eine Schlafwandlerin herumtappst. *Be your age, woman*, wie meine Tochter zu sagen pflegt. Freu dich auf den Weg um den See und basta!«

Der Weg um den See. Loser, Grimming, Trisselwand, dachte Sefa, da waren doch noch andere, warum fielen sie ihr nicht ein, Loser, Grimming, Trisselwand. Immer wieder, wie eine Beschwörung. Loser, Grimming, Trisselwand.

»Wenn nichts daraus wird, hast du immerhin den Dachstein wieder gesehen. Vielleicht gibt's sogar noch eine verspätete Trollblume auf der Seewiese.«

Loser, Grimming, Trisselwand. Warum hab ich Angst? Es gibt keinen wie immer gearteten Grund, Angst zu haben. Sie hatte auf streng getrennter Rechnung bestanden, obwohl Gustl protestiert und Karla sie kleinkariert genannt hatte.

»Mein Gott, du Ärmste! Fährt mit einem ausgesprochen liebenswürdigen Mann in eine der schönsten Landschaften der Welt und zerfließt in Selbstmitleid!«

Es läutete. Sefa erschrak, packte so schnell sie konnte. Bestimmt hatte sie das Wichtigste vergessen. Karla und Gustl lachten im Wohnzimmer. Wo waren die dicken Socken für die Wanderschuhe? Würde sie mit zwei Paar auskommen?

Die Strickjacke war so dick, die paßte nicht mehr in den Koffer, sie würde sie am Arm tragen.

Als Sefa ins Wohnzimmer trat, sah sie den riesigen Strauß Astern und Zinnien auf dem Tisch und die Bonbonniere. Karla erklärte, damit werde sie sich leicht über die Abwesenheit der Schwester hinwegtrösten, und drängte zum Aufbruch. Sie küßte Gustl auf beide Wangen, löste sich schnell aus Sefas Umarmung, trug ihr Regenmantel und Schirm nach.

Bedächtig fädelte sich Gustl in den Verkehr, ließ sich auch durch aggressive Fahrer nicht aus der Ruhe bringen. Sonst hatten sie unverkrampft plaudern können, jetzt schwieg er und sie suchte verzweifelt nach einem Thema. Selber schuld, sagte sie sich, selber schuld, warum mußtest du ihn auch so vierpfötig anspringen, das paßt vielleicht für die Jungen, zu dir paßt es nicht. Schließlich fragte sie, ob es ihn störe, wenn sie das Radio anstellte. Sie schickte eine stumme Dankesbotschaft an die Programmdirektion, als die ›Arpeggione‹ einsetzte, diese Melodie streichelt die Falten aus meiner Seele, dachte sie, sterbensschön dieser weiche Celloton, warum fällt mir dabei Sterben ein, weil ich über Schuberts Leben gelesen habe?, dann hörte sie nur mehr zu, folgte den Melodiebögen von Cello und Klavier, die sich trafen, auseinanderstrebten, wieder vereinten. Als der letzte Ton verklungen war, atmete sie tief aus.

»Ja«, sagte Gustl, griff nach ihrer Hand und drückte sie kurz. Dann lagen seine Hände wieder entspannt auf dem Lenkrad. Wie klein seine Nägel waren, fast rund, sehr kurz geschnitten. Auf dem linken Handrücken zeichneten die Venen ein Strichmännchen mit erhobenen Händen, rechts gab es einen Halbkreis und einen langen Strich, die an einen Buchstaben aus einer fremden Schrift denken ließen.

Es war wenig Verkehr auf der Autobahn, der Motor schnurrte bei Gustls ruhiger Fahrweise. Im Wienerwald leuchteten die ersten Buchen tief orange und rötlich braun, die eine oder andere Lärche ragte schon als gelbe Fackel in den blassen Himmel, ein Ahorn strahlte in tiefem Rot. Die Beeren der Ebereschen glänzten. Die Erde der frisch geackerten Felder schimmerte satt und dunkel. Ein unglaublich grüner Hügel war gesprenkelt mit Schafen, plötzlich rannten alle bergab, ein wolliger Wasserfall. Fasanhennen stolzierten durch die Stoppelfelder, in einer überschwemmten Wiese glotzten Kühe ihr eigenes Spiegelbild an. Ein Traktor tuckerte eine Sandstraße hinauf zu einem alleinstehenden Bauernhaus mit riesiger Scheune.

»Man könnte glatt glauben, die Welt wäre in Ordnung«, sagte Sefa.

Gustl nickte. Er weigere sich, sagte er, ein schlechtes Gewissen zu haben, wenn er diese Bilder genieße. Vielleicht müsse man immer wieder daran erinnert werden, wie schön die Welt sein könnte, sonst bestünde die Gefahr, daß das von Menschen angerichtete Unheil für unausweichlich, geradezu als logische Entwicklung betrachtet würde. »Wir mokieren uns über rosaroten Kitsch und sehen nicht, daß schwarzer Kitsch genausowenig mit der Wirklichkeit zu tun hat, und schon gar nichts mit den Möglichkeiten, die trotz allem in der Wirklichkeit stecken.«

Nein, dachte Sefa. Er ist nicht böse auf mich. »Es ist doch seltsam«, sagte sie, »so viele Dinge entwickeln sich besonders gut, wenn keiner hinschaut, oft gerade die, die wir am wenigsten brauchen können, und mit den Möglichkeiten ist es genau umgekehrt, sie verkümmern und sterben ab, wenn keiner sie ansieht.«

Gustl stellte fest, daß Möglichkeiten offenbar genauso wie Pflanzen Zuwendung und Zuspruch brauchten. Er erzählte vom Farn im Wohnzimmer, der der ganze Stolz seiner Mutter gewesen war, jeden neuen Wedel habe sie beim morgendlichen Gießen ausführlich bewundert, in ihren letzten Jahren, als sie schon ziemlich verwirrt gewesen sei, habe sie ihn sogar in den Schlaf gesungen, das sei zugleich lächerlich und rührend gewesen. Als sie ins Krankenhaus kam, habe sie ihm immer Grüße an den Farn aufgetragen, er habe ihn vor lauter Angst, etwas falsch zu machen, zu einer Gärtnerin in Pflege gegeben, aber der Farn sei kurz nach dem Tod seiner Mutter eingegangen. Die Gärtnerin habe allen Ernstes gesagt, der Farn habe getrauert. Er lachte verlegen. »Ich war in den letzten Stunden bei ihr, und nach ihrem Tod hab ich doch tatsächlich gedacht: Gott sei Dank, jetzt muß sie den schäbigen, gerupften Farn nicht sehen.«

Sefa hätte ihn gern gebeten, mehr von seiner Mutter zu erzählen, eine seltsame Scheu hinderte sie daran. Es war gleichzeitig eine Vertrautheit zwischen ihnen und das Gefühl, daß diese Vertrautheit noch sehr wenige und zarte Wurzeln hatte.

»Wie warst du als Kind?« fragte sie und hätte die Frage am liebsten sofort wieder ängstlich zurückgenommen.

Er lachte. »Unmöglich. Genau die Art von Kind, die ich nicht mag. Altklug und schüchtern, ein schlechter Verlierer, hielt mich für etwas Besonderes und gleichzeitig für einen Versager. Wenn mein Vater nur eine Augenbraue hob über etwas, das ich getan hatte, hat Mama mich schon wütend verteidigt. Eigentlich hätte ich noch mit zehn Jahren ein Lätzchen tragen müssen mit der Aufschrift *Mamas Liebling*. Was ich mich geschämt habe, als sie in die Klasse segelte und die Lehrerin zur Rede stellte, weil mir einer von den Buben auf dem Heimweg die Mütze weggerissen und ins Wasser geworfen hatte! Dabei hab ich wenigstens gelernt, mich nicht mehr daheim zu beklagen, aber natürlich hat die Mischung aus Hochmut und Angst mich zum bevorzugten Prügelknaben gemacht. Im Gymnasium hab ich dann boxen gelernt, zum Entsetzen meiner Mutter, mein Vater war sehr dafür, wahrscheinlich dachte er, es würde einen Mann aus mir machen. Erzähl mir lieber von dir, das Kind, das ich war, hat in meinem Auto nichts zu suchen.«

»Ich hätte dich nicht für so nachtragend gehalten.«

»Ich trage ihm nichts nach, ich will nur nichts mit ihm zu tun haben«, behauptete er. »Ich möchte lieber die kleine Sefa kennenlernen.«

»Die würdest du auch nicht mögen«, sagte sie. »Ein Kind ohne jeden Charme, eifersüchtig und rechthaberisch.«

Er lachte. »Wenn das stimmt, hätten die beiden ja hervorragend zusammengepaßt. Aber ehrlich gesagt glaube ich, daß wir heute besser zusammenpassen.«

Amen, dachte sie. Ich hoffe, daß du recht hast. Wie sehr ich es hoffe.

Auf einer Terrasse über dem Traunsee tranken sie Kaffee, schauten den Schwänen zu, die, ihr Spiegelbild im dunklen Wasser von keiner Welle getrübt, das Kielwasser wie eine Schleppe hinter sich herzogen. Die vollendete Kurve dieser langen Hälse schien noch hochmütiger, wenn sie die Köpfe senkten.

Es begann zu nieseln, gerade genug, um die Scheibenwischer anzustellen, die sofort die Fenster total verschmierten. Gustl suchte nach einer Möglichkeit, an den Rand zu fahren und die Scheiben zu putzen, da platschten die ersten dicken Tropfen gegen das Glas. Die Sicht war so schlecht, daß man nur mehr im Schrittempo fahren konnte. Eine Viertelstunde später hörte der Regen auf. Ein klar gezeichneter Regenbogen spannte sich in leuchtenden Farben vom Traunstein bis hinauf in die Wolkenbank. Selbst der Misthaufen neben einem Bauernhaus funkelte in goldenem Licht.

Gustl hatte in Altaussee zwei Zimmer bestellt. Als sie den Loser sah, kämpfte Sefa mit den Tränen. Mein Gott, dachte sie, ich hab nicht gewußt, wie sehr ich diese Landschaft vermißt habe. Sie nahm sich nicht einmal Zeit auszupacken, zog nur die Wanderschuhe an, ging vors Haus, atmete gierig. Wie gut die Luft schmeckte. Auf einem Balkon gegenüber blühten fünf verschiedene Sorten Fuchsien. Gustl kam aus dem Haus, nahm ihre beiden Hände, sah ihr ins Gesicht. »Du schaust so glücklich aus.«

»Ich bin glücklich«, sagte sie. Es war selbstverständlich, daß sie um den See gingen. Sefa wippte auf einer Wurzel, spürte das harte runde Holz durch die Sohlen ihrer Schuhe, spürte die weiche Nadeldecke auf dem Weg, spürte die Steine. An den Felsen schwankten die letzten kleinen rundlichen Glokkenblumen auf ihren zarten Stielen. Braune trockene Farne wechselten mit sattgrünen, Moospolster wirkten feucht und weich, Frauenhaar neben Widerton und Brunnenlebermoos. Ein Schwalbenschwanzenzian trug eine einzige leuchtend blaue Blüte neben vielen verwelkten. Zwischen den Fichtenstämmen schimmerte der See in fast schwarzem Dunkelgrün.

Sefa wäre gern auf die großen Felsen auf der Seewiese geklettert, fürchtete aber, sie könnte sich beim Abstieg ungeschickt anstellen und lächerlich wirken, da sagte Gustl, er würde sie zu gerne auf dem Felsen fotografieren. Als sie oben saß und zum Dachstein hinüber grüßte, die Losernase mit Blicken streichelte, die Trisselwand entlangstrich, landete ein Marienkäfer auf ihrem Arm. Seine Beinchen kitzelten auf der Haut. Sie hielt den Atem an. Der Marienkäfer krabbelte auf ihren Zeigefinger, breitete die Flügel aus, flog davon. Auf ihrer Fingerkuppe blieb ein kleiner gelber Fleck. Beim Hinuntersteigen reichte ihr Gustl die Hand.

Sie ließen flache Steine über die Wasserfläche hüpfen, als Sefas Stein fünf Mal aufsprang, applaudierten zwei junge Leute. Plötzlich war sie befangen, wischte sich die Hände am Rock ab, vermied es, Gustl anzusehen, stieg vor ihm die Böschung hinauf, nach ein paar Schritten drehte sie sich zu ihm um. »Manchmal bin ich ganz schön blöd«, sagte sie. »Wer nicht?« antwortete er.

Der Himmel hatte aufgeklart. Als sie zu einer Stelle kamen, wo der Weg fast bis zum Ufer hinunterging, warf die untergehende Sonne eine goldene Straße auf den spiegelglatten See. Weit drüben stand ein Fischer in einem Ruderboot, eine dunkle Silhouette.

Das erste Haus kurz vor der Seeklause war überwuchert von Blumen, die in der Dämmerung von innen zu leuchten schienen: Engelstrompeten in Orange, Gelb und Weiß, Cosmea,

Ringelblumen, Dahlien, Rosenstöcke, die sich unter der Last ihrer Blüten fast bis zur Erde neigten, Malven, Astern, eine ganze Reihe von Stauden, deren Namen Sefa nicht kannte. Hier müßte man wohnen dürfen, dachte sie. Ein leichter Wind kam auf, sie fröstelte, knöpfte ihre Jacke zu. Ein Fischer mit seinem Enkel stapfte vorbei, der Bub hatte die Zeigefinger in die Mäuler von zwei großen Saiblingen eingehakt, er ging mit wiegenden Schritten, stellte aus den Augenwinkeln fest, ob er den gebührenden Tribut von Anerkennung von jedem Vorübergehenden bekam. Gustl sagte laut, daß er sehr lange keine so prächtigen Saiblinge gesehen habe und hoffe, daß sie zum Abendessen frischen Saibling bekommen könnten. Der Bub bemühte sich so zu tun als pralle das Lob von ihm ab. Es gelang ihm nicht ganz.

In ihrem Zimmer stand Sefa vor dem Spiegel und schüttelte den Kopf. Ihre Haare kamen der Bürste entgegen, es war vergebliche Liebesmüh, sie auch nur annähernd ordentlich zu frisieren. Sie seufzte und gab auf. Wenigstens war die Bluse nicht allzu knittrig. Als sie die Gaststube betrat, stand Gustl auf, rückte ihr den Stuhl zurecht. Sie genoß seine Fürsorge, war eben altmodisch, das stand ihr auch zu, fand sie. Vielleicht nicht gerade modisch, aber eindeutig alt.

Es gab tatsächlich Saibling, der Kellner filetierte ihn perfekt, die Petersilie auf den Erdäpfeln war frisch und grün, der Salat knackig, der Wein genau richtig kühl und herb. Sie tranken auf den heutigen Tag, dann auf morgen. Sefa hatte das Gefühl, daß er ihr etwas sagen wollte und daß es völlig verkehrt wäre, ihn zu drängen. Für den Augenblick war es einfach schön, miteinander zu plaudern. Nach dem Essen gingen sie eine Runde durch den Ort, standen eine Weile auf der Brücke über die Traun, hörten dem Fluß beim Rauschen zu.

Vor ihrer Zimmertür nahm Gustl Sefas Hände, küßte sie und wünschte ihr eine gute Nacht.

Durch einen Spalt zwischen den Vorhängen fiel ein schmaler Lichtstrahl ins Zimmer, spiegelte sich im Glas auf einem Bild. Die Traun rauschte. Ein Hund bellte kurz, irgendwo im Haus schlug eine Uhr, gurgelte Wasser in einer Leitung. Sefas Füße waren weit weg, sie verschränkte die Finger im Nacken, nach einer Weile schliefen ihr die Arme ein, sie schüttelte sie aus, drehte sich zur Wand, stieß mit dem Knie an, massierte ihr Knie, drehte sich auf die andere Seite, stand auf, ging ins Bad und trank Wasser aus der hohlen Hand, erst dann sah sie die zwei Gläser auf dem Bord.

Sie verzog den Mund. »Feigling«, sagte sie laut. Ohne sich Zeit zum Rückzug zu lassen, ging sie barfuß auf den Gang, klopfte an Gustls Tür. Er öffnete so schnell, daß er ganz bestimmt noch nicht geschlafen hatte.

»Darf ich hereinkommen?« fragte sie.

Er starrte sie an, trat zur Seite. Sein dunkelblauer Pyjama hatte nur die Knickfalten vom Packen, die Bettdecke war zurückgeschlagen, der Kopfpolster aufgeplustert, alles unberührt. Der linke Vorhang war zurückgezogen. Gustl mußte am Fenster gestanden sein. Sie ging auf ihn zu, umarmte ihn und hielt ihn fest. Er ließ es geschehen, stand da mit hängenden Armen, sie wollte schon aufgeben, da drückte er sie an sich, daß sie nach Luft schnappte. Sie spürte seine Rippen an ihrer Brust, seine Schulterblätter unter ihren Fingern.

Er machte sich los. »Ich muß dir etwas sagen«, begann er. Sie wartete, während er einen Schritt zurücktrat, sein Adamsapfel stieg auf und ab. Endlich brachte er heraus, daß er seit sieben Jahren nach einer Prostataoperation impotent sei. Natürlich hätte er ihr das früher sagen müssen. Er habe kein Recht ...

»Du bist so etwas von blöd«, sagte sie.
Er legte ihr einen Finger auf den Mund. Es sei kaum ein Problem für ihn gewesen, er habe auch kein Verlangen mehr verspürt, erst jetzt, durch die Begegnung mit ihr, sei alles anders geworden, er hoffe, sie könne ihm verzeihen.
»Da gibt es nichts zu verzeihen«, sagte sie. »Ich lieb dich, du Trottel.«
Er strich mit zwei Fingern über ihre Stirn, ihre Nase, ihre Wangen, ihren Mund. »Es ist so schön, daß du da bist.«
Später lagen sie aneinandergeschmiegt in dem engen Bett. Ihre Zehen spielten mit seinen Zehen, seine Hand lag auf ihrer Brust.
»Ich hätte nie gedacht, daß ich das noch einmal erlebe«, flüsterte er. »Ich hab geglaubt, das kann ich einer Frau nicht antun.«
»Ich hätte auch nie gedacht, daß ich das noch einmal erlebe«, sagte sie.
Die Haut an der Innenseite seiner Handgelenke war so unglaublich zart. Seine Brusthaare kitzelten ihre Nase. Wie lang seine Beine waren.
Im Morgengrauen ging sie in ihr Bett zurück, schlief fast sofort ein. Sie wachte erst auf, als das Zimmermädchen an ihre Tür klopfte.

Sie wanderten zur Blaa-Alm, zur Wasnerin, fuhren auf den Loser, blickten hinunter auf den See, gingen über Obertressen nach Bad Aussee und auf der Traunpromenade zurück. Auf jedem Spaziergang steckte Sefa einen Kieselstein in die Tasche. Bauch an Rücken geschmiegt schliefen sie in seinem schmalen Bett, er im Pyjama, sie im langen Nachthemd. Irgendwann würde sie sich trauen, seine Pyjamajacke aufzuknöpfen, mehr von seiner Haut zu spüren. Seltsamerweise hatte sie keine Eile, genoß das, was war, ebenso wie die Vorfreude auf das, was noch kommen konnte. Sie stellte erstaunt fest, daß sie ein Talent zum Freuen hatte. Wenn sie nebeneinander gingen, griff sie fast selbstverständlich nach seiner Hand. Ungewöhnlich viele lächelnde Menschen kamen ihnen entgegen, obwohl es immer wieder nieselte.

Als sie nach Wien zurückkamen, stand Karla am Fenster und winkte mit beiden Armen. In den ersten Minuten sah Sefa die Wohnung, als wäre sie noch nie hier gewesen, roch den speziellen Geruch, der jeder Wohnung eigentümlich ist und den niemand in der eigenen Wohnung wahrnimmt, wenn er nicht weggewesen ist. Karla hatte Rotwein, Käse und Nüsse gerichtet, erzählte, daß Teresa nun wirklich kommen würde, in drei Wochen schon, daß sie mit Leonore im Kino gewesen sei, sie müßten öfter ins Kino gehen, sie hätten schon so viele gute Filme versäumt, und so weiter und so weiter. Sie wirkte überdreht.

Gustl verabschiedete sich bald, Karla hielt ihn nicht zurück, umarmte ihn schnell, offenbar froh, die Tür hinter ihm zumachen zu können, und fragte, noch im Umdrehen: »Na, wie war's?«

»Wunderschön«, sagte Sefa.

Karla nickte. »Hab ich doch gewußt. Es ist eine alte Volksweisheit, die sich immer wieder bewahrheitet.« Sefa blickte fragend. Karla wurde ungeduldig. »Daß man dir immer alles vorkauen muß. Aber das wird sich ja wohl bessern. Also das Sprichwort lautet: An der Nase des Mannes erkennt man den Johannes.« Sie lachte in sich hinein.

»So ist es«, sagte Sefa.